CANTOS E FANTASIAS
E OUTROS CANTOS

CANTOS E FANTASIAS E OUTROS CANTOS

Fagundes Varela

Introdução, organização e fixação de texto
ORNA MESSER LEVIN

Martins Fontes
São Paulo 2003

*Copyright © 2003, Livraria Martins Fontes Editora Ltda.,
São Paulo, para a presente edição.*

1ª edição
outubro de 2003

Acompanhamento editorial
Helena Guimarães Bittencourt
Revisões gráficas
Lígia Silva
Sandra Regina de Souza
Dinarte Zorzanelli da Silva
Produção gráfica
Geraldo Alves
Paginação/Fotolitos
Studio 3 Desenvolvimento Editorial

Dados Internacionais de Catalogação na Publicação (CIP)
(Câmara Brasileira do Livro, SP, Brasil)

Varela, Fagundes, 1841-1875.
  Cantos e fantasias e outros cantos / Fagundes Varela ; introdução, organização e fixação de texto Orna Messer Levin. – São Paulo : Martins Fontes, 2003. – (Coleção poetas do Brasil)

Bibliografia.
ISBN 85-336-1902-2

1. Varela, Fagundes, 1841-1875 – Crítica e intepretação 2. Poesia brasileira I. Levin, Orna Messer. II. Título. III. Série.

03-4726   CDD-869.91

Índices para catálogo sistemático:
1. Poesia : Literatura brasileira   869.91

Todos os direitos reservados à
Livraria Martins Fontes Editora Ltda.
*Rua Conselheiro Ramalho, 330/340 01325-000 São Paulo SP Brasil
Tel. (11) 3241.3677 Fax (11) 3105.6867
e-mail: info@martinsfontes.com.br   http://www.martinsfontes.com.br*

COLEÇÃO "POETAS DO BRASIL"

Vol. XV – Fagundes Varela

Esta coleção tem como finalidade repor ao alcance do leitor as obras dos autores mais representativos da história da poesia brasileira. Tendo como base as edições mais reconhecidas, este trabalho conta com a colaboração de especialistas e pesquisadores no campo da literatura brasileira, a cujo encargo ficam os estudos introdutórios e o acompanhamento das edições, bem como as sugestões de caráter documental e iconográfico.

Orna Messer Levin é carioca, doutora em Teoria Literária pela Unicamp, onde atualmente leciona no curso de Letras. Publicou *As figurações do dândi* (1996), organizou a edição de Brito Broca, *Teatro de letras* (1997), e o volume *Teatro de João do Rio* (2002).

Coordenador da coleção: Haquira Osakabe, doutor em Letras pela Unicamp, é professor de Literatura Portuguesa no Departamento de Teoria Literária daquela mesma Universidade.

VOLUMES JÁ PUBLICADOS:

Cruz e Sousa – *Missal/Broquéis.*
Edição preparada por Ivan Teixeira.

Augusto dos Anjos – *Eu e outras poesias.*
Edição preparada por Antonio Arnoni Prado.

Álvares de Azevedo – *Lira dos vinte anos.*
Edição preparada por Maria Lúcia dal Farra.

Olavo Bilac – *Poesias.*
Edição preparada por Ivan Teixeira.

José de Anchieta – *Poemas.*
Edição preparada por Eduardo de A. Navarro.

Luiz Gama – *Primeiras trovas burlescas.*
Edição preparada por Ligia F. Ferreira.

Gonçalves Dias – *Poesia indianista.*
Edição preparada por Márcia Lígia Guidin.

Castro Alves – *Espumas flutuantes & Os escravos.*
Edição preparada por Luiz Dantas e Pablo Simpson.

Santa Rita Durão – *Caramuru.*
Edição preparada por Ronald Polito.

Gonçalves Dias – *Cantos.*
Edição preparada por Cilaine Alves Cunha.

Diversos – *Poesias da Pacotilha.*
Edição preparada por Mamede Mustafa Jarouche.

Raul de Leoni – *Luz mediterrânea e outros poemas*.
Edição preparada por Sérgio Alcides.

Casimiro de Abreu – *As primaveras*.
Edição preparada por Vagner Camilo.

Medeiros e Albuquerque – *Canções da decadência e outros poemas*.
Edição preparada por Antonio Arnoni Prado.

ÍNDICE

Introdução XV
Bibliografia do autor LV
Bibliografia crítica LVII
Cronologia LIX
Nota sobre a presente edição LXVII

CANTOS E FANTASIAS
E OUTROS CANTOS

Prefácio 5

CANTOS E FANTASIAS

LIVRO PRIMEIRO
JUVENÍLIA

I. [Lembras-te, Iná, dessas noites] 15
II. [Era à tardinha. Cismando,] 18
III. [Tu és a aragem perdida] 21
IV. [Teus olhos são negros – negros] 23

V. [Não vês quantos passarinhos]......... 24
VI. [És a sultana das brasílias terras,]...... 25
VII. [Ah! quando face a face te contemplo,] 26
VIII. [Saudades! Tenho saudades]............ 27
IX. [Um dia o sol poente dourava a serrania,].. 31
X. [À luz d'aurora nos jardins da Itália] 32

LIVRO SEGUNDO
LIVRO DAS SOMBRAS

A..... 33
Cismas à noite 34
Sextilhas.. 37
Horas malditas 39
Cântico do Calvário 41
Madrugada à beira-mar............................ 48
Sombras! 51
A várzea.. 53
Queixas do poeta 56
Resignação.. 58
Protestos 60
Desejo... 63
Desengano... 65
Reflexões da meia-noite 67

LIVRO TERCEIRO
MELODIAS DO ESTIO

Aspirações 73
O oceano... 76

Em toda a parte 80
A um enjeitado 82
No ermo 83
Vozes no ar 86
Colmal 88
Ira de Saul 97
Versos soltos 99
Sete de Setembro 102
Noite saudosa 105

CANTOS MERIDIONAIS

Oração 109
O escravo 111
A cidade 115
O cavalo 119
Ao Rio de Janeiro 122
A morte 124
Névoas 128
À Bahia 131
A enchente 134
A flor do maracujá 138
O espectro de Santa Helena 140
A sonâmbula 145
A roça 149
A criança 152
Expiação 155
A estrela dos magos 157
Plectro 161
Noturno 163
Canção para música 166

Outra canção para música 168
Outra canção para música 170
A uma mulher.. 172
Esperança 175
Mimosa 193
   Canto primeiro 193
   Canto segundo..................................... 202
   Canto terceiro 214
Antonico e Corá... 222

CANTOS DO ERMO E DA CIDADE

Primeira página... 233
Viúva e moça... 234
Eu amo a noite 238
A volta 241
A despedida... 243
O vaga-lume 246
Conforto 248
Visões da noite 250
O canto dos sabiás 251
O resplendor do trono............................... 254
Em viagem... 256
Serenata 257
A sombra 259
A diversão.. 263
A lenda do Amazonas................................ 267
Estâncias 274
Quadrinhas.. 276
O general Juarez.. 280
A filha das montanhas 287

O filho de S. Antônio 291
As letras 294
O arrependimento 295
Acúsmata 297
A sede 309
Enojo 328
Lira 329
O mesmo 331
A um monumento 333
A pena 335
Leviandades de Cíntia 339
Oração fúnebre 354
Ao Deus criador 356
Hino à Aurora 358

Documentação e iconografia 361

INTRODUÇÃO

A dor majestosa de Fagundes Varela

No quadro geral da poesia brasileira, Fagundes Varela (1841-1875) ocupa uma posição de trânsito situando-se ao lado da segunda geração romântica, em relação a qual foi visto ora como um mero seguidor, ora como crítico, consciente dos excessos e desgastes da lírica sentimental e cujo mérito maior teria sido o de preparar o caminho para os vôos elevados da poesia condoreira. De outra parte, sua biografia pessoal bastante tumultuada serviu para reforçar uma visão mítica da vocação artística que se escora na idéia de que o gênio romântico deve ser necessariamente um indivíduo infeliz, ébrio e desligado da vida comum. É nesse sentido sobretudo que seu aparecimento no panorama literário representou um fator de revitalização de certa concepção enraizada na poesia brasileira, com base nas manifestações do eu, que se entroncou na tradição da boêmia estudantil, principalmente a paulistana. Uma espécie de poeta maldito dos trópicos, ou ainda *hippie avant la lettre*, na expressão de Luciana Stegagno Picchio, ele contribuiu para a consolidação dos modelos românticos e para a diversificação de seus esquemas compositivos.

Fagundes Varela lançou em vida a copiosa soma de seis títulos, o que já seria suficiente para nos dar uma medida do prestígio que colheu junto aos seus contemporâneos, numa época em que havia poucas casas editoriais atuantes no mercado. O primeiro opúsculo de apenas trinta e duas páginas, intitulado *Noturnas* (1861), reuniu dez poemas, recolhidos com o auxílio do amigo Sizenando Nabuco, que, segundo reza a lenda, guardava as páginas que o poeta improvisava nas suas passagens pelas repúblicas. Aos poemas de estréia deveria ser acrescida uma segunda série, contendo o juízo crítico de Peçanha Póvoa, conforme anunciava a propaganda do *Correio Paulistano*, que, entretanto, nunca chegou às prateleiras[1]. O folheto de poemas patrióticos, *O estandarte auriverde* (1863), veio à luz no momento em que chegavam as acaloradas notícias sobre a crise anglo-brasileira, conhecida como Questão Christie, envolvendo o ministro britânico William Douglas Christie e o governo imperial. Os exemplares vendidos a quinhentos réis aproveitavam o clima de indignação popular contra a captura de cinco navios da marinha mercante nacional para derramar saudações heróicas

---

1. *Correio Paulistano*, 12 de novembro de 1861, em Frederico Pessoa de Barros, *Poesia e vida de Fagundes Varela*, EUA, edição do autor, 1965.

ao imperador e maldições ao estrangeiro, em versos de significação evidentemente apenas circunstancial. Em setembro do ano seguinte, *Vozes d'América* (1864) esteve disponível no mercado livreiro, acompanhado de um prefácio do acadêmico e poeta Quirino dos Santos. Vemos que Varela continuava delegando aos amigos a responsabilidade de editar suas composições, enquanto se mostrava hesitante sobre abandonar em definitivo a poesia. Neste terceiro volume, foram incluídos trinta e cinco poemas dos quais treze seriam revistos e aproveitados posteriormente. Podemos supor que a retomada de uma quantidade tão grande de versos indique um processo constante de reelaboração, capaz de desmentir a imagem que injustamente lhe atribuíram de poeta desleixado e displicente. Podemos argumentar ainda que a grande incidência de erros tipográficos colaborasse para um resultado final insatisfatório. Já na nota introdutória ao livro, Varela advertia seus leitores para o versejar sem sabor e a existência de algumas incorreções que, de fato, dariam ensejo a uma conhecida polêmica na imprensa entre o célebre escritor português Camilo Castelo Branco e Carlos de Laet. Em seguida, confessa, provavelmente adotando a tópica da falsa modéstia, que estava "convencido da niilidade de seus escritos, e nada espera, como nada deseja: decepção ou sucesso, ser-lhe-á tudo a mesma coisa..." O impresso, muito pelo contrário, atesta o amadurecimento evolutivo de sua pena, versátil no tratamento da matéria poética, bem como no exercício diversificado de ritmos, temas e gêneros, muitos dos quais migram para suas próximas publicações.

O anúncio de *Cantos e fantasias* (1865) apareceu na imprensa quando Varela se encontrava em Recife cursando a Faculdade de Direito, após a perda do filho primogênito, Emiliano, e a crise de tuberculose da esposa Alice Luande. Esta luxuosa edição, impressa em Paris, ganhou repercussão nacional, obtendo resenhas positivas de Luis Guimarães Jr., Joaquim Nabuco e Machado de Assis. Naquela altura, Varela já era uma unanimidade. O prefácio de seu amigo dos tempos de infância tranqüila e saudável à beira-mar, em Angra dos Reis, o poeta mulato Ferreira de Meneses*, introduzia em tom de rememoração elogiosa o conjunto de versos concebidos durante os anos da estada paulistana. Estruturado em três partes, *Juvenília, Livro das sombras* e *Melodias do estio,* esse bem sucedido livro revelava uma concepção poética mais cuidada, com equilíbrio interno e originalidade dignos dos grandes nomes das letras nacionais. Com *Cantos e fantasias* Varela atingia o ponto alto de sua obra.

Os dois volumes posteriores, *Cantos meridionais* e *Cantos do ermo e da cidade*, cujo lançamento transcorreu em 1869, reeditam alguns trabalhos antigos ao lado de composições inspiradas pelo ambiente rural ao qual Varela se recolheu, perto da residência da família, quando decidiu largar definitivamente o bacharelado. Em ambos, podemos reconhecer a irregularidade

---

* Ver p. 5.

do poeta, nem sempre feliz nas escolhas, entregue a uma sentimentalidade crônica. Sobressai, no entanto, o aspecto polivalente de sua escrita, que evolui de maneira desigual, avançando e retrocedendo com passos e contrapassos.

Anchieta ou O evangelho nas selvas (1875) só chegou ao conhecimento do público após a morte de Varela. O longo poema de cunho épico religioso em versos decassílabos brancos, centrado na figura heróica do missionário que narra aos índios a história de Jesus, vinha sendo elaborado lentamente. O primeiro canto data de 1871, época em que ele residia em Niterói e privava da companhia do combativo escritor anticlerical, o amigo Otaviano Hudson. Chama a atenção, de imediato, que Varela se dedicasse a compor uma epopéia catequizadora no auge da crise religiosa que agitou o país com a chamada Questão dos Bispos, desencadeando entre os intelectuais uma onda de acusações contra a Igreja. O empenho que reservou à elaboração deste extenso conjunto de cantos não deixa, portanto, de ser um sinal dos incríveis contrastes que sua obra comporta. Especialmente, se pensarmos nos anos iniciais de ateísmo e descrença que produziram as inflamadas estrofes satíricas de ataque aos padres gorduchos de São Paulo e Rio Claro, bem ao modo humorístico e debochado das provocações estudantis. Ou mesmo se tomarmos as quadras em redondilho, à maneira folclórica, de "Antonico e Corá", dos *Cantos meridionais*, desferidas em tom de pilhéria contra os hábitos permissivos dos clérigos da roça.

Contam os biógrafos que, ao final da vida, o vício do álcool impelia Varela a freqüentar a taverna do sr. Carvalho, onde teriam sido redigidos os últimos cantos de *Anchieta*. Acredite-se ou não, o fato é que seu vício se incorporou ao imaginário dos leitores, e nem o domínio dos processos poéticos que demonstra nesta redação, nem a erudição bíblica, quiçá motivada pela necessidade de uma reconciliação pela fé, atenuaram-lhe a imagem degradante de poeta alcoolizado e sem rumo. Na tentativa de restaurar a má fama e divulgar a conversão cristã do irmão, Ernestina Varela dedicou-se a reunir os esparsos de *Cantos religiosos* (1868) e transferir a ênfase da crítica para o veio místico que atravessa a religiosidade romântica de sua obra. Quanto a isso, foi reveladora a outra publicação póstuma, *Diário de Lázaro* (1880), para a qual Franklin Távora, um de seus primeiros estudiosos, preparou uma longa apresentação.

Na presente edição, o leitor encontrará reunidos os três livros que compõem o segundo volume das *Obras completas* (H. Garnier), lançado ao final da década de 1890 sob a coordenação de Visconti Coaraci. Optamos por não descaracterizar a concepção editorial idealizada naquele momento para *Cantos e fantasias, Cantos meridionais* e *Cantos do ermo e da cidade*, com o intuito de manter a unidade do volume, apesar de termos preferido não incorporar as avulsas ali anexadas. Acreditamos oferecer com os três livros, tal qual circularam a princípio, uma visão do conjunto das realizações poéticas que a atmosfera intelectual paulistana impulsionou nos diferentes vetores seguidos por Fagundes Varela.

Sem dúvida, a acolhida de Varela como poeta de grande vocação, durante os anos 1860, é fruto do ambiente estudantil paulistano, ao qual se moldou com aparente facilidade numa fase louca de aculturação acadêmica, segundo a expressão de Luciana Stegagno Picchio[2], para logo em seguida hostilizá-lo de maneira irreconciliável até abandonar de vez os estudos e a cidade. Como tantos outros rapazes em fase de formação profissional, Varela pagou seu tributo às musas, de início, como tradutor de poemas estrangeiros, prática bastante comum que remonta ao período de preparação nos bancos escolares, e depois exercitando a lira entre os amigos boêmios, a pretexto das noitadas alegres.

Quando chegou a São Paulo para cursar o curso preparatório que funcionava em anexo à Faculdade de Direito, perfazendo o percurso planejado para os filhos das famílias abastadas do Império, que já não precisavam atravessar o oceano para estudar em Coimbra, como fizera seu avô, Varela encontrou uma cidade pacata porém em transformação. O início da década de 1860 representou para São Paulo um período de florescimento cultural e econômico. As ruas estreitas, sem calçamento, com casas baixas, de arqui-

---

2. Luciana Stegagno Picchio, *História da literatura brasileira*, Rio de Janeiro, Nova Aguilar, 1997, pp. 212-4.

tetura colonial simples, começavam a receber novos habitantes atraídos pelo fluxo econômico que a expansão da cafeicultura trouxera. Um comércio variado abria suas portas, profissionais de diversos ofícios se instalavam no centro e novas residências surgiam, ampliando a ocupação dos bairros residenciais mais afastados.

Data de 1860 a Casa Garraux, livraria e tipografia de propriedade de Anatole-Louis Garraux, logo transformada em ponto de encontro de estudantes que a ele recorriam em busca das últimas novidades do mercado editorial. A instalação do livreiro francês facilitava o acesso aos títulos importados, além de assentar as bases de uma incipiente atividade editorial, que em poucos anos traria à luz o melhor de Varela, *Cantos e fantasias* (1865).

Ainda em 1860, o clarinetista Henri Louis Lévy abria sua pequena loja de jóias, onde, entre relógios e anéis, colocava à venda partituras importadas[3]. Muito freqüentado, o estabelecimento do talentoso Lévy congregava estudantes apaixonados pela música, dando oportunidade a que se firmassem as parcerias das apresentações realizadas nos saraus da sociedade. Sabemos através dos registros de Melo Morais Filho, que dentre as modinhas tocadas e muito ao gosto das sinhás encontram-se algumas peças de Varela, seu contemporâneo e figura marcante nos

---

3. Carlos Penteado de Rezende, *Tradições musicais da Faculdade de Direito*, São Paulo, Saraiva, 1954, pp. 145-55.

salões, onde criou fama recitando ou acompanhando instrumentistas[4]. Hoje antológicos, os poemas "Deixa-me", "Névoas", e "Flor do Maracujá" constam da lista dos números musicais que se tornaram freqüentes nos programas noturnos da cidade, sobretudo no momento em que ser autor de letras de modinhas começava a ser tomado como índice de valorização social entre os rapazes. São muitas as composições de Varela transpostas para a partitura e executadas em festas particulares ou em espetáculos teatrais. "Noite Saudosa", incluída no volume *Cantos e fantasias*, por exemplo, recebeu notação musical pelas mãos do violonista mineiro Venâncio José Gomes da Costa Jr., enquanto as três canções reunidas em *Cantos meridionais*, em que se lê "Canção para música", sugerem uma criação de circunstância, destinada desde o início às audições[5]. Varela soube como poucos ajustar seus versos a uma musicalidade doce e langorosa, de modulação sonora agradável, que vinha sendo difundida com a introdução do piano nos domicílios, quase sempre acompanhado de algum instrumento de sopro e do violão, esse bem mais popular. O uso de rimas internas, com a predo-

---

4. Melo Morais Filho, *Artistas do meu tempo*, Rio de Janeiro, Garnier, 1904, em Ubiratan Machado, *A vida literária no Brasil durante o romantismo*, Rio de Janeiro, ed. Uerj, 2001.

5. Amante do violão, Varela participava com Venâncio Gomes da Costa dos ensaios musicais realizados às quintas-feiras na república Santa Clara.

minância das tônicas, facilitava o embalo vocálico necessário à interpretação dos cantos, ao passo que a presença de palavras esdrúxulas imprimia riqueza ao fraseado melódico, compensando, na opinião de Otoniel Mota, as imagens poéticas naquela altura já um tanto desgastadas[6]. Outro efeito saboroso conseguido especialmente a partir das rimas finais advinha do aproveitamento constante de formas próprias da língua falada, como as combinações de luz/azuis, voz/lençóis e através/pincéis. Tanto no jogo das rimas que adotam a pronúncia vulgar quanto na distribuição das estrofes em quadras, vê-se que Varela seguiu uma inclinação geral do nosso romantismo de celebrar as núpcias da música com a poesia, numa convergência, aliás, que vinha da longa tradição das trovas populares. Suas palavras poéticas eram entoadas à exaustão nos recitativos, acomodando-se bem ao ritmo das modinhas e à cadência compassada dos movimentos de salão.

É na casa de Sizenando Nabuco, boêmio dos mais animados, que vamos encontrar Varela reunido com Emílio do Lago e Henry Lévy, em 1864, para uma sessão conjunta de atrações musicais, registrada pelo *Correio Paulistano*. Luís Guimarães Jr. e Ferreira de Meneses constam dentre os freqüentadores que assistiram a Varela executar ao violão os versos de "Estâncias" e "Serenata". Nesta época, suas quadrinhas já eram

---

6. Otoniel Mota, "Fagundes Varela", *Revista de Língua Portuguesa*, nº 25, setembro de 1923, pp. 91-109.

famosas também nas serenatas que os estudantes promoviam pelas ruas escuras e frias de São Paulo, em demanda da mulher amada. Prática corrente entre os acadêmicos, as serenatas em noite enluarada tiveram seu auge entre 1860-1864, segundo informa Almeida Nogueira[7]. As incursões noturnas podiam se prolongar noite adentro debaixo de uma janela qualquer ou avançar pelas áreas remotas e pelos descampados do planalto. Afonso de Freitas Jr. conta que Varela recitava o poema "Vaga-lume", nas "serenatas pelas várzeas do Pari, em companhia do musicista Emílio do Lago, sonhador e poeta, de Henrique Levy, exímio clarinetista, de Luís Gama, de Américo de Campos e Huascar de Vergara, artista do lápis, e de Ferreira de Meneses, o sublime folhetinista"[8]. Todos tiveram seus nomes ligados ao de Varela pela convivência animada que motivou e acolheu a prática da improvisação espontânea de poemas cantantes recolhidos posteriormente nas páginas dos livros.

Esse singelo "Vaga-lume" de que conhecemos uma versão em *Vozes d'América* (1864) e outra corrigida em *Cantos do ermo e da cidade* (1869) revela uma das primeiras quadras que o jovem seresteiro publicou, em agosto de 1861, na *Revista da Associação Recreio Instrutivo*, onde

---

7. Almeida Nogueira, *A academia de S. Paulo. Tradições e reminiscências*. São Paulo, 6ª série, 1909.

8. Afonso de Freitas Júnior, "Fagundes Varela", *Revista do Instituto Histórico e Geográfico de São Paulo*, vol. XXI, 1921, pp. 303-15.

um subtítulo discreto indicava "cantiga". Em tom bastante diferente, o número seguinte do periódico estampava sua estréia nas páginas em prosa acerca do tema romântico do poeta prodígio, que, tomado de inspiração ensandecida e descrente da fé, se dirige ao leitor com "Palavras de um louco", título possivelmente emprestado ao de Felicité de Lamennais, *Paroles d'un croyent* (1834), então em voga nas rodas estudantis[9]. Tratava-se de uma reação herética à acolhida negativa da publicação, na mesma revista, do poema "Vem!" que os biógrafos supõem tenha sido dedicado à famosa Ritinha Sorocabana, a bela mundana por quem se apaixonara perdidamente. Varela alimentou tais rumores estampando-o com a mesma dedicatória enigmática em *Vozes d'América*. Contudo, decidiu rebatizá-lo de "A uma mulher" para a edição de *Cantos meridionais*, em que o poema aparece sem nenhuma indicação de destinatário. Vale notar que o tema do artista convulsionado pela imaginação retorna às páginas do periódico, em julho de 1862, através do longo fragmento, em nonas de versos brancos, denominado "Acúsmata", que seria incorporado aos *Cantos do ermo e da cidade*. Significando "algo que se ouve" mas cuja visão não se pode obter, tampouco conhecer a origem, o termo grego sugere a filiação de Varela a um tipo de poesia idealista, para a qual a natureza funciona como um correlato dos estados

---

9. O empréstimo foi apontado por Frederico Pessoa de Barros, op. cit.

de alma do gênio incompreendido, que se sente tomado pelos demônios noturnos e faz ecoar no concerto dos fenômenos do mundo seu sofrimento terrível de viver.

Estamos vendo que na definição desta vertente do lirismo fantasioso da segunda geração tiveram papel fundamental as associações e agremiações estudantis, inauguradas nas décadas anteriores ao surgimento de Varela e que se tornaram o foco da vida intelectual dos pequenos centros urbanos do segundo Império. Quase todas mantinham revistas através das quais se travavam os debates científicos, fervilhavam as idéias filosóficas e circulavam os escritos dos aspirantes a musa gloriosa. Na literatura, são conhecidas a *Revista mensal do Ensaio Filomático Paulistano* e os *Ensaios literários do Ateneu Paulistano*, muito ativas durante a década de 1850. Em 1860, surgiu o primeiro jornal acadêmico dedicado exclusivamente ao teatro, a *Revista Dramática*, em cuja direção estava Peçanha Póvoa, com quem Varela travou conhecimento no dia da matrícula para o ingresso na Faculdade[10]. Seguindo os princípios do nacionalismo romântico, o periódico pretendia estimular as expressões do teatro brasileiro, divulgando estudos e prestando homenagens a artistas, a exemplo da homenagem que Varela redigiu em 1864 saudando a memória de João Caetano.

---

10. Peçanha Póvoa, "Poetas Acadêmicos", *Anos Acadêmicos. São Paulo (1860-1864)*. Rio de Janeiro, Typographia Perseverança, 1870, pp. 223-33.

As associações acadêmicas e suas respectivas publicações constituíam o braço intelectual da sociabilidade romântica que garantia a formação de um circuito fechado de produção, circulação e recepção das obras, ao qual Antonio Candido se referiu como um eficiente sistema de intercâmbio literário[11]. Sabemos que para o romantismo paulista a sociedade Epicuréia (1845) foi a mais significativa. Dentre outras razões, por ter introduzido o modelo de ceticismo mórbido que jovens extremamente sensíveis, como Aureliano Lessa, Laurindo Rebelo e Álvares de Azevedo, passaram a cultuar. Gostavam de se imaginar vivendo melancolicamente entre brumas e neblinas, numa reprodução mental do clima romântico europeu.

De modo geral, o comportamento do grupo acadêmico alimentava-se de um sentimento comum de liberdade e de desprendimento em relação à sociedade, em especial à família e aos compromissos profissionais, substituídos na fase estudantil pelos laços de amizade e camaradagem. Nessa condição, os rapazes tinham liberdade para vagar pelos becos sombrios e vielas mal iluminadas, sentindo-se na Londres de Byron ou na Paris de Musset, e simulando atitudes européias de tristeza e desgosto. Adotam atitudes *blasés*, promovendo o consumo de *cognac* e de

---

11. Antonio Candido, "A literatura na evolução de uma comunidade", em *Literatura e sociedade, estudos de teoria e história literária*. 7ª ed. São Paulo, Ed. Nacional, 1985.

vinho em lugar da popular cerveja. Fumam preferencialmente cachimbo ou cigarro cubano, numa manifestação de cosmopolitismo espiritual, que dominou a figuração dos intelectuais das décadas de 1840 e 1850, deixando rastros também na literatura subseqüente.

A reprodução do modo de vida estudantil, que, conforme assinalamos, unia literatura e boêmia, tinha como característica própria os divertimentos noturnos. Desde as reuniões mais comportadas, a exemplo dos saraus musicais quando a sociedade paulistana já havia assimilado o ritmo mundano dos acadêmicos, passando pelas apresentações nas casas de teatro, até as barulhentas serenatas, as visitas às tabernas e aos bordéis ou os passeios extravagantes pelos cemitérios de São Paulo, tudo levava a vida literária do romantismo a se vincular às formas de convivência específicas do grupo. A moradia coletiva, no centro ou nos arrabaldes, onde os rapazes dividiam o aluguel de uma chácara, e que se convencionou chamar de república, constituía a matriz deste convívio fraterno e intelectual. O espaço de habitação comunitária é o responsável não só pelas práticas boêmias e estroinices como pela introdução de novas leituras e pensamentos. Assim, a indução do gosto artístico e o incentivo ao talento literário surgem em decorrência desta sociabilidade particular. É nas repúblicas, com seus gênios precoces e amantes da lira, que nascem e se consolidam as principais vertentes do ideário romântico da segunda geração.

Não é por outro motivo que o talento poético de Varela recebeu sugestões do ambiente intelectual de tais repúblicas, onde havia disponível um elenco de temas e formas aceitas. E, quanto a isso, seria razoável pensar que se movesse sem dificuldades dentro de um espectro vasto de possibilidades dadas. A conquista de uma expressão pessoal, em contrapartida, viria aos poucos, como resultado do desenvolvimento das tópicas usuais, às quais logrou impor um processo de expansão amplificadora que lançou os germens da poesia futura em várias direções.

O veio patriótico, por exemplo, desencadeado pela questão diplomática com o governo britânico, há pouco mencionada, reacendeu a chama do nacionalismo romântico, responsável pela poesia da independência, agora investida de feições panfletárias, exaltando a figura de nosso governante. Impulsionado pelo calor da hora, Varela dava mostras de seu potencial como versejador ao ensaiar uma atitude de opinião diante dos acontecimentos políticos. A participação, embora com ares de rebeldia juvenil, desfaz a idéia difundida pela crítica de que fosse um poeta desinteressado pelas questões da época, alienado em sua própria infelicidade. Até porque as palavras iniciais de adesão e os gestos de apoio não tardaram a se converter em decepção, diante da intervenção brasileira no Prata, indicando, desta vez, uma opção pelo silêncio. A Guerra do Paraguai, que despertou a musa épica de vários versejadores menores, não deixou marcas na obra de Varela[12]. O ímpeto das primeiras horas ia cedendo lugar a uma agressividade retórica, que já se fazia sentir em "Estátua eqüestre", de *Noturnas*, quando ridicularizara o projeto de construção de um monumento ao imperador. O tema é repetido em *Cantos do ermo e da cidade*, quando as rimas de "A um monumento" lamentam que a turba beije os pés da "fria estátua". E no poema "Resplendor do Trono", de caráter mais reflexivo do que panfletário, em que reitera o tom de censura ao regime, ironizando a ociosidade do soberano, segundo os exemplos colhidos em Shakespeare e não nos socialistas utópicos, pelo que nos informa Péricles Eugênio da Silva Ramos[13]. Parece claro, portanto, que as maldições lançadas contra a eternização artística do despotismo associem o nome de Varela às primeiras iniciativas de contestação do regime mo-

---

12. Frederico Pessoa de Barros menciona a participação de Varela no evento cívico, em apoio à Guerra, realizado no Teatro Santa Isabel, em Recife. No dia anterior, 17 de agosto de 1865, o poeta havia se alistado simbolicamente como voluntário, junto com outros 94 estudantes. Contudo, em 1867, tendo retornado a São Paulo, publica folhetins contrários à convocação de voluntários. Ausenta-se da cidade devido à perseguição empreendida pelo presidente da província, desembargador Tavares Bastos, contra os jornalistas que se opunham ao recrutamento militar. Cf. Vicente de Paulo Vicente de Azevedo (apresentação e notas), *Dispersos e pela primeira vez em livro*. Conselho Estadual de Cultura, São Paulo.

13. *Poemas de Fagundes Varela*. Seleção, apresentação e notas de Péricles Eugênio da Silva Ramos, São Paulo, Cultrix, s/d.

nárquico na poesia brasileira, que serviriam de bandeira para os condutores da campanha republicana alguns anos depois.

De modo similar, o tema da opressão repercute nas manifestações de solidariedade pelas lutas de libertação nacional dos povos dominados. A Polônia cantada por Mickiewicz, cujos versos servem de epígrafe à poesia do período, (veja-se Machado de Assis), e o México, vizinho desestabilizado por sucessivos ataques, são os mais lembrados. Em "Versos soltos" de *Cantos e fantasias*, Varela celebra o heroísmo de Benito Juarez (1806-1872), presidente mexicano eleito em 1861 e líder do movimento de resistência contra a ocupação do exército de Napoleão III, ocorrida entre 1863 e 1867. O representante democrático deposto pelas tropas invasoras, comparável ao "Condor soberbo que da luz nas ondas/sacode o orvalho das possantes asas", avulta como um gigante das costas e das matas virgens americanas. Entusiasmado com a luta contra a tirania do trono, Varela desenha em decassílabos brancos um retrato sublime do "jaguar das soledades", que anuncia o porvir de seu povo. No hino guerreiro intitulado "O General Juarez" de *Cantos do ermo e da cidade*, volta a opor a liberdade da pátria mexicana ao despotismo dos europeus, elevando a glorificação do herói, "príncipe das aves", aos topos das cordilheiras, numa sucessão de imagens condoreiras de grande efeito. A amplificação do tom profético, projetando um destino grandioso para os povos americanos, é tributária de uma visão romântica sobre o continente, que enaltece a natureza selvagem como um paraíso reencontrado, com suas florestas, desertos e oceanos flagelados pela dor e pela tirania dos monarcas. Ainda neste livro, a devastação da América pelos combates sangrentos recebe uma versão narrativa, em que o escritor reconstitui o levante mexicano liderado pelo padre D. Miguel Hidalgo y Castillo, em 1810. O longo relato de "A sede" recria por meio de 507 decassílabos brancos o episódio histórico da luta pela independência, que resultou no massacre impiedoso dos nativos.

A dicção elevada da poesia antimonarquista de Varela testemunha a influência que sofreu da ideologia liberal do romantismo, em particular aquela inspirada no pensamento do teólogo Lamennais, já mencionado[14]. Ou seja, um liberalismo romântico, mais inclinado à compaixão cristã e ao sentimento de amor pelo povo americano do que às barricadas[15]. Sem a sustentação de um projeto político claro, o interesse de Varela pelos assuntos da circunstância histórica terminam oscilando entre o tom de protesto inflamado e a dicção da profecia mística, de resignação e espera pelo momento do juízo final.

---

14. A poesia de Lamennais, autor do "Hino à Polônia", tornou-se conhecida no Brasil também através da tradução de Dutra e Melo na *Minerva Brasiliense*, vol. III, nº 7, de 15 de fevereiro de 1845.

15. Massaud Moisés, *História da literatura brasileira*, São Paulo, Cultrix/Ed. da Universidade de São Paulo, vol. II, 1984, pp. 153-69.

Como conseqüência, cria-se uma ambigüidade circunscrita aos limites desse idealismo, que está presente na totalidade de seus poemas de cunho social[16].

Recordemos que Varela também se fez porta-voz da corrente antiescravista disseminada sob as arcadas da São Francisco desde 1850, data do poema "Saudades do escravo" de José Bonifácio, o Moço. O incipiente debate sobre a libertação dos cativos recebeu o apoio de um grupo de estudantes contemporâneos seus, que se distinguiu na difusão de escritos de oposição tanto à monarquia quanto à escravidão. O poeta negro Luís Gama publicou, em 1859, suas *Primeiras trovas burlescas de Getulino*, enquanto Paulo Eiró transportou para o teatro o drama racial de *Sangue limpo*, levado à cena em 1861. O maranhense Trajano Galvão de Carvalho, autor de *Três liras* (1862), tem sido lembrado dentre os que exploraram o tema do negro naquele mesmo período[17]. Com Varela, a preocupação relativa à dignidade humana dos escravos está documen-

---

16. Ver a esse respeito "O social no romantismo: o poeta-profeta", de Antonio Carlos Secchin, em *Poesia e desordem*, Rio de Janeiro, Topbooks, 1999.

17. Em vista das datas de publicação, Péricles E. da Silva Ramos considera discutível a opinião de Sílvio Romero, em sua *História literária brasileira*, que confere a Trajano Galvão a precedência sobre José Bonifácio, o Moço. Cf. "A poesia de Fagundes Varela", em *Do barroco ao modernismo; estudos de poesia brasileira*. 2ª ed. (rev. e aum.). São Paulo, Secretaria da Cultura de São Paulo/ Ed. da Universidade de São Paulo.

tada numa imagem tocante e sentimental de "Mauro, o escravo", poema extenso de abertura do volume *Vozes d'América*. Ali, a tese abolicionista não se explicita, sendo tratada de maneira indireta, apenas como sugestão. Sem desferir ataques, a linguagem simples da narrativa poética filtra a comoção das cenas que o poeta tentou ressaltar por meio dos decassílabos solenes. A questão será reposta no livro *Cantos meridionais*. Primeiro, no poema "Escravo", em que Varela declara seu amor à humanidade, depondo pela igualdade essencial das pessoas com o uso do registro enumerativo da morte bárbara impingida ao negro "sem defesa, sem preces, sem lamentos/ Sem círios, sem caixão". E, a seguir, de modo um tanto mais enfático em "À Bahia", poemeto composto na ocasião de sua passagem por Salvador, a caminho de Recife, em que se refere à escravidão como um delito cruel, em função do qual "Geme o direito proscrito".

É este aproveitamento oportuno dos assuntos do dia, nas formas fáceis da poesia de circunstância ou nos moldes da narrativa épica, que responde pela inscrição de Varela na série dos defensores dos ideais utópicos de liberdade que o romantismo abraçou com fervor. Ideais de liberdade com sentido abstrato e até hesitante, sem o caráter de uma ação coletiva, posto que não se descolou do extremo subjetivismo no qual se enraizara. Embora Varela se mostrasse dividido entre o sentimento de orgulho patriótico de ser filho da América independente, como flagramos nos versos laudatórios de "Sete de Setembro", com os quais fizera sua apresentação paulistana, em 1859[18], e, de outro lado, a necessidade de denunciar a condição cativa do negro, tantas vezes evocada, sua hesitação ganha toques pessoais justamente porque com ela os temas adquirem uma intensidade amplificada. Na eloqüência das adjetivações copiosas e na pulsação das metáforas reside a força assertiva dos versos, paradoxalmente, proporcional às dúvidas que o abatiam, inaugurando uma trilha de exaltação libertadora que conduziu à oratória abolicionista de Castro Alves. Por meio de imagens condoreiras, tonalidades intensas, apóstrofes vigorosas e estribilhos memoráveis do tipo "Quando ouvirei nas praças, ao vento das paixões,/Erguer-se retumbante a voz das multidões?" do poema "Aspiração", exemplo daquilo que de melhor o teor apocalíptico de *Cantos e fantasias* foi capaz de produzir, Varela empolgou os ouvintes e emprestou o tom que faltava à sua geração.

Paralelamente, o veio sentimental de sua poesia está vazado pelo ceticismo ultra-romântico, que pregou a apologia da dor e chorou o desencanto de viver, numa época dedicada a enaltecer o tédio e a falta de energia moral, como bem colocou Sérgio Buarque de Holanda[19]. O crítico

---

18. O poema foi impresso no dia 7 de setembro de 1859 em *O Publicador Paulistano*, nº 153.

19. Sérgio Buarque de Holanda, "Romantismo", em *Cobra de vidro*, São Paulo, Perspectiva, 1975, pp. 15-21, e *O espírito e a letra*: estudos de crítica literária I, 1902-1947. Org., introd. e notas Antonio Arnoni Prado. São Paulo, Companhia das Letras, 1996, p. 290.

pondera que o próprio movimento rítmico de alguns versos, particularmente os de metro ímpar, aos quais Varela aderiu em larga escala, parecem interessados em entorpecer o leitor e mantê-lo na inércia total, em estado de absoluta passividade. Com efeito, a sensibilidade musical de Varela, quando associada aos motivos importados pelo byronismo paulistano, alcançou uma emotividade enorme e derramou lágrimas de agonia, que hoje nos soam exageradas.

Está claro que Varela fez sua iniciação exercitando o modelo do subjetivismo exacerbado, em que não faltaram as declarações de desespero, o desejo de morrer, a desesperança e o *Spleen* característicos da expressão de um mal-estar ultra-romântico, de que *Noturnas* está repleta e há lastros em *Vozes d'América* e *Cantos e fantasias*. Mas não podemos desconsiderar que nele, em função da própria biografia, os frutos do desalento herdado de Álvares de Azevedo se revigoram, irradiando uma comoção poética distinta. Em "Desejo", a alternância de decassílabos sáficos e heróicos areja o assunto banal da ânsia de morrer. Ao passo que o recurso à negação retórica sustenta a força expressiva dos redondilhos de "Desengano", que, além disso, registram o abandono da divisão rígida das estrofes. Nos redondilhos de "Resignação" uma interessante modulação rítmica, a partir de posições tônicas variáveis, combina o fraseado agradável e melódico com as imagens imponentes do isolamento do eu. Ao conquistar uma nova dicção, a lírica de Varela efetua o trânsito necessário para mover-se além da pura repetição dos lugares-comuns e dos estereótipos, sem dúvida, abundantemente aproveitados. Com ele, aquele sofrer infinito em que se perdeu parte da poesia desfibrada do nosso romantismo passa por um processo de adensamento e de afirmação da individualidade artística, que marca a distância do poeta em relação às dores cantadas como mera atitude literária.

A melhor evidência disso encontra-se na poesia elegíaca, cuja realização máxima está nos versos brancos do extraordinário "Cântico do Calvário", praticamente a única bem-sucedida composição do gênero na literatura brasileira. Um lamento fúnebre admiravelmente escrito a partir da memória do filho recém-falecido, que consagra o momento de maturidade de sua lírica, num encontro raro de imaginação e experiência de vida. Para Antonio Candido, a importância do "Cântico do Calvário" não repousa apenas no "impacto emocional, mas no cunho simbólico, onde se fundem a experiência imediata (perda do filho) e a vista por ela aberta sobre o mistério da criação poética, surgindo entre ambos a morte como intercessor"[20].

No canto lamurioso, os sentimentos profundos de dor e desesperança do enlutado são repostos pelos sentidos da figuração da morte prematura do filho, que permanece presente em ou-

---

20. Antonio Candido, *Formação da literatura brasileira, momentos decisivos*. 5ª ed. Belo Horizonte, Ed. Itatiaia/ São Paulo, Ed. da Universidade de São Paulo, 1975.

tra dimensão, enquanto pensamento. Como se Varela depositasse na multiplicação de metáforas um poder transfigurador em relação à precariedade humana, capaz de diminuir o sofrimento efetivo e, simultaneamente, guiar a inspiração poética. É notável o fluxo de metáforas desencadeadas desde as primeiras estrofes, onde se refere à criança como a "pomba predileta", "estrela", "glória", "inspiração", "pátria", sugerindo o nascimento em termos de paz, alegria e esperança, para imediatamente quebrar a seqüência harmônica por meio de uma nova ordenação sintática, que enfatiza a fatalidade das ações: "pomba – varou-te a flecha do destino!/ Astro – engoliu-te o temporal do norte!/ Teto – caíste! Crença – já não vives!" A síntese decorrente da justaposição de imagens fortes de queda tenta reproduzir o efeito da interrupção abrupta de uma energia vital ascendente, ao qual o fluxo das metáforas iniciais aludia. A morte, uma vez reproduzida enquanto corte, deixa de ser apenas marca de uma existência física interrompida para se configurar como um motivo de reflexão poética, permitindo que o autor passe em revista a própria idéia de inspiração. O que fora símbolo da perda de um porvir venturoso, passa a lançar luz e calor sobre o estro de um poeta igualmente condenado ao pó.

A noção do poeta angustiado pelo encontro com a morte configura um elemento importante na abordagem romântica do tema da vida breve, que se esvai em meio às dores tantálicas e aos amores impossíveis. Fazem parte deste repertório as imagens de um eu lírico deprimido e martirizado, que se sente desconfortável no mundo e, por isso, tenta penetrar os mistérios da natureza, a fim de participar do espetáculo harmonioso do universo, onde a essência da criação residiria. Os fenômenos grandiosos da natureza servem de espelho para esta figuração do desassossego do gênio abatido, que mira as tormentas no oceano, as ventanias no céu, o revolver das areias no deserto, as cordilheiras enormes e as florestas fechadas, num esforço inútil para estabelecer o vínculo direto entre o homem e o mistério da criação. Na lírica de Varela, vamos encontrar a composição de quadros panorâmicos de fundo, diante dos quais emerge a figura do poeta solitário e orgulhoso, representado na imagem imponente de uma planta, que medita sobre o peso da dor ou a passagem do tempo. Em "Resignação", o cedro conota a resistência altiva, que não se verga ao sol, nem ao vento, em contraste com as imagens de declínio do homem. O mesmo elemento é evocado em "Queixas do poeta" como integrante de uma paisagem formosa que destoa da alma do vate desterrado e prisioneiro das próprias feridas. Em tais poemas, a agitação alegre da natureza, cheia de movimentos, aromas e ruídos, se faz perceber pelo olhar infeliz de um eu passivo, que se conserva em estado de torpor meditativo, enquanto à volta todo o resto se anima e incendeia. Este canto da natureza exuberante, que guarda reminiscências do americanismo de Gonçalves Dias, brota no campo fértil da imaginação poética, do qual nascem os imensos painéis estilizados com as tintas do puro subjetivismo.

Uma forma complementar de representação da atitude contemplativa do eu lírico diante das manifestações da natureza desenvolve-se a partir das imagens campesinas, próximas da poesia de Casimiro de Abreu. Neste particular, o foco visual dirigido aos detalhes da flora e da fauna demarca um certo afastamento dos quadros mais amplos e característicos do sublime romântico, em favor de um desenho doce e suave da paisagem rural. Em vez das atormentadas cenas noturnas, Varela dá preferência aqui à estação das flores, quadra estival que reaviva a figuração de um cenário bucólico emprestado aos árcades. Salta ao primeiro plano o bucolismo singelo que recorre à simplicidade da vida do campo e contribui para reiterar o contraponto caseiro aos arroubos dos primeiros românticos.

Em consonância com o espírito doméstico da visão dos arrabaldes introduzida por Casimiro de Abreu, Varela compõe um quadro delicado, em que os prazeres da natureza tropical amena acompanham o vai-e-vem de sabiás, andorinhas, borboletas, beija-flores, mariposas, abelhas e vaga-lumes. Como se o poeta procurasse sua medida lançando o olhar para os horizontes amplos do firmamento e, paralelamente, flagrando as cenas miúdas dos arredores simples que estimulam um lirismo sereno e suspiroso, renovado pela temática da saudade da infância. Vale dizer que realiza com extrema habilidade a passagem para o registro do belo e do aprazível, desenvolvendo algumas modulações rítmicas e sonoras que mimetizam o vôo leve e esvoaçante das aves pequeninas. Revela seu domínio técnico na concepção plástica e musical dos deslocamentos que descreve. Aos detalhes na reprodução deste dinamismo da vida campestre também acrescenta, de modo particularmente original, a notação rebaixada da coreografia subterrânea de animais rastejantes. Em um cenário único, oferece a visão das aves que passeiam e as minúcias descritivas do remexer de vermes, aranhas e lagartixas, com os quais exibe a contraface lúgubre e repugnante da poética ultra-romântica.

"Juvenília", poema de abertura de *Cantos e fantasias*, em dez cantos de estrofes e versos de medida variável, constitui o ponto alto da sentimentalidade primaveril que utiliza no enquadramento da temática amorosa. A presença da mulher amada se liga à estação das flores por intermédio da lembrança da 'idade da inocência':

> Lembras-te, Iná, dessas noites
> Cheias de doce harmonia,
> Quando a floresta gemia
> Do vento aos brandos açoites?
> (...)
> Lembras-te, Iná? Belo e mago,
> Da névoa por entre o manto,
> Erguia-se ao longe o canto
> Dos pescadores do lago.

Neste cenário, a saudade faz com que a pureza juvenil corresponda ao frescor da natureza meiga, plácida e sorridente, onde o gorjeio das aves entra em sintonia com os sonhos de felicidade futura, a ponto de estes adquirirem matizes sensuais nas imagens lânguidas e preguiçosas do amanhecer. Algo similar encontra-se na idealização chorosa de "A Várzea":

> Às luzes matutinas,
> Sorrindo entre neblinas,
> A várzea como é linda!
> Parece uma criança
> Rosada, loura e mansa,
> No mole berço ainda.
> (...)
> Depois leve, indolente
> A névoa docemente
> Desdobra-se passando,
> E além, nos horizontes,
> Por entre os altos montes,
> O sol vem despontando.

E, de maneira mais evidente, no erotismo da paisagem que transparece em "Ao Rio de Janeiro" de *Cantos meridionais*, onde o poeta avista a Guanabara altiva "Mole, indolente, à beira-mar sentada,/ Sorrindo às ondas em nudez lasciva"[21] e se põe a sonhar com a promessa de uma glória eterna.

---

21. Em ensaio sobre "A poesia do eu", Paulo Franchetti apontou a evidência da sensualidade nesta descrição de Varela. Cf. *América latina, palavra, literatura e cultura*. Ana Pizarro (org.). São Paulo, Memorial/Campinas, Unicamp, 1994, pp. 187-220.

Uma segunda expressão do idílio bucólico alia os motivos do ultra-romantismo ao contexto rústico e desidealizado da choça de palha, na linha da poesia sertaneja praticada à época por Bittencourt Sampaio, Joaquim Serra, Bruno Seabra e Trajano Galvão. A inclusão de dados objetivos do cotidiano caipira assinala em Varela uma inclinação para o retrato realista do campo convivendo lado a lado com as imagens tardias do byronismo, como a do alazão e do corcel, por exemplo, no poema intitulado "A Roça". Neste, Varela explora a rememoração da infância na fazenda a partir do paralelo entre o movimento do balanço constante da rede e o galope do cavalo.

> O balanço da rede, o bom fogo
> Sob um teto de humilde sapé;
> A palestra, os lundus, a viola,
> O cigarro, a modinha, o café;
>
> Um robusto alazão, mais ligeiro
> Do que o vento que vem do sertão,
> Negras crinas, olhar de tormenta,
> Pés que apenas rastejam no chão;
>
> E depois um sorrir de roceira,
> Meigos gestos, requebros de amor;
> Seios nus, braços nus, tranças soltas,
> Moles falas, idade de flor;

Adaptado à matriz sertaneja, o tema da inocência perdida que alimenta o assunto amoroso abre um canal para uma renovação da figura feminina. Acolhida pelo cenário agreste, a mulher adquire traços de fisionomia e de comportamento eróticos que mostram uma rejeição às virgens pálidas da lírica sugestionada pelas paisagens mórbidas e anêmicas. Em Varela, contudo, o tema da desilusão juvenil posto em relevo pelas cenas de campina não chega a configurar uma poesia da saudade, no sentido do que produziram os arrulhos de pombas e juritis em Casimiro. Tampouco se poderia tomá-lo como cantor caracteristicamente da roça, tal é a combinação de motivos da convenção romântica, que ainda se mantém, com os dados do meio rural, onde a alma solitária faz seu pouso esporádico em busca de alento e inspiração.

Poeta versátil, Varela se mostra disposto a adaptar o ideal naturista a uma gama variada de cenários disponíveis na produção do romantismo. Abre um leque de modelos múltiplos e diversificados, dando precedência ora aos tons sublimes, ora às tonalidades médias, numa inclinação para o rebaixamento que chega a antecipar as inflexões da poesia realista. Quanto a isso, avança na direção de um padrão descritivo pautado pela percepção não idealizada da vida e da paisagem. A conciliação de traços estilísticos distintos cria uma trama de grande vivacidade, em que os opostos se entrelaçam e misturam driblando o mero lugar-comum. Varela foge à monotonia e prepara uma espécie de inventário dos cenários manipulados pelos contemporâneos, demonstrando, em última instância, uma necessidade de testar a validade dos recursos que possui à mão. O mapeamento que efetua das imagens da natureza parece revelador do diálogo que se propõe a travar com as possibilidades oferecidas pela convenção poética. Um exemplo encontra-se no uso do soneto, forma clássica pouco adotada pelos românticos, no poema "Enojo", cujos tercetos condensam a tensão entre o eu e a paisagem:

> E pouco a pouco se esvaece a bruma,
> Tudo se alegra à luz do céu risonho
> E ao flóreo bafo que o sertão perfuma.
>
> Porém minh'alma triste e sem um sonho
> Murmura olhando o prado, o rio, a espuma:
> Como isto é pobre, insípido, enfadonho!

Na estrutura compacta do soneto, a dissociação entre a voz do eu e as manifestações do dia se expressa através da passagem dos quartetos de marcação expandida, que contam com o auxílio das elisões e do *enjanbement*, reproduzindo o despertar manso e festivo da paisagem edênica, para os tercetos formados de segmentos menores, em que o divórcio entre poeta e natureza se confirma no recorte rítmico picotado. Incapaz de estabelecer uma identificação com o espetáculo do alvorecer, o eu resume tudo a uma melancolia subjetiva. O jogo de antíteses, característico do estilo barroco, reforça a idéia de contrariedade entre os estímulos sensitivos dados pelo ambiente e o condicionamento emocional do ser que o contempla. A oposição entre uma realidade percebida com sinais positivos e o estado de espírito sombrio do observador pode ser notada inclusive na adjetivação final fazendo rimar risonho/sonho/enfadonho. Porém o realce fundamental do poema talvez provenha do contraponto que sua estruturação constrói entre o movimento incessante do raiar do dia e o ser estacionado, que fica olhando imóvel as brumas da aurora se dissiparem[22].

O uso do soneto e o estilo barroco baseado no jogo de antíteses deixam indícios do embate tipicamente romântico acerca da representação de uma natureza brasileira acolhedora e inspiradora. Nela nossos poetas buscam os sentidos da melancolia e os motivos para seus devaneios. Cantam a atração pelas belezas naturais como forma de valorização dos elementos locais e como expressão da vontade do artista de vincular-se ao universo da criação. No entanto, confrontados com a impossibilidade de estabelecer uma correspondência completa e harmoniosa com o meio, dão voz ao drama da separação. Com um perfil infeliz, assumem a expressão do próprio desamparo, reconhecendo-se impedidos de participar do teatro de beleza edênica.

É nesta ótica que se somam a imagem do vate romântico, o gênio eleito para transmitir as verdades do mundo, e o sentimento de desajuste e marginalidade. A idéia bastante generalizada

---

22. Para uma análise da primeira versão deste soneto, ver Hélio Lopes, *Letras de Minas e outros ensaios*, Alfredo Bosi (seleção e apresentação). São Paulo, Edusp, 1997, p. 385.

de infelicidade do talento artístico sedimenta-se na visão do poeta solitário, incompreendido e proscrito, que, embora tenha sido escolhido por Deus, se sente condenado à dor e ao exílio. O vagar sem destino e sem descanso configura uma das formas desta condenação interpretada a partir do mito do judeu errante, que dá nome ao popularíssimo romance *Juif errant* (1844) de Eugênio Sue. O mito que remonta aos tempos bíblicos inspirou diversas versões na literatura européia durante o século XIX[23]. Entre nós, Junqueira Freire divulgou a lenda enfocando o castigo da diáspora judaica em "O Renegado/ Canção do Judeu" de *Inspirações do clautro*. A matriz bíblica da errância imposta ao povo da lei mosaica encontra-se na maldição lançada sobre Caim, que, tendo se afastado de Deus, andou pela terra e foi morar em Nod. O episódio de Caim narrado no Gênese desdobrou-se em lendas populares que fixaram o nome de Ahasvero como a figura errante. Uma interpretação cristã bastante difundida narra o encontro de Ahasvero com Cristo, que a caminho do Calvário teria parado à sua porta para descansar. Ahasvero, tendo ordenado a Cristo que caminhasse, recebeu dele a maldição de caminhar pelo mundo até o dia do juízo final.

As menções ao tema do judeu errante na obra de Varela são recorrentes e identificam a figura

---

23. Sobre a presença da lenda de Ahasvero no romantismo brasileiro, ver Hélio Lopes, "Ahasvero, tema literário", op. cit., pp. 390-414.

do condenado com a tarefa do artista. Segundo esta interpretação, a infelicidade do gênio solitário e desamparado encontra paralelo na maldição do exílio que obriga Caim e Ahasvero ao caminhar eterno. Ambos cumprem o castigo determinado à humanidade da qual o poeta se assume como porta-voz. Varela já fazia uso desta imagem no primeiro texto em prosa intitulado "Palavras de um Louco", em que comparava o artista incompreendido ao caminhante. Em "Sombras", de *Cantos e fantasias*, falando do sofrimento de sobreviver, refere-se ao poeta como aquele que segue a trilha do Calvário:

> Andar e sempre andar! O globo inteiro
> Pendido atravessar como Caim!
> Não achar um repouso, um termo, um fim
> À dor que rói, lacera e não descansa!

E em "Desengano", do mesmo livro, tratando das esperanças de glória e das promessas de eternidade da musa eleita, novamente lembra o castigo proferido:

> Que me importa um nome impresso
> No templo da humanidade,
> E as coroas de poeta,
> E o selo da eternidade?
> Se para escrever os cantos
> Que a multidão admira
> É mister quebrar as penas
> De minh'alma que suspira!
> Se nos desertos da vida,
> Romeiro da maldição,

> Tenho de andar sem descanso
> Como o Hebreu da tradição!...
> Buscar das selvas o abrigo,
> A sombra que a paz aninha,
> E ouvir a selva bradar-me:
> Ergue-te, doudo, e caminha!
> Caminha! – dizer-me o monte!
> Caminha! – dizer-me o prado.
> Oh! mais não posso! – Caminha!
> Responder-me o descampado!
> Ah! não me fales da esperança,
> Eu bem sei que são mentiras
> Que se dissipam, criança!

Aqui ele recria o diálogo da lenda confrontando o caminhante apartado da multidão com as manifestações da natureza, que substituem a voz divina na ordenação do castigo. Sem encontrar abrigo nem descanso junto à natureza paradisíaca, o artista é aquele que traduz em canto o martírio do despatriado. Esta notação do destino errante do gênio encontra-se disseminada na obra de Varela, em que verificamos sua encarnação nas figuras, até certa medida tradicionais, do peregrino, do romeiro e do viajante. Menos comum no âmbito literário, a comparação com o tropeiro também é evocada para exprimir, nos termos dos relatos de extração popular, a condição nômade da alma do artista, em sua procura pela pátria e pela eternidade perdida.

Na vertente lírica da poesia de Fagundes Varela, tivemos oportunidade de examinar de que maneira os motivos intimamente relacionados com o pessimismo e o desencanto byroniano da segunda geração romântica se renovaram em diversas frentes. Principalmente nas abordagens do amor, da natureza e da criação poética as mudanças observadas atestam o intuito do poeta de evitar a simples imitação, experimentando ajustes e combinações. Citamos o uso alternado de tons grandiloqüentes e medianos, a introdução de uma notação realista que se sobrepôs à percepção idealista do mundo, e, finalmente, a mistura de símiles originários da convenção com as fontes do imaginário popular. Varela foi, neste aspecto, um poeta múltiplo e avesso à rigidez das normas. Transformou o tema do escritor marginal no *leitmotiv* de sua própria vida e levou ao extremo o rompimento com a sociedade, estendendo seu repúdio à vida nas cidades.

Às constantes oposições do tipo sombra/luz, alegria/tristeza, exterior/interior e solidão/multidão somou-se, em sua obra, o contraponto entre o campo e a cidade. A tensão romântica que divide estes dois mundos se acirrou, ganhando destaque no último livro, intitulado *Cantos do ermo e da cidade*. As desilusões do poeta andarilho referem-se não apenas ao ambiente rural, como também ao contexto urbano, no qual identifica a presença do mal, conforme insinuam os versos de "Em viagem". Com a polarização, Varela trouxe para o âmbito da poesia brasileira a tematização da cidade enquanto um espaço hostil, de incompreensão e adversidades. Sua obra marca assim o despertar de uma dinâmica conflitiva do artista com seu meio. Em "A Cidade", de *Cantos meridionais*, vemos incorporado ao elenco de motivos do nosso romantismo o desconforto do gênio com os valores burgueses.

Por tudo o que foi dito acima, a poesia de Varela pode ser entendida como um prenúncio da revolta do artista contra o modo de vida burguês. Sua obra toca de perto os conflitos que redefiniram os rumos da poesia ulterior do romantismo entre nós e lançaram os fundamentos iniciais da arte moderna. Um provável leitor de Baudelaire, Varela prolongou os vetores do satanismo na sua expressão tardia da rebeldia boêmia, funcionando como uma espécie de elo na corrente que atravessou as estratégias de distanciamento social do simbolismo e desembocou na ruptura modernista com o público aristocrata e conservador. Ainda que nele o ódio ao burguês não tenha sido forte a ponto de eliminar a visão resignada do homem religioso diante de seu destino, resultando em formas de rompimento efetivo, a afirmação do desenraizamento como uma condição inerente ao poeta confere feições modernas ao dilema da criação que ele tematizou. Podemos captar em suas composições os primeiros sintomas do processo de transição das expressões do mal-estar essencialmente ultra-romântico para as abordagens da problemática do artista com o seu público, que no século seguinte dominariam o campo da criação.

Apontados os sinais e considerados os limites, podemos concluir dizendo que sua obra comporta um fator de repetição que o levou a ser tomado por muitos como expressão epigonal do segundo romantismo brasileiro. Em contrapartida, inaugura uma trilha pessoal de renovação dos procedimentos poéticos que interferiu no quadro literário da época, deixando ecos tanto nos contemporâneos, dentre os quais o nome imediato a ser lembrado é o de Castro Alves, quanto nos talentos posteriores do modernismo. Vítima dos equívocos e restrições da crítica, em especial a parnasiana, Varela passou por um período de esquecimento até que o juízo de sua obra fosse reconsiderado e seu valor restabelecido. Hoje que o resgate não se faz mais necessário, podemos lê-lo na medida de seu tempo.

ORNA MESSER LEVIN

BIBLIOGRAFIA DO AUTOR

FAGUNDES VARELA, Luís Nicolau, *Noturnas*. São Paulo, Tip. Imparcial, de J. R. de Azevedo Marques, 1861.
_____. *Noturnas*. São Paulo, Tip. Imparcial, de J. R. de Azevedo Marques, 1864.
_____. *Noturnas*. São Paulo, Tip. do Correio Paulistano, ed. J. R. de Azevedo Marques, 1876.
_____. *Noturnas*. Porto, Tip. de Antônio José da Silva Teixeira, 1876 (considerada clandestina por Edgar Cavalheiro).
_____. *O estandarte Auriverde* (cantos sobre a questão anglo-americana). São Paulo, Tip. Imparcial, de J. R. de Azevedo Marques, 1863.
_____. *Vozes da América*. São Paulo, Tip. Imparcial, de J. R. de Azevedo Marques, 1864 (2ª de *Noturnas*).
_____. *Vozes da América*. São Paulo, Tip. do Correio Paulistano, ed. J. R. de Azevedo Marques, São Paulo, 1876 (3ª de *Noturnas*).
_____. *Vozes da América*. Porto, Tip. de Antônio José da Silva Teixeira, 1876 (4ª de *Noturnas*).
_____. *Cantos e fantasias*. São Paulo, Garraux, de Lailhacar & Cia. Livreiros, Editores, Largo da Sé, 1; Paris, Tip. de Ad. Lainé e J. Havard, rua dos Santos Padres, 19, 1865.

_____. *Cantos meridionais*. Rio de Janeiro, Tip. Universal, de Eduardo & Henrique Laemmert, 1869.

_____. *Cantos meridionais*. Nova edição aumentada, Rio de Janeiro, Laemmert & C. s/d.

_____. *Cantos do ermo e da cidade*. Rio de Janeiro, B. L. Garnier, Rua do Ouvidor, 69; Paris, E. Belhate, Editor.14, Rue de L'Abbaye/ Typ. de Ad. Lainé, rua dos Santos Padres, 19, s/d.

_____. *Anchieta ou O Evangelho nas selvas*. Rio de Janeiro, Livraria Imperial, de E. G. Possolo Editor, Rua do Ouvidor, 81/ Tip. de Brown & Evaristo, rua do Senado, 12, 1875.

_____. *Cantos religiosos*. Em colaboração com Ernestina Fagundes Varela e texto de Otaviano Hudson. Rio de Janeiro, Eduardo & Henrique Laemmert Editores, 1878.

_____. *Diário de Lázaro*. Estudo crítico por Franklin Távora e nota de José Ferreira de Meneses. Rio de Janeiro, Tip. Nacional, 1880.

_____. *Obras completas*. Edição, organização, revisão e nota biográfica de Visconti Coaraci. Rio de Janeiro, H. Garnier, s/d, 3 vols.

_____. *Obras completas de Fagundes Varela*. Com estudo crítico de Adelmar Tavares. Rio de Janeiro, Livraria Editora Zelio Valverde, 1943, 3 vols. (coleção "Grandes poetas do Brasil").

_____. *Obras completas*. São Paulo, Editora Cultura, 1943.

_____. *Poesias completas*. Organização, revisão e notas de Frederico José da Silva Ramos; introdução de Edgar Cavalheiro. São Paulo, Livraria Saraiva, 1956.

_____. *Poesias completas de L. N. Fagundes Varela*. Organização e apuração do texto Miécio Táti e E. Carrera Guerra. São Paulo, Companhia Editora Nacional, 1957, 3 vols. (coleção de obras-primas da literatura nacional).

BIBLIOGRAFIA CRÍTICA

AMORA, Antonio Soares. *A literatura brasileira*; o romantismo. 5ª ed. São Paulo, Cultrix, 1977, vol. II, pp. 176-82.

ANDRADE, Carlos Drummond de. *Confissões de Minas*. Rio de Janeiro, América Ed. 1944.

AZEVEDO, Vicente de Paulo Vicente de. *A vida atormentada de Fagundes Varella*. São Paulo, Livraria Martins Editora, 1966.

BANDEIRA, Manuel. *Apresentação da poesia brasileira*. 2ª ed. Rio de Janeiro, Casa do Estudante do Brasil, 1946.

BOSI, Alfredo. *História concisa da literatura brasileira*. 2ª ed. São Paulo, Cultrix, 1975.

CANDIDO, Antonio. "Transição de Fagundes Varela", em *Formação da literatura brasileira*: Momentos decisivos. 5ª ed. São Paulo, Edusp; Belo Horizonte, Editora Itatiaia, 1975, vol. II, pp. 257-67.

CARVALHO, Ronald de. *Pequena história da literatura brasileira*. 10ª ed. Rio de Janeiro, Briguiet, 1955.

CAVALHEIRO, Edgar. *Fagundes Varela*. 3ª ed. São Paulo, Livraria Martins, 1956.

CUNHA, Fausto. *O romantismo no Brasil, de Castro Alves a Sousândrade*. Rio de Janeiro, Paz e Terra/INL, 1971.

FARIA, Alberto. "Fagundes Varela", em *Revista da Academia Brasileira de Letras*, ano XVI, n. 41, pp. 349-95, março de 1925.

HOLANDA, Sérgio Buarque de. *Cobra de vidro*. São Paulo, Perspectiva, 1978, pp. 15-21.

LIMA, Jorge de. "Fagundes Varela", em *Revista do Brasil*. 3ª fase, nº 4, outubro de 1934, pp. 358-73.

LOPES, Hélio. "Fagundes Varela", em *Letras de Minas e outros ensaios*. Org. Alfredo Bosi. São Paulo, Edusp, 1997, pp. 385-90.

MERQUIOR, José Guilherme. *De Anchieta a Euclides: breve história da literatura brasileira*. Rio de Janeiro, José Olympio, 1977.

MOTA, Ottoniel. "Fagundes Varela", em *Revista de Língua Portuguesa*, nº 25, pp. 91-109, setembro de 1923.

PICCHIO, Luciana Stegagno. *História da literatura brasileira*. Rio de Janeiro, Nova Aguilar, 1997, pp. 212-4.

ROMERO, Silvio. *História da literatura brasileira*. Organizada e prefaciada por Nelson Romero. 4ª ed. Rio de Janeiro, José Olympio, 1949.

VERÍSSIMO, José. *Estudos de literatura brasileira - 2ª Série*. Prefácio de Vivaldi Moreira. 2ª ed. São Paulo, Edusp; Belo Horizonte, Editora Itatiaia, 1977, pp. 77-85.

VILLALVA, Mario. *Fagundes Varela*. Rio de Janeiro, Empresa Gráfica Editora, 1931.

TÁVORA, Franklin. "Estudo crítico", em *Obras completas de L. N. Fagundes Varella*. Organização, revisão e biografia de Visconti Coaraci. Rio de Janeiro/Paris, Livraria Garnier, s/d.

SECCHIN, Antonio Carlos. "O social no romantismo: o poeta-profeta", em *Poesia e desordem*. Rio de Janeiro, Topbooks, 1996, pp. 32-9.

CRONOLOGIA

1841. A 17 de agosto, nasce Luís Nicolau Fagundes Varela na Fazenda Santa Rita, município de Rio Claro, pertencente à Província do Rio de Janeiro. Filho de Emília Carolina de Andrade e de Emiliano Fagundes Varela, bacharel em direito que exerceu diversas atividades profissionais, tais como advogado, juiz, professor, vereador e deputado provincial. Descende pelo lado paterno do dr. Luís Nicolau Fagundes Varela e de Maria Emília, sendo neto, pelo lado materno, do coronel José Luís de Andrade e de Rita Maria de Andrade. Até os dez anos de idade, vive com a família na Fazenda Santa Rita, na vila de Nossa Senhora da Piedade de Rio Claro, de propriedade dos avós maternos, assim como no sítio São Carlos, em São João do Príncipe (atual São João Marcos), às margens do Rio das Araras.

1851. Viaja para a Província de Goiás em companhia do pai, que fora nomeado juiz de direito de Catalão. Recebe do próprio pai lições elementares de gramática, latim e francês.

1852. Regressa de Catalão com dr. Emiliano, que assume, pela segunda vez, a cadeira de deputado na Assembléia Provincial. Uma nova nomeação, desta vez para o juizado de Angra dos Reis, obriga dr. Emiliano a transferir a família para aquela vila à beira-mar, onde Varela conhece José Ferreira de Meneses, seu futuro companheiro durante os estudos em São Paulo. Recebe os ensinamentos do professor José de Souza Lima.

1857. A família fixa domicílio em Petrópolis, onde residia o irmão do dr. Emiliano, Jovino Varela. Passa a estudar sob orientação do professor Jacinto Augusto de Matos, lente do célebre Colégio Kopke.

1859. Em virtude da terceira eleição do pai para a Assembléia Provincial, a família passa a residir em Niterói. Varela realiza estudos preparatórios para os exames da Faculdade de Direito com o professor José Candido de Deus e Silva. Traduz do latim e do francês. Ensaia as primeiras tentativas poéticas. Ao final do ano, falece seu avô e padrinho, Coronel José Luís de Andrade.

1860. Desembarca no porto de Santos, em mudança para São Paulo, a fim de concluir os estudos preparatórios no Curso Anexo à Faculdade de Direito. Instala-se na casa de seu tio paterno Luís Nicolau Varela, à rua São José, 21, atual Líbero Badaró. Após um desentendimento com o primo, muda-se para a casa de familiares, no bairro da Mooca. Estréia a 27 de maio na *Revista Dramática*, fundada por Peçanha

Póvoa, com um artigo um tanto ingênuo intitulado "O drama moderno", no qual exalta a dramaturgia romântica francesa e critica os clássicos. Permanece em São Paulo durante as férias escolares e assiste à peça *Dalila*, de Octave Feuillet, encenada pela companhia dos artistas portugueses Luís Cândido Furtado Coelho e Eugênia Infante da Câmara.

1861. Mantém um caso amoroso com Rita Maria Clementina de Oliveira, a famosa mundana Ritinha Sorocabana, a quem supostamente teria dedicado o poema "Vem!...", publicado na *Revista da Associação Recreio Instrutivo*, em junho, e posteriormente incluído em *Vozes da América*. Recita poema em homenagem a Furtado Coelho durante o festival de encerramento da temporada. Em outubro, publica no *Correio Paulistano* o primeiro de uma série de folhetins, intitulado *Ruínas da Glória – contos fantásticos*, no qual se nota a influência da prosa de Álvares de Azevedo. Em novembro, presta os exames de ingresso para a Faculdade de Direito. Estréia como poeta com a publicação do pequeno volume *Noturnas*, que dedica à mãe.

1862. Matricula-se, a 14 de março, no primeiro ano da Faculdade. Enamora-se de Alice Guilhermina Luande, filha do proprietário do Circo Eqüestre e Ginástico Cia. Luande, que se apresentava na cidade desde o final do ano anterior. Viaja ao Rio de Janeiro, onde pretende receber a autorização paterna para o casamento apressado. Ao regressar, em abril, dirige-se a Campinas e Sorocaba, seguindo a excursão artística da empresa circense. Com a intervenção do Vigário Capitular, Joaquim Manuel Gonçalves de Almeida, antigo colega de faculdade do dr. Emiliano, recebe finalmente a carta de consentimento para as bodas, realizadas a 28 de maio. Não tendo freqüentado as aulas regularmente no primeiro semestre, é reprovado em lista publicada, a 21 de agosto, no *Correio Paulistano*. Acompanha as apresentações da companhia eqüestre do sogro recitando poemas.

1863. Reinicia o primeiro ano da Faculdade de Direito. Instala-se com a esposa numa casa alugada, para além do Tamanduateí, na freguesia do Brás. Publica a plaqueta *O estandarte auriverde*, que reúne oito cantos sobre o conflito diplomático anglo-brasileiro, conhecido como "a Questão Christie". Leva uma vida boêmia e indisciplinada, sem atender às aulas. Contrai dívidas e, no mês de maio, acaba sendo despejado da residência. Perde os parcos bens que possui, além de cerca de sessenta livros que compõem sua biblioteca, em paga dos aluguéis atrasados. Ausenta-se para evitar os credores. Comparece à Faculdade para participar de sessão solene promovida pela Associação Culto à Ciência, na qual declama "A visão de Colombo", depois intitulado "Predestinação." Nasce seu primeiro filho, Emiliano, a 4 de setembro, numa república de estudantes mineiros, sob a assistência de Cândido Maria de Oliveira. Retoma os estudos em novembro e realiza os exames finais, sendo aprovado para o segundo ano letivo. Seu primogênito vem a falecer dia 11 de dezembro, com apenas três meses de idade. O corpo do bebê é enterrado na quadra nº 3 dos anjos pequenos, sepultura 391, do Cemitério da Consolação. Viaja para o Rio de Janeiro pelo vapor Piraí. Passa o Natal com a família.

1864. Regressando das férias fluminenses de verão, desembarca no porto de Santos a 14 de março, após viagem pelo vapor Santa Maria. Entrega os originais de *Vozes d'América* ao editor, que os publica em setembro. Declama poemas na solenidade da Independência. No mesmo mês de setembro, sua cena cômica "39 Pontos", escrita especialmente para a noite em benefício do ator Lopes Cardoso, é interpretada com sucesso no Teatro São José. Em dezembro, já tendo sido aprovado nos exames finais que se realizavam em novembro, viaja para a fazenda Santa Rita com Alice, que manifesta sintomas de tuberculose.

1865. A 24 de fevereiro, embarca no navio Béarn rumo à cidade de Recife, onde pretende dar continuidade aos estudos. No dia 27, o navio francês encalha em um banco de recifes na ponta dos Castelhanos, ao sul do Morro de São Paulo. Na manhã seguinte, realiza-se o resgate dos passageiros, que são transportados para Salvador, onde Varela permanece alguns dias. Desembarca em Recife a 18 de março, pelo vapor Oiapoque, no qual também viajava Castro Alves. Passa a freqüentar a Faculdade de Direito de Recife. Profere discurso em sessão Magna do Gabinete Português de Leitura de Pernambuco, celebrada a 15 de agosto, em homenagem ao 14º aniversário da instituição. A luxuosa edição de *Cantos e fantasias*, impressa em Paris, é lançada com dedicatória ao dr. Emiliano e prefácio de Ferreira de Meneses. Recebe a notícia do falecimento de sua esposa Alice, sepultada em Rio Claro. Após prestar os exames finais, embarca a 16 de dezembro no vapor inglês Víper, aportando no Rio de Janeiro às vésperas do Natal.

1866. Decide não voltar a Recife e concluir os estudos em São Paulo. No dia 7 de março, desembarca no porto de Santos, vindo pelo vapor São José. Cursa o 4º ano letivo e escreve folhetins para o *Correio Paulistano*. Entretanto, não consegue se adaptar novamente à cidade. Em junho, perde o ano por faltas. Abandona a Faculdade, regressando à pequena Rio Claro. Passa um longo período circulando pela região próxima à fazenda natal. Leva uma vida ociosa e instável.

1867. A dez de março, casa-se em segundas núpcias com a prima Maria Belisário de Andrade.

1869. Dr. Emiliano vende a Fazenda Santa Rita para honrar dívidas e cumprir o inventário de D. Rita Andrade. A família passa a residir na Chácara São Carlos, em São João do Príncipe. Varela continua contando com o auxílio da família. Encontram-se à venda dois novos volumes, *Cantos meridionais* e *Cantos do ermo e da cidade*.

1870. A 21 de maio nasce sua filha Ruth. Transfere-se para Niterói, onde toda a família fixa residência. Estreita amizade com Otaviano Hudson. Compõe o poema "Diário de Lázaro", de publicação póstuma, e alguns dramas inéditos.

1871. Redige o primeiro canto de *Anchieta ou O Evangelho nas selvas*.

1872. A 18 de junho nasce Lélia, sua segunda filha.

1874. Em novembro nasce Manoel, que logo vem a falecer, vítima de gastroenterite, sendo sepultado no dia 1º de dezembro, em Niterói.

1875. Morre em Niterói, na casa dos pais, à Rua da Praia, nº 189, na manhã de 18 de fevereiro, vítima de uma congestão cerebral ocorrida na noite anterior. Após as orações realizadas na matriz de São João Batista, no dia 19 de fevereiro, é sepultado no cemitério do Maruí, nº 101, quadra F.

NOTA SOBRE A PRESENTE EDIÇÃO

Para esta edição, utilizei a divisão estabelecida por Visconti Coaraci na organização das *Obras completas* de Fagundes Varela, pela H. Garnier (entre 1886 e 1892), que reuniu no segundo volume *Cantos e fantasias*, *Cantos meridionais* e *Cantos do ermo e da cidade*. Optei, todavia, por excluir as *Avulsas*, que não constam das primeiras edições de Varela, embora figurem na edição de *Noturnas* e de *Vozes d'América*, de Antonio José da Silva Teixeira (Porto, 1876), considerada clandestina por Edgar Cavalheiro, onde foram incluídas como *Inéditas*. O mesmo princípio adotei em relação às *Novas avulsas*, adicionadas ao segundo volume das *Poesias completas* apurado por Miécio Táti e E. Carreira Guerra, com base na nova edição de *Cantos meridionais*, pela Laemmert & C. (s/d). Assim, o presente volume segue o índice das primeiras edições de *Cantos e fantasias* (1865), *Cantos meridionais* (1869) e *Cantos do ermo e da cidade* (s/d).

Para o estabelecimento dos textos, recorri, muitas vezes, às edições anotadas por Frederico

José da Silva Ramos (1956), Miécio Tati e E. Carreira Guerra (1957) e Péricles Eugênio da Silva Ramos (1982), que considero fundamentais para o esclarecimento de dúvidas e verificação das variantes. A consulta às primeiras edições permitiu a supressão de gralhas encontradas aqui e ali nas demais publicações e confirmou a necessidade de incorporação de algumas correções sugeridas pelos estudiosos da obra de Varela, principalmente diante das evidências de erros tipográficos. Tais incorporações encontram-se assinaladas em notas. O retorno aos primeiros impressos foi decisivo também no que se refere à pontuação, que sofreu inúmeras interferências no decorrer dos anos. Procurei eliminar as marcas destas intervenções, a fim preservar a fidelidade em relação à concepção original, mesmo que aos olhos contemporâneos o uso que o poeta faz da pontuação possa parecer, muitas vezes, impróprio ou pouco expressivo.

Efetuei a atualização ortográfica segundo as normas adotadas pelo *Novo Dicionário Aurélio da Língua Portuguesa*, conservando a versão original de alguns termos freqüentes na poesia romântica, tais como "doudo", "dous" e "cousa". Segundo o mesmo princípio, eliminei algumas intervenções feitas no uso das colocações pronominais, procurando não descaracterizar a redação do poeta, sobretudo porque sabemos que ela foi alvo de reservas por parte dos poetas parnasianos.

CANTOS E FANTASIAS
E OUTROS CANTOS

A meu pai
Sr. Dr. Emiliano Fagundes Varela

Este livro é uma intenção – só Deus pode conhecer-lhe o valor –; pouco me importa o juízo dos homens.

Amanhã ele desaparecerá como as folhas arrebatadas pelo vento, como as cerrações da alvorada aos primeiros raios do sol.

Mas a intenção ficará, porque é filha dos mais sublimes sentimentos humanos – o amor e a gratidão.

Se o coração produzisse epopéias, estas páginas seriam uma Ilíada, mas a inteligência raras vezes corresponde à vontade, e o espírito, preso à sua contingência, tortura-se debalde em busca do impossível.

Aceite estes cantos como eles são, o talento que os ditou é mesquinho, mas a intenção é imaculada e brilhante como um raio da Divindade.

PREFÁCIO

A presente coleção de versos que o público vai ler pertence a um poeta, moço, criança ainda, em quem fora talvez permitido entrever apenas uma esperança, e que no entanto é já uma esplêndida realidade na literatura do país.

O escritor destas linhas deverá desde já entrar, por força do costume, em renhida discussão sobre escolas e pontos de estética; mas além de ser isso uma cousa tida por muitos como pedantesca, não a poderia apresentar aos leitores por insuficiência.

A inspiração de Varela é a natureza em primeiro lugar, e em segundo os mestres.

A individualidade do seu talento, do seu pensar, dos seus sentimentos encontra-se em todas as suas poesias, ainda naquelas que nada mais são do que o vivo reflexo das composições dos grandes poetas deste século.

Byron e Goethe, Victor Hugo e H. Heine são os seus mais estimados modelos.

A outras vozes menos sublimes do que essas, as de Azevedo, Soares de Passos, Junqueira

Freire, Musset e H. Moreau, casa ele as suas na mais doce das harmonias.

Ultimamente tem dedicado os seus momentos ao estudo dos poetas espanhóis, e dessa poesia muito vestígio se encontra em mais de uma página deste volume.

Chateaubriand, Béranger, Vigny e Delavigne também lhe têm sido inspiração e fecunda.

Longo seria enumerar as fontes em que tem ido beber o nosso poeta.

Foram esses homens, homens oceanos, na expressão de Victor Hugo, os que lhe têm derramado na fronte a flux das inspirações, e batizaram-no Poeta!

A mocidade das academias reconheceu-o como tal, e o país inteiro há de em breve repetir o seu nome, há de inscrevê-lo no livro de ouro das suas glórias.

Saudar um homem superior, qualquer que seja a sua especialidade, é uma satisfação para aqueles que estimam e prezam as grandes cousas, adoradores do belo e da verdade.

Por isso, é também um dever não deixar em silêncio defeitos quando os haja: Varela é por vezes descuidoso da forma, descuido que lhe vem por vontade e desprezo das regras, o que é tanto mais de censurar.

Esses defeitos porém são pequenos, insignificantes, passageiros, por isso que o poeta pode repará-los, fazer desaparecer, como o há de em futuras edições, como lhe é propósito.

Por muito graves que sejam esses senões, não podem eles macular as inúmeras belezas desta e das duas outras coleções já publicadas: as *Noturnas* e as *Vozes da América*. Como disse em princípio, Varela é ainda uma criança, apavorada muita vez do muito brilho, da muita inspiração que lhe vem à alma, débil ainda para poder suportar o fardo do gênio.

Fatal é a missão dos homens de talento! Quanto ânimo para subir até o Sinai, buscar as tábuas da lei, para explicá-las às multidões!

Quanta força não é precisa para as lutas de Jacó, lutas que sustenta o homem de gênio, em cada noite de febre e de inspiração, contra o que se chama o invisível, por deficiência de termo!

Quantos sucumbem, sem que possam expressar, realizar o que lhes dizem a noite e a manhã, o rumor e o silêncio, o infinito e o limitado, a realidade e o sonho, o visível e o invisível, a dor e a alegria, nessas horas de vertigem, horas de Sibila!

Varela é criança ainda, portanto imperfeito, defeituoso, muita sombra além de muito brilho; quando porém ele se entregar noite e dia ao estudo da história, quando aprofundar os mistérios da filosofia, quando o seu olhar vencer as trevas que nos cercam a todos, e além das quais existe luz, como diz V. Hugo, ah! então não posso vaticinar o que ele será, a minha inteligência não vai tão longe, só sei que muito alcançará ele e muito ganharão as letras.

Quando ele, quando o seu engenho, depois de cogitar no verbo humano, quando depois de parar ante os modelos gregos e orientais, depois de flutuar entre a resignação de Jó, o desespero de Byron, os sonhos de Ossian e do Dante, as facécias de Ariosto, a piedade de Chateaubriand e de Lamartine, e os delírios de Hugo e dos poetas dos climas meridianos, ele fizer uma só síntese de todas essas poesias, dando-lhe um cunho americano, certo que ele ou outro de igual força, já que nos morreu o Azevedo, será o mestre, o modelo, o ídolo das gerações futuras do mundo de Colombo.

Não falsas, nem exageradas têm sido as nossas frases a propósito das poesias de F. Varela; o leitor vai ter em breve as provas do que avançamos.

Os críticos o que dirão delas? O que dirão do humilde escritor destas linhas?

Deus sabe?

*
* *

Agora, duas palavras ao amigo.

Deste-me a maior e a mais solene prova de amizade, pedindo-me uma palavra sobre este teu novo livro de versos.

Essa palavra não podia ser a do ensino, nem a da crítica, porque tão moço como tu, humilde e incompetente, que ensino posso eu dar-te, que crítica fazer a teus versos, quando além de ser teu amigo sou totalmente oposto à escola dos gramáticos e dos críticos de nenhum saber?

Essa palavra foi portanto a do amigo, em cuja alma tão gratas sensações têm produzido os teus versos, e que não sabe qual deve mais estimar em ti, se o poeta se o homem.

Não desvendei o segredo de muitas das tuas composições: se foras morto, talvez o fizesse.

Não quis dizer ao público que algumas delas não são meras fantasias, que o "Cântico do Calvário" é uma lágrima vertida sobre o túmulo de uma criança, teu filho, cujo nascer eu saudei tão alegre!

A melhor parte do gênio está nas recordações, disse Chateaubriand, e prova-o o teu livro; foi meu dever respeitar essas lembranças, ainda tão recentes.

Por muito tempo temos vivido juntos; conhecemo-nos crianças: lembras-te?

Foi em Angra dos Reis...

A casa do coronel B..., aonde eu estava hospedado, era de uma beleza sem par, naquela imensa praia, aonde parecia banhar-se; tu moravas com toda a tua família; inda me lembro; era numa casinha, sem cal, debaixo de copados arvoredos, perto de um riacho que por ali passava, e aonde parecia mirar-se.

Eras, como hoje o és, o José da família.

Aquela praia como era extensa!

Quantos coqueirais, quantas rochas atiradas por ali, cujo cimo galgávamos alegres a colher o fruto dos gragoatãs, e as parasitas rubras.

Éramos ágeis e fortes; nós e nossos amigos atirávamos às ondas que embalavam-nos, sacudiam-nos como aos filhos das plagas marinhas.

À noite, reuníamo-nos todos: o que dizíamos? No que pensávamos? O que sonhávamos então? Não sei, nem tu talvez o possas dizer.

Lembras-te, lembras-te das noites de luar naquelas paragens, em frente à vastidão sem fim dos mares?

E quando após atirávamos às canoas, para ver estender as redes da pesca?

E o tom monótono das cantigas dos escravos pela manhã, quando partiam para as roçadas, e quando voltavam... que doce poesia, que tristeza naquelas rezas!

Um dia era ao entrar da noite, à luz duvidosa, tristonha do crepúsculo, vinhas a nos dizer adeus; devias partir no dia seguinte; o que nos disseste, o que dissemos a ti? Saudades...

Correram anos, vim encontrar-te em S. Paulo.

Já não eras a criança de outros tempos; eras o poeta cujos cantos a academia inteira repetia, repete e repetirá sempre; eras já o sucessor das glórias daquele outro poeta que todos nós adoramos, em cujas estrofes temo-nos todos inspirado; eras a ressurreição de Azevedo.

Unimo-nos; nossas almas pediram mutuais notícias, e pelas várzeas, e curvados sobre a nossa mesa de estudos, naquelas vigílias da nossa casinha do Brás, muito conversamos, muito sonhamos.

Todos os nossos estudos, todas as nossas vigílias, nossas práticas, nossas leituras, o que têm feito de nós?

De ti, o poeta brilhante laureado; de mim... não vale a pena falar-se.

Estas lembranças do nosso passado, tão cheias de poesia, cujos doces perfumes não pode rescender a minha prosa, eram necessárias aqui, nesta primeira página do teu livro, página que deixaste em branco, para que escrevesse nela o meu nome e o título da nossa amizade.

Em conclusão:

Saúdo o teu engenho, como hei saudado o de todos os nossos colegas e amigos; na minha tristeza e humilde isolamento, já que não posso fazer parte da brilhante falange dos talentos do nosso tempo, resta-me ao menos o doce e inestimável consolo de dizer mais tarde, se viver, aos que me perguntarem por eles: eu os vi, e convivi com eles.

J. Ferreira de Meneses
São Paulo, janeiro de 1865.

CANTOS E FANTASIAS

LIVRO PRIMEIRO
Juvenília

I

Lembras-te, Iná, dessas noites
Cheias de doce harmonia,
Quando a floresta gemia
Do vento aos brandos açoites?

5   Quando as estrelas sorriam,
Quando as campinas tremiam
Nas dobras de úmido véu?
E nossas almas unidas
Estreitavam-se, sentidas,
10 Ao langor daquele céu?

Lembras-te, Iná? Belo e mago,
Da névoa por entre o manto,
Erguia-se ao longe o canto
Dos pescadores do lago.

15   Os regatos soluçavam,
Os pinheiros murmuravam
No viso das cordilheiras,
E a brisa lenta e tardia
O chão relvoso cobria
20   Das flores das trepadeiras.

Lembras-te, Iná? Eras bela,
Ainda no albor da vida,
Tinhas a fronte cingida
De uma inocente capela.

25   Teu seio era como a lira
Que chora, canta e suspira
Ao roçar de leve aragem;
Teus sonhos eram suaves
Como o gorjeio das aves
30   Por entre a escura folhagem.

Do mundo os negros horrores
Nem pressentias sequer;
Teus almos dias, mulher,
Passavam num chão de flores.

35   Ó primavera sem termos!
Brancos luares dos ermos!
Auroras de amor sem fim!
Fugiste, deixando apenas
Por terra esparsas as penas
40   Das asas de um serafim!

Ah! Iná! Quanta esperança
Eu não vi brilhar nos céus, →

Ao luzir dos olhos teus,
A teu sorrir de criança!

45 Quanto te amei! que futuros!
Que sonhos gratos e puros!
Que crenças na eternidade!
Quando a furto me falavas,
E meu ser embriagavas
50 Na febre da mocidade!

Como nas noites de estio,
Ao sopro do vento brando,
Rola o selvagem cantando
Na correnteza do rio;

55 Assim passava eu no mundo,
Nesse descuido profundo
Que etérea dita produz!
Tu eras, Iná, minh'alma,
De meu estro a glória e a palma,
60 De meus caminhos a luz!

Que é feito agora de tudo?
De tanta ilusão querida?
A selva não tem mais vida,
O lar é deserto e mudo!

65 Onde foste, ó pomba errante?
Bela estrela cintilante
Que apontavas o porvir?
Dormes acaso no fundo
Do abismo tredo e profundo,
70 Minha pérola de Ofir?

Ah! Iná! por toda parte
Que teu espírito esteja,
Minh'alma que te deseja
Não cessará de buscar-te!

75 Irei às nuvens serenas,
Vestindo as ligeiras penas
Do mais ligeiro condor;
Irei ao pego espumante,
Como da Ásia o possante,
80 Soberbo mergulhador!

Irei à pátria das fadas
E dos silfos errabundos,
Irei aos antros profundos
Das montanhas encantadas;

85 Se depois de imensas dores,
No seio ardente de amores
Eu não puder apertar-te,
Quebrando a dura barreira
Deste mundo de poeira,
90 Talvez, Iná, hei de achar-te!

II

Era à tardinha. Cismando,
Por uma senda arenosa
Eu caminhava. Tão brando
Como a voz melodiosa
95 Da menina enamorada,
Sobre a grama aveludada →

Corria o vento a chorar.
Gemia a pomba; no ar
Passava grato e sentido
100 O aroma das maravilhas
Que cresciam junto às trilhas
Do deserto umedecido.

Mais bela que ao meio-dia,
Mais carinhosa, batia
105 A luz nos canaviais;
E o manso mover das matas,
O barulho das cascatas
Tinham notas divinais.
Tudo era tão calmo e lindo,
110 Tão fresco e plácido ali,
Que minh'alma se expandindo
Voou, foi junto de ti,
Nas asas do pensamento,
Gozar do contentamento
115 Que noutro tempo fruí
Oh! como através dos mantos
Das saudades e dos prantos
Tão meigamente sorrias!
Tinhas o olhar tão profundo
120 Que da minh'alma no fundo
Fizeste brotar um mundo
De sagradas alegrias.

Uma grinalda de rosas
Brancas, virgens, odorosas,
125 Te cingia a fronte triste;
Cismavas queda, silente,
Mas, ao chegar-me, tremente →

Te ergueste, e alegre, contente,
Sobre meus braços caíste.
130 Pouco a pouco, entre os palmares
Da longínqua serrania,
Sumia-se a luz do dia
Que aclarava esses lugares;
As campânulas pendidas
135 Sobre as fontes adormidas
De sereno gotejavam,
E no fundo azul dos céus,
Dos vapores entre os véus,
As estrelas despontavam.

140 Éramos sós, mais ninguém
Nossas palavras ouvia;
Como tremias, meu bem!
Como teu peito batia!...
Pelas janelas abertas,
145 Entravam moles, incertas,
Daquelas plagas desertas
As virações suspirosas,
E cheias de mil desvelos,
Cheias de amor e de anelos,
150 Lançavam por teus cabelos
O eflúvio das tuberosas!...
Ai! tu não sabes que dores,
Que tremendos dissabores
Longe de ti eu padeço!
155 Em teu retiro sozinha,
Pobre criança mesquinha,
Cuidas talvez que te esqueço!
A turba dos insensatos →

Entre fúteis aparatos
160 Canta e folga pelas ruas;
Mas triste, sem um amigo,
Em meu solitário abrigo
Pranteio saudades tuas!
Nem um minuto se passa,
165 Nem um inseto esvoaça,
Nem uma brisa perpassa
Sem uma lembrança aqui;
O céu, d'aurora risonho,
A luz de um astro tristonho,
170 Os sonhos que à noite sonho,
Tudo me fala de ti.

III

Tu és a aragem perdida
Na espessura do pomar,
Eu sou a folha caída
175 Que levas sobre as asas ao passar.
Ah! voa, voa, a sina cumprirei:
    Te seguirei.

Tu és a lenda brilhante
Junto do berço cantada,
180 Eu sou o pávido infante
Que o sono esquece ouvindo-te a toada.
Ah! canta, canta, a sina cumprirei:
    Te escutarei.

Tu és a onda de prata
185 Do regato transparente, →

Eu a flor que se retrata
No cristal encantado da corrente.
Ah! chora, chora, o fado cumprirei:
Te beijarei.

190 Tu és o laço enganoso
Entre rosas estendido,
Eu pássaro descuidado
Por funesto prestígio seduzido.
Ah! não temas, a sina cumprirei:
195   Me entregarei.

Tu és o barquinho errante
No espelho azul da lagoa,
Eu sou a espuma alvejante
Que agita n'água a cortadora proa.
200 Ah! voga, voga, o fado cumprirei:
Me desfarei.

Tu és a luz d'alvorada
Que rebenta n'amplidão,
Eu a gota pendurada
205 Na trepadeira curva do sertão.
Ah! brilha, brilha, a sorte cumprirei:
Cintilarei.

Tu és o íris eterno
Sobre os desertos pendido,
210 Eu o ribeiro do inverno
Entre broncos fraguedos escondido.
Ah! fulge, fulge, a sorte cumprirei:
Deslizarei.

Tu és a esplêndida imagem
215 De um romântico sonhar,
Eu cisne de alva plumagem
Que falece de amor a te mirar.
Ah! surge, surge, o fado cumprirei:
　　Desmaiarei.

220 Tu és a luz crepitante
Que em noite trevosa ondeia,
Eu mariposa ofegante
Que em torno à chama trêmula volteia.
Ah! basta, basta, a sina cumprirei:
225 　　Me abrasarei.

　　　　　IV

Teus olhos são negros – negros
Como a noite nas florestas...
Infeliz do viajante
Se de sombras tão funestas
230 Tanta luz não rebentasse!
A aurora desponta e nasce
Da noite escura e tardia:
Também da noite sombria
De teus olhos amorosos
235 Partem raios mais formosos
Que os raios da luz do dia.

Teu cabelo mais cheiroso
Que o perfume dos vergéis,
Na brancura imaculada
240 Da cútis acetinada →

Rola em profusos anéis:
Eu quisera ter mil almas,
Todas ardentes de anelos,
Para prendê-las, meu anjo,
245 À luz de teus olhos belos,
Nos grilhões de teus olhares,
Nos anéis de teus cabelos!

V

Não vês quantos passarinhos
Se cruzam no azul do céu?
250 Pois olha, pomba querida,
    Mais vezes,
Mais vezes te adoro eu.

Não vês quantas rosas belas
O sereno umedeceu?
255 Pois olha, flor de minh'alma,
    Mais vezes,
Mais vezes te adoro eu.

Não vês quantos grãos de areia
Na praia o rio estendeu?
260 Pois olha, cândida pérola,
    Mais vezes,
Mais vezes te adoro eu.

Ave – flor – perfume – canto,
Rainha do gênio meu,
265 Além da glória e dos anjos,
    Mil vezes,
Mil vezes te adoro eu.

VI

    És a sultana das brasílias terras,
    A rosa mais balsâmica das serras,
270 A mais bela palmeira dos desertos;
    Tens nos olhares do infinito as festas
    E a mocidade eterna das florestas
    Na frescura dos lábios entreabertos.

    Por que Deus fez-te assim? Que brilho é esse
275 Que ora incendeia-se, ora desfalece
    Nessas pupilas doudas de paixão?...
    Quando as enxergo julgo nos silvados
    Ver palpitar nos lírios debruçados
    As borboletas negras do sertão.

280 O rochedo luzido onde a torrente
    Bate alta noite rápida e fremente
    De teu preto cabelo inveja a cor...
    E que aromas, meu Deus! o estio inteiro
    Parece que levanta-se fagueiro,
285 Cheio de sombra e cânticos de amor!

    Quando tu falas lembro-me da infância,
    Dos vergéis de dulcíssima fragrância
    Onde cantava à tarde o sabiá!...
    Ai! deixa-me chorar e fala ainda,
290 Não, não dissipes a saudade infinda
    Que nesta fronte bafejando está!

    Eu tenho n'alma um pensamento escuro,
    Tão tredo e fundo que o farol mais puro
    Que Deus há feito espancará jamais! →

295 Debalde alívio hei procurado aflito,
Mas quando falas teu falar bendito
Abranda-lhe os martírios infernais!

Dizem que a essência dos mortais há vindo
De um outro mundo mais formoso e lindo
300 Que um santo amor as bases alimenta;
Talvez nesse outro mundo um laço estreito
A teu peito prendesse o triste peito
Que hoje sem ti nas trevas se lamenta!

És a princesa das brasílias terras,
305 A rosa mais balsâmica das serras,
Do céu azul a estrela mais dileta...
Vem, não te afastes, teu sorrir divino
É belo como a aurora, e a voz um hino
Que o gênio inspira do infeliz poeta.

VII

310 Ah! quando face a face te contemplo,
E me queimo na luz de teu olhar,
E no mar de tu'alma afogo a minha,
   E escuto-te falar,

Quando bebo teu hálito mais puro
315 Que o bafejo inefável das esferas,
E miro os róseos lábios que aviventam
   Imortais primaveras,

Tenho medo de ti!... Sim, tenho medo
Porque pressinto as garras da loucura, →

320 E me arrefeço aos gelos do ateísmo,
       Soberba criatura!

   Oh! eu te adoro como adoro a noite
   Por alto mar, sem luz, sem claridade,
   Entre as refegas do tufão bravio
325   Vingando a imensidade!

   Como adoro as florestas primitivas
   Que aos céus levantam perenais folhagens,
   Onde se embalam nos coqueiros presas
       As redes dos selvagens!

330 Como adoro os desertos e as tormentas,
   O mistério do abismo e a paz dos ermos,
   E a poeira de mundos que prateia
       A abóbada sem termos!...

   Como tudo o que é vasto, eterno e belo;
335 Tudo o que traz de Deus o nome escrito!
   Como a vida sem fim que além me espera
       No seio do infinito!

VIII

   Saudades! Tenho saudades
   Daqueles serros azuis
340 Que à tarde o sol inundava
   De louros toques de luz!
   Tenho saudades dos prados,
   Dos coqueiros debruçados
   À margem do ribeirão, →

345 E o dobre de ave-maria
Que o sino de freguesia
Lançava pela amplidão!
Ó minha infância querida!
Ó doce quartel da vida,
350 Como passaste depressa!
Se tinhas de abandonar-me,
Por que, falsária, enganar-me
Com tanta meiga promessa?
Ingrata, por que te foste?
355 Por que te foste, infiel?
E a taça de etéreas ditas,
As ilusões tão bonitas
Cobriste de lama e fel?

Eu era vivo e travesso,
360 Tinha seis anos então,
Amava os contos de fadas
Contados junto ao fogão,
E as cantigas compassadas,
E as legendas encantadas
365 Das eras que lá se vão.
De minha mãe era o mimo,
De meu pai era a esperança;
Um tinha o céu, outro a glória
Em meu sorrir de criança;
370 Ambos das luzes viviam
Que de meus olhos partiam.

Junto do alpendre sentado
Brincava com minha irmã,
Chamando o grupo de anjinhos
375 Que tiritavam sozinhos →

Na cerração da manhã;
Depois, por ínvios caminhos,
Por campinas orvalhadas,
Ao som de ledas risadas
380 Nos lançávamos correndo.
O viandante parava
Tão descuidosos nos vendo,
O camponês nos saudava,
A serrana nos beijava
385 Ternas palavras dizendo.

À tarde eram brincos, festas,
Carreiras entre as giestas,
Folguedos sobre a verdura;
Nossos pais nos contemplavam,
390 E seus seios palpitavam
De uma indizível ventura.
Mas ai! os anos passaram,
E com eles se apagaram
Tão lindos sonhos sonhados!
395 E a primavera tardia,
Que tanta flor prometia,
Só trouxe acerbos cuidados!

Inda revejo esse dia,
Cheio de dores e prantos,
400 Em que tão duros encantos
Oh! sem saber os perdia!
Lembra-me ainda: era à tarde,
Morria o sol entre os montes,
Casava-se a voz das rolas
405 Ao burburinho das fontes;
O espaço era todo aromas, →

Da mata virgem nas comas
Pairava um grato frescor;
As criancinhas brincavam,
410 E as violas ressoavam
Na cabana do pastor.

Parti, parti, mas minh'alma
Partida ficou também,
Metade ali, outra em penas
415 Que mais consolo não têm!
Oh! como é diverso o mundo
Daquelas serras azuis,
Daqueles vales que riem
Do sol à dourada luz!
420 Como diférem os homens
Daqueles rudes pastores
Que o rebanho apascentavam
Cantando idílios de amores!

Subi aos paços dos nobres,
425 Fui aos casebres dos pobres,
Riqueza e miséria vi,
Mas tudo é morno e cansado,
Tem um gesto refalsado
Nestes lugares daqui!
430 Oh! então chorei por ti,
Minha adorada mansão;
Chamei-te de meu desterro,
Os braços alcei-te em vão!
Não mais! Os anos passaram,
435 E com eles desbotaram
Tantas rosas de esperança!
Do tempo nas cinzas frias →

Repousam p'ra sempre os dias
De meu sonhar de criança!

IX

440 Um dia o sol poente dourava a serrania,
As ondas suspiravam na praia mansamente,
E além nas solidões morria o som
                [plangente
Dos sinos da cidade dobrando ave-maria.

Estávamos sozinhos sentados no terraço
445 Que a trepadeira em flor cobria de
                [perfumes:
Tu escutavas muda das auras os queixumes,
Eu tinha os olhos fitos na vastidão do
                [espaço.

Então me perguntaste, com essa voz divina
Que a teu suave mando trazia-me cativo:
450 – Por que todo o poeta é triste e pensativo?
Por que dos outros homens não segue a
                [mesma sina?

Era tão lindo o céu – a tarde era tão calma,
E teu olhar brilhava tão cheio de candura,
Criança! que não viste a tempestade escura
455 Que estas palavras tuas me despertaram
                [n'alma!

Pois bem, hoje que o tempo partiu de um
                [golpe só
Sonhos da mocidade e crenças do futuro, →

Na fronte do poeta não vês o selo escuro
Que faz amar as tumbas e afeiçoar-se
[ao pó?

X

460 À luz d'aurora nos jardins da Itália
Floresce a dália de sentida cor,
Conta-lhe o vento divinais desejos
E geme aos beijos da mimosa flor.

O céu é lindo, a fulgurante estrela
465 Ergue-se bela n'amplidão do sul,
Pálidas nuvens do arrebol se coram,
As auras choram na lagoa azul.

Tu és a dália dos jardins da vida,
A estrela erguida no cerúleo véu,
470 Tens n'alma um mundo de virtudes santas,
E a terra encantas num sonhar do céu.

Basta um bafejo na inspirada fibra
Que o seio vibra divinais encantos,
Como no templo do senhor, vendado
475 O órgão sagrado se desfaz em cantos.

Pomba inocente, nem sequer o indício
Do escuro vício pressentiste apenas!
Nunca manchaste na charneca impura
A doce alvura das formosas penas.

LIVRO SEGUNDO
Livro das sombras
(S. Paulo, 1864)

A...

Pensava em ti nas horas de tristeza
Quando estes versos pálidos compus;
Cercavam-me planícies sem beleza,
Pesava-me na fronte um céu sem luz.

5   Ergue este ramo solto em teu caminho;
Sei que em teu seio asilo encontrará!...
Só tu conheces o secreto espinho
Que dentro d'alma me pungindo está!...

CISMAS À NOITE

Doce brisa da noite, aura mais frouxa
Que o débil sopro de adormido infante,
Tu és, quem sabe, a perfumada aragem
Das asas de ouro d'algum gênio errante.

5   Tu és, quem sabe, a gemedora endecha
De um ente amigo que afastado chora,
E ao som das fibras do saltério ebúrneo
Conta-me as dores que padece agora!

Ai! não te arredes, viração tardia,
10 Zéfiro pleno da estival fragrância!
Sinto a teus beijos ressurgir-me n'alma
O drama inteiro da rosada infância!

Bem como a aurora faz brotar as clícias,
Chama da selva os festivais cantores,
15 Assim dos tempos na penumbra elevas
Todos os quadros da estação das flores.

Sim – vejo ao longe os matagais extensos,
O lago azul – os palmeirais airosos,
A grei sem conta de ovelhinhas brancas
20 Balindo alegre nos sarçais viçosos;

Diviso a choça paternal no outeiro,
Alva – gentil – dos laranjais no seio,
Como a gaivota descuidosa e calma
Das verdes ondas a boiar no meio.

25 Sinto o perfume das roçadas frescas,
Ouço a canção do lenhador sombrio,
Sigo o barqueiro que tranqüilo fende
A lisa face do profundo rio.

Ó minhas noites de ilusões celestes!
30 Visões brilhantes da primeira idade!
Como de novo reviveis tão lindas
Por entre as balsas da nativa herdade!

Como no espaço derramais, suaves,
Tão langue aroma – vibração tão grata!
35 Como das sombras do passado, mesmo,
Tantas promessas o porvir desata!

Exalte embora o insensato as trevas,
Chame o descrido a solidão e a morte,
Não quero ainda fenecer, é cedo!
40 Creio na sina, tenho fé na sorte!

Creio que as dores que suporto alcancem
Um prêmio ainda da justiça eterna! →

Oh! basta um sonho!... o respirar de
[um silfo,
O amor de um'alma compassiva e terna!

45 Basta uma noite de luar nos campos,
O brando eflúvio dos vergéis do sul,
Dous olhos belos – como a crença belos!
Fitos do espaço no fulgente azul!

Ah! não te afastes, viração amiga!
50 Além não passes com teu mole adejo!
Tens nas delícias que as torrentes vertes
Toda a doçura de um materno beijo!

Fala-me ainda desses tempos idos,
Rasga-me a tela da sazão que vem,
55 Foge depois, e mais sutil, mais tênue,
Vai meus suspiros repetir além.

SEXTILHAS

Amo o cantor solitário
Que chora no campanário
Do mosteiro abandonado,
E a trepadeira espinhosa
5   Que se abraça caprichosa
À forca do condenado.

Amo os noturnos lampírios
Que giram, errantes círios,
Sobre o chão dos cemitérios,
10 E ao clarão de tredas luzes
Fazem destacar as cruzes
De seu fundo de mistérios.

Amo as tímidas aranhas
Que lacerando as entranhas
15 Fabricam dourados fios,
E com seus leves tecidos,
Dos tugúrios esquecidos
Cobrem os muros sombrios.

Amo a lagarta que dorme,
20 Nojenta, lânguida, informe,
Por entre as ervas rasteiras,
E as rãs que os pauis habitam,
E os moluscos que palpitam
Sob as vagas altaneiras!

25 Amo-os, porque todo o mundo
Lhes vota um ódio profundo,
Despreza-os sem compaixão!
Porque todos desconhecem
As dores que eles padecem
30 No meio da criação!

HORAS MALDITAS

Há umas horas na noite,
Horas sem nome e sem luz,
Horas de febre e agonia
Como as horas de Maria
5   Debruçada aos pés da cruz.

Tredos abortos do tempo,
Cadeias de maldição,
Vertem gelo nas artérias,
E sufocam, deletérias,
10 Do poeta a inspiração.

Nessas horas tumulares
Tudo é frio e desolado;
O pensador vacilante
Julga ver a cada instante
15 Lívido espectro a seu lado.

Quer falar, porém seus lábios
Recusam-lhe obedecer, →

Medrosos de ouvir nos ares
Uma voz de outros lugares
20 Que venha os interromper.

Se abre a janela, as planícies
Vê de aspecto aterrador;
As plantas frias, torcidas,
Parece que esmorecidas
25 Pedem socorro ao Senhor.

As charnecas lamacentas
Exalam podres miasmas;
E os fogos fosforescentes
Passam rápidos, frementes
30 Como um bando de fantasmas.

E a razão vacila e treme,
Coalha-se o sangue nas veias,
Mas as horas sonolentas
Vão-se arrastando cruentas
35 Ao som das brônzeas cadeias.

Oh! essas horas tremendas
Tenho-as sentido demais!
E os males que me causaram,
Os traços que me deixaram
40 Não se apagarão jamais!

CÂNTICO DO CALVÁRIO

> À memória de meu filho,
> morto a 11 de dezembro de 1863

Eras na vida a pomba predileta
Que sobre um mar de angústias conduzia
O ramo da esperança. – Eras a estrela
Que entre as névoas do inverno cintilava
5   Apontando o caminho ao pegureiro.
Eras a messe de um dourado estio.
Eras o idílio de um amor sublime.
Eras a glória – a inspiração – a pátria,
O porvir de teu pai! – Ah! no entanto,
10   Pomba – varou-te a flecha do destino!
Astro – engoliu-te o temporal do norte!
Teto – caíste! – criança, já não vives!

Correi, correi, ó lágrimas saudosas,
Legado acerbo da ventura extinta,
15   Dúbios archotes que a tremer clareiam
A lousa fria de um sonhar que é morto! →

Correi! Um dia vos verei mais belas
Que os diamantes de Ofir e de Golgonda
Fulgurar na coroa de martírios
20 Que me circunda a fronte cismadora!
São mortos para mim da noite os fachos,
Mas Deus vos faz brilhar, lágrimas santas,
E à vossa luz caminharei nos ermos!
Estrelas do sofrer – gotas de mágoa,
25 Brando orvalho do céu! – Sede benditas!
Ó filho de minh'alma! Última rosa
Que neste solo ingrato vicejava!
Minha esperança amargamente doce!
Quando as garças vierem do ocidente,
30 Buscando um novo clima onde pousarem,
Não mais te embalarei sobre os joelhos,
Nem de teus olhos no cerúleo brilho
Acharei um consolo a meus tormentos!
Não mais invocarei a musa errante
35 Nesses retiros onde cada folha
Era um polido espelho de esmeralda
Que refletia os fugitivos quadros
Dos suspirados tempos que se foram!
Não mais perdido em vaporosas cismas
40 Escutarei ao pôr do sol, nas serras,
Vibrar a trompa sonorosa e leda
Do caçador que aos lares se recolhe!

Não mais! A areia tem corrido, e o livro
De minha infanda história está completo!
45 Pouco tenho de andar! Um passo ainda
E o fruto de meus dias, negro, podre,
Do galho eivado rolará por terra! →

Ainda um treno, e o vendaval sem freio
Ao soprar quebrará a última fibra
50 Da lira infausta que nas mãos sustenho!
Tornei-me o eco das tristezas todas
Que entre os homens achei! O lago escuro
Onde ao clarão dos fogos da tormenta
Miram-se as larvas fúnebres do estrago!
55 Por toda a parte em que arrastei meu manto
Deixei um traço fundo de agonias!...

Oh! quantas horas não gastei, sentado
Sobre as costas bravias do Oceano,
Esperando que a vida se esvaísse
60 Como um floco de espuma, ou como
                         [o friso
Que deixa n'água o lenho do barqueiro!
Quantos momentos de loucura e febre
Não consumi perdido nos desertos,
Escutando os rumores das florestas,
65 E procurando nessas vozes torvas
Distinguir o meu cântico de morte!
Quantas noites de angústias e delírios
Não velei, entre as sombras espreitando
A passagem veloz do gênio horrendo
70 Que o mundo abate ao galopar infrene
Do selvagem corcel?... E tudo embalde!
A vida parecia ardente e douda
Agarrar-se a meu ser!... E tu tão jovem,
Tão puro ainda – ainda n'alvorada,
75 Ave banhada em mares de esperança,
Rosa em botão, crisálida entre luzes,
Foste o escolhido na tremenda ceifa! →

Ah! quando a vez primeira em meus cabelos
Senti bater teu hálito suave;
80 Quando em meus braços te cerrei, ouvindo
Pulsar-te o coração divino ainda;
Quando fitei teus olhos sossegados,
Abismos de inocência e de candura,
E baixo e a medo murmurei: meu filho!
85 Meu filho! frase imensa, inexplicável,
Grata como o chorar de Madalena
Aos pés do Redentor... ah! pelas fibras
Senti rugir o vento incendiado
Desse amor infinito que eterniza
90 O consórcio dos orbes que se enredam
Dos mistérios do ser na teia augusta!
Que prende o céu à terra e a terra aos
                                               [anjos!
Que se expande em torrentes inefáveis
Do seio imaculado de Maria!

95 Cegou-me tanta luz! Errei, fui homem!
E de meu erro a punição cruenta
Na mesma glória que elevou-me aos astros,
Chorando aos pés da cruz hoje padeço!
O som da orquestra, o retumbar dos
                                             [bronzes,
100 A voz mentida de rafeiros bardos,
Torpe alegria que circunda os berços
Quando a opulência doura-lhes as bordas,
Não te saudaram ao sorrir primeiro,
Clícia mimosa rebentada à sombra!
105 Mas ah! se pompas, esplendor faltaram-te,
Tiveste mais que os príncipes da terra!
Templos, altares de afeição sem termos! →

Mundos de sentimento e de magia!
Cantos ditados pelo próprio Deus!
110 Oh! quantos reis que a humanidade
[aviltam
E o gênio esmagam dos soberbos tronos,
Trocariam a púrpura romana
Por um verso, uma nota, um som apenas
Dos fecundos poemas que inspiraste!

115 Que belos sonhos! Que ilusões benditas
Do cantor infeliz lançaste à vida,
Arco-íris de amor! luz da aliança,
Calma e fulgente em meio da tormenta!
Do exílio escuro a cítara chorosa
120 Surgiu de novo e às virações errantes
Lançou dilúvios de harmonia! – O gozo
Ao pranto sucedeu. As férreas horas
Em desejos alados se mudaram.
Noites fugiam, madrugadas vinham,
125 Mas sepultado num prazer profundo
Não te deixava o berço descuidoso,
Nem de teu rosto meu olhar tirava,
Nem de outros sonhos, que dos teus vivia!

Como eras lindo! Nas rosadas faces
130 Tinhas ainda o tépido vestígio
Dos beijos divinais – nos olhos langues
Brilhava o brando raio que acendera
A bênção do Senhor quando o deixaste!
Sobre teu corpo a chusma dos anjinhos,
135 Filhos do éter e da luz, voavam,
Riam-se alegres das caçoilas níveas
Celeste aroma te vertendo ao corpo! →

E eu dizia comigo: – teu destino
Será mais belo que o cantar das fadas
140 Que dançam no arrebol – mais triunfante
Que o sol nascente derribando ao nada
Muralhas de negrume!... Irás tão alto
Como o pássaro-rei do Novo Mundo!

Ai! doudo sonho!... Uma estação passou-se,
145 E tantas glórias, tão risonhos planos
Desfizeram-se em pó! O gênio escuro
Abrasou com seu facho ensangüentado
Meus soberbos castelos. A desgraça
Sentou-se em meu solar, e a soberana
150 Dos sinistros impérios de além-mundo
Com seu dedo real selou-te a fronte!
Inda te vejo pelas noites minhas,
Em meus dias sem luz vejo-te ainda,
Creio-te vivo, e morto te pranteio!...

155 Ouço o tanger monótono dos sinos,
E cada vibração contar parece
As ilusões que murcham-se contigo!
Escuto em meio de confusas vozes,
Cheias de frases pueris, estultas,
160 O linho mortuário que retalham
Para envolver teu corpo! Vejo esparsas
Saudades e perpétuas – sinto o aroma
Do incenso das igrejas – ouço os cantos
Dos ministros de Deus que me repetem
165 Que não és mais da terra!... E choro
                              [embalde!...

Verso 153. Em 1865: "Em meus dias sem luz vejo ainda.", correção introduzida pela edição H. Garnier.

Mas não! Tu dormes no infinito seio
Do Criador dos seres! Tu me falas
Na voz dos ventos, no chorar das aves
Talvez das ondas no respiro flébil!
170 Tu me contemplas lá do céu, quem sabe,
No vulto solitário de uma estrela.
E são teus raios que meu estro aquecem!
Pois bem! Mostra-me as voltas do
                                [caminho!
Brilha e fulgura no azulado manto,
175 Mas não te arrojes, lágrima da noite
Nas ondas nebulosas do ocidente!
Brilha e fulgura! Quando a morte fria
Sobre mim sacudir o pó das asas,
Escada de Jacó serão teus raios
180 Por onde asinha subirá minh'alma.

MADRUGADA À BEIRA-MAR

O firmamento inteiro
Transborda de fulgores,
Do sol aos esplendores,
De Deus ao vasto olhar;
5 Esparsas no infinito
As nuvens cambiantes
Se espelham triunfantes
Na face azul do mar.

A tribo das gaivotas,
10 Abrindo as asas leves,
Descreve giros breves
Das rochas ao redor;
E além na praia extensa
Ao cântico das aves
15 Misturam-se as suaves
Canções do pescador.

Nas ondas transparentes,
D'aurora aos brandos lumes →

Pranteiam os cardumes
20 Dos vívidos peixinhos;
E os botes descuidosos,
Em prolongadas voltas,
Correm de velas soltas
Nos páramos marinhos.

25 Contudo entre as belezas
Deste festim sublime
Eu sinto que me oprime
Um íntimo pesar!
Por que não sou a concha
30 Que volve-se na praia?
E a espuma que desmaia?
A onda azul do mar?

Por que não tenho eu asas
Assim como a andorinha,
35 Que se levanta asinha
E voa n'amplidão?
Se a inspiração procura
Erguer-me pelo espaço,
Um rijo, estreito laço
40 Me prende os pés no chão!

O sol que hoje fulgura
E as vagas ilumina
De novo a luz divina
Derramará nos céus;
45 A madrugada esplêndida,
No dia de amanhã,
Virá bela e louçã
Quebrar da noite os véus.

    Mas eu, ente maldito,
50 Da criação no meio,
    Tenho no frágil seio
    Martírios infernais!
    Hoje reflito, sinto,
    Mas amanhã, caído,
55 Do lodo apodrecido
    Não surgirei jamais!

SOMBRAS!

Não me detestes, não! Se tu padeces,
Também minh'alma teu sofrer partilha,
E sigo em prantos do suplício a trilha,
Curvado ao peso de tremenda cruz!

5   Para nós ambos apagou-se a luz,
Tudo é tristeza no deserto vário,
Inda está longe o cimo do Calvário...
Não para ti... mas para mim, precito!

Tenho na face o desespero escrito.
10   Todos me odeiam! – Quanto toco é pó!
Ai! neste mundo tu me amaste, só,
E em paga desse amor tiveste o inferno!

Pálida rosa do alcaçar eterno!
Cândida pomba que a inocência nutre! →

   Verso 13. Note-se o uso de "alcaçar" como vocábulo oxítono.

15 Melhor te fora a sanha de um abutre
    Que estas profanas mãos que te roçaram!

    Aos céus os anjos teu chorar levaram,
    Irmãos preparam-te amoroso abrigo,
    E eu inda fico!... E tenho por castigo
20 Sentir-me vivo quando tudo expira!

    Oh! quando à noite o vendaval se atira,
    Quebrando as vagas turbulentas, frias,
    E lasca o raio as broncas penedias
    Onde a chuva despenha-se escumando;

25 Penso que Deus se abranda e vem
                              [chegando
    A última cena de meu torvo drama;
    Mas do fuzil que passa à rubra chama
    Vejo ainda longe o pouso derradeiro!

    Andar e sempre andar! O globo inteiro
30 Pendido atravessar como Caim!
    Não achar um repouso, um termo, um fim
    À dor que rói, lacera e não descansa!

    E jamais antever uma esperança!
    Uma réstia de luz na escuridão!
35 Uma voz que me fale de perdão
    E parta o brônzeo selo de agonia!

    Ah! é cruento! Mas talvez um dia
    Compreendas tão funda expiação,
    E o pobre nome que detestas hoje
40 Murmures entre lágrimas então!

A VÁRZEA

Às luzes matutinas,
Sorrindo entre neblinas,
A várzea como é linda!
Parece uma criança
5 Rosada, loura e mansa,
No mole berço ainda.

O arroio sonolento
Desliza tardo e lento
Por entre os nenufares,
10 E cada vez mais brando
Se vai perder chorando
No seio dos palmares.

As lânguidas ninféias,
De fresco orvalho cheias, →

Verso 9. Note-se o uso de "nenufares" como vocábulo paroxítono.

15　　Nas hásteas se balançam;
　　　E como doudas willis
　　　Por sobre as amarílis
　　　As borboletas dançam.

　　　Na teia de mil cores,
20　　Brilhante entre vapores,
　　　A aranha se equilibra,
　　　Fugindo, de um argueiro
　　　Ao toque o mais ligeiro
　　　Que abala a sábia fibra.

25　　Depois leve, indolente,
　　　A névoa docemente
　　　Desdobra-se passando,
　　　E além, nos horizontes,
　　　Por entre os altos montes,
30　　O sol vem despontando.

　　　A grama, o rio, as flores,
　　　Os tímidos cantores
　　　Palpitam de alegria,
　　　E o pobre em seu albergue
35　　Humildes cantos ergue
　　　Ao filho de Maria.

　　　Meu Deus! a luz divina
　　　Que os orbes ilumina
　　　Rebenta de teus olhos,
40　　Santelmos de além-mundo
　　　Que vêm do mar profundo
　　　Mostrar-nos os escolhos!

Ah! que seria a vida,
Tão tétrica e dorida,
45 Sem teu saber sem termos?
Que quando o triste cansa,
Povoa de esperança
Os mais medonhos ermos?

Senhor! a podre argila
50 Abafa e aniquila
Meu gênio solitário!...
Oh! nem mais forças tenho
Para arrastar meu lenho
Ao combro do Calvário!

55 No meio da jornada
Vergou-me a mão pesada
Da infâmia negra e rude!
As serpes que passaram,
A rosa envenenaram
60 De minha juventude!

Mas ah! quando contemplo
Teu majestoso templo,
A vasta criação,
Sinto brotar de novo
65 De crença inda um renovo
No exausto coração!

QUEIXAS DO POETA

Ao cedro majestoso que o firmamento
[espana
Ligou a mão de Deus a úmida liana;
Às amplas soledades arroios amorosos;
Às selvas passarinhos de cantos sonorosos;
5 Neblinas às montanhas; aos mares virações;
Ao céu mundos e mundos de fúlgidos
[clarões;
Mas presa de uma dor tantálica e secreta
Sozinho fez brotar o gênio do poeta!...
A aurora tem cantigas e a mocidade rosas,
10 O sono do opulento visões deliciosas;
Nas ondas cristalinas espelham-se as
[estrelas,
E as noites desta terra têm seduções tão
[belas,
Que as plantas, os rochedos e os homens
[eletrizam
E os mais dourados sonhos na vida
[realizam! →

15 Mas triste, do martírio ferido pela seta,
    Soluça no silêncio o mísero poeta!...
    As auras do verão, nas regiões formosas
    Do mundo Americano, as virações
                                [cheirosas
    Parecem confundidas rolar por sobre as
                                [flores
20 Que exalam da corola balsâmicos odores;
    As leves borboletas em bandos esvoaçam;
    Os reptis na sombra às árvores se enlaçam;
    Mas só, sem o consolo de um'alma
                                [predileta,
    Descora no desterro a fronte do poeta!...
25 O viajor que à tarde sobre os outeiros passa,
    Divisa junto às selvas um fio de fumaça
    Erguer-se preguiçoso da choça hospitaleira
    Pousada alegremente de um ribeirão à
                                [beira;
    Ali junto dos seus descansa o lavrador
30 Dos homens afastado e longe do rumor;
    Mas no recinto escuro que o desalento
                                [infecta
    Sucumbe lentamente o gênio do poeta!...
    No rio caudaloso que a solidão retalha,
    Da funda correnteza na límpida toalha,
35 Deslizam mansamente as garças alvejantes;
    Nos trêmulos cipós de orvalho gotejantes,
    Embalam-se avezinhas de penas multicores
    Pejando a mata virgem de cânticos de
                                [amores;
    Mas presa de uma dor tantálica e secreta
40 De dia em dia murcha o louro do poeta!...

RESIGNAÇÃO

Sozinho no descampado,
Sozinho, sem companheiro,
Sou como o cedro altaneiro
Pela tormenta açoutado.

5 Rugi! tufão desabrido!
Passai! temporais de pó,
Deixai o cedro esquecido,
Deixai o cedro estar só!

Em meu orgulho embuçado,
10 Do tempo zombo da lei...
Oh! venha o raio abrasado,
– Sem me vergar... tombarei!

Gigante da soledade,
Tenho na vida um consolo:
15 Se enterro as plantas no solo,
Chego a fronte à imensidade!

Nada a meu fado se prende,
Nada enxergo junto a mim;
Só o deserto se estende
20   A meus pés, fiel mastim.

À dor o orgulho sagrado
Deus ligou num grande nó...
Quero viver isolado,
Quero viver sempre só!

25   E quando o raio incendido
Roçar-me, então cairei
Em meu orgulho envolvido
Como em um manto de rei.

PROTESTOS

Esquecer-me de ti? Pobre insensata!
Posso acaso o fazer quando em minh'alma
A cada instante a tua se retrata?

Quando és de minha vida o louro e a
[palma,
5   O faro amigo que anuncia o porto,
A luz bendita que a tormenta acalma?

Quando na angústia fúnebre do horto
És a sócia fiel que asinha instila
Na taça da amargura algum conforto?

10   Esquecer-me de ti, pomba tranqüila,
Em cujo peito, erário de esperança,
Entre promessas meu porvir se asila!

Esquecer-me de ti, frágil criança!
Ave medrosa que esvoaça e chora
15   Temendo o raio em dias de bonança!

Bane o pesar que a fronte te descora,
Seca as inúteis lágrimas no rosto,
Que pois receias se inda brilha a aurora?

Ermo arvoredo aos temporais exposto,
20 Tudo pode aluir, tudo apagar
Em minha vida a sombra do desgosto;

Ah! mas nunca teu nome há de riscar
De um coração que te idolatra, enquanto
Uma gota de sangue lhe restar!

25 É teu, e sempre teu, meu triste canto,
De ti rebenta a inspiração que tenho,
Sem ti me afogo num contínuo pranto;

Teu riso alenta meu cansado engenho,
E ao meigo auxílio de teus doces braços
30 Carrego aos ombros o funesto lenho.

De mais a mais se apertam nossos laços,
A ausência... oh! que me importa, estás
                              [presente
Em toda a parte onde dirijo os passos.

Na brisa da manhã que molemente
35 Junca de flores do deserto as trilhas
Ouço-te a fala trêmula e plangente.

Do céu carmíneo nas douradas ilhas,
Vejo-te ao pôr do sol a grata imagem
Cercada de esplendor e maravilhas.

40　Da luz, do mar, da névoa e da folhagem,
　　Uma outra tu mesma eu hei formado,
　　Outra que és tu, não pálida miragem.

　　E coloquei-te num altar sagrado
　　Do templo imenso que elevou talvez
45　Meu gênio pelos anjos inspirado!

　　Não posso te esquecer, tu bem o vês!
　　Abre-me d'alma o livro tão vendado,
　　Vê se te adoro ou não: por que descrês?

DESEJO

Quando eu morrer adornem-me de flores,
Descubram-me das vendas do mistério,
E ao som dos versos que compus
                [carreguem
Meu dourado caixão ao cemitério.

5 Abram-me um fosso no lugar mais fresco,
Cantem ainda, e deixem-me cantando;
Talvez assim a terra se converta
De suave dormir num leito brando.

Em poucos meses far-me-ei poeira,
10 Porém que importa? se mais pura e bela
Minh'alma livre dormirá sorrindo
Talvez nos raios de encantada estrela.

E lá de cima velarei teu sono,
E lá de cima esperarei por ti,
15 Pálida imagem que do exílio escuro
Nas tristes horas de pesar sorri!

Ah! e contudo se deixando o globo
Ave ditosa eu não partisse só,
Se ao mesmo sopro conduzisse unidas
20 Nossas essências num estreito nó!...

Se junto ao leito das finais angústias,
Da morte fria ao bafejar gelado
Eu te sentisse junto a mim dizendo:
São horas de marchar, eis-me a teu lado.

25 Como eu me erguera resoluto e firme!
Como eu seguira teu voar bendito!
Como espancara co'as possantes asas
O torvo espaço em busca do infinito!

DESENGANO

Oh! não me fales da glória,
Não me fales da esperança!
Eu bem sei que são mentiras
Que se dissipam, criança!
5 Assim como a luz profliga
As sombras da imensidade,
O tempo desfaz em cinzas
Os sonhos da mocidade.
Tudo descora e se apaga,
10 É esta do mundo a lei,
Desde a choça do mendigo
Até os paços do rei!
A poesia é um sopro,
A ciência uma ilusão,
15 Ambas tateiam nas trevas
A luz procurando em vão.
Caminham doudas, sem rumo,
Na senda que à dor conduz,
E vão cair soluçando →

20 Aos pés de sangrenta cruz.
Oh! não me fales da glória,
Não me fales da esperança!
Eu bem sei que são mentiras
Que se dissipam, criança!
25 Que me importa um nome impresso
No templo da humanidade,
E as coroas de poeta,
E o selo da eternidade?
Se para escrever os cantos
30 Que a multidão admira
É mister quebrar as penas
De minh'alma que suspira!
Se nos desertos da vida,
Romeiro da maldição,
35 Tenho de andar sem descanso
Como o Hebreu da tradição!...
Buscar das selvas o abrigo,
A sombra que a paz aninha,
E ouvir a selva bradar-me:
40 Ergue-te, doudo, e caminha!
Caminha! – dizer-me o monte!
Caminha! – dizer-me o prado.
Oh! mais não posso! – Caminha!
Responder-me o descampado!
45 Ah! não me fales da glória,
Não me fales da esperança,
Eu bem sei que são mentiras
Que se dissipam, criança!

REFLEXÕES DA MEIA-NOITE

Tradução de uma poesia de M. Aubertin,
oferecida ao Autor

No céu da meia-noite a lua se equilibra,
As praças estão mudas e os homens
[repousando;
Mas ai! sob este encanto da abóbada
[cerúlea
Que multidão de seres não vela soluçando!

5 À calma semelhante, a dor é queda
[e funda.
Seus íntimos gemidos quem poderá contar?
A tempestade foge, mais infeliz, da nuvem
Que a lágrima secreta desprende em seu
[passar!

Tão dolorida e triste que espera as horas
[mortas
10 Para afogar seu brilho no pálio
[tenebroso, →

Tão surda que ao rolar nas faces
               [desbotadas
Talvez nem a pressinta o mísero inditoso.
Há um pesar ainda mais bárbaro e cruento!
É esse que enregela as lágrimas nos olhos!
15 E queima a gota fúlgida que a madre
               [natureza
Verteu como um consolo, da vida entre os
               [abrolhos!

É quando tudo dorme que este pesar
               [desperta!
Oh! quanto desgraçado não curva-se
               [à pressão
Do rábido tirano do seio que padece
20 E a vida amaldiçoa, e a morte chama
               [em vão!

Meu Deus! se isto é assim, bendita a voz
               [amiga
Que a seu exausto ouvido dissesse
               [brandamente:
Misérrimo! se a dor magoa-vos a essência,
Mirai o céu da noite tão plácido e fulgente!

25 Porém se obstinado, com gélido desprezo,
Tenaz em refazer-se da desventura infinda,
Olhasse com sarcasmo o divinal aviso,
Oh! mais suave e meiga dissesse a voz
               [ainda:

– Podeis pensar acaso que a lua peregrine
30 Nos páramos sidéreos tão cheia de
               [fulgor, →

Se aqui sobre este mundo, ao lado da
[tristeza,
Não mais restasse um viso de tanta paz e
[amor?
Enquanto ao firmamento a cor azul for
[própria
As trevas passarão e a chuva há de cessar,
35 E junto do infeliz a mágica esperança
Os sonhos que morreram virá ressuscitar.

Contudo o céu mais puro parece opaco e
[negro
A quem foge da luz obstinado e cego;
À vista firme e clara esvaem-se os negrumes
40 Que turbam da existência a calma e o
[sossego.

Trará consolo a lua, o sol calor e vida,
E a humana criatura, ligada a seu penar,
Se quedará tristonha quando a esperança
[vela
Nas sombras deste mundo, arcanjo tutelar?

45 Vossa alma é livre agora, despedaçai os
[ferros
Que os entes escravizam num padecer
[insano;
Mirai o céu azul, sede robusto e forte,
Além do desespero não há pior tirano!

O desespero o que é? – Palavra estulta e
[louca!
50 O coração só vive às luzes da esperança, →

Centelha ora indecisa, ora formosa e viva,
Que nunca desfalece, nem de brilhar se
[cansa.

Às vezes, por mais belo que o dia
[resplandeça,
Lá surge um ponto negro que avulta
[n'amplidão,
55 Assim também no meio dos gozos
[e venturas
O dissabor se mostra e pede seu quinhão.

Ao dia segue a noite, mas esta se esvaece,
E o globo aviventando desponta um novo
[dia,
E os corações, que há pouco pulsavam
[tristemente,
60 Dilatam-se inundados de amor e de alegria.

Erguei acima os olhos, que linda vai a
[noite!
Quão doce é seu aspecto e seu respiro
[ameno!
E vós pensais achar, sombrio e taciturno,
Seu manto conspurcado da morte no
[veneno!

65 Assim ao desditoso pudera, no silêncio
Celeste, oculta voz baixinho murmurar:
São estas as verdades que a sã filosofia
Às lágrimas inúteis devera aconselhar.

Mas ai! a cada passo a vida nos demonstra,
70 Embora da esperança cintile a chama pura,
Que há dores tão profundas, pesares tão
[rebeldes,
Assim como há moléstias mortíferas, sem
[cura!

LIVRO TERCEIRO
Melodias do estio

ASPIRAÇÕES

Meu Deus! já que não posso no meio das
                      [florestas
Ouvir da natureza as mais soberbas festas;
Já que não posso errante no esplêndido
                      [oceano
Sorver a longos tragos teu bafo soberano;
5 Quero escutar nas praças, ao vento das
                      [paixões,
Erguer-se retumbante a voz das multidões!
Quero sentir, Senhor, que o fogo de teu
                      [gênio
Abrasa-lhes as fibras, do mundo no
                      [proscênio,
E sabem responder do déspota à vontade:
10 – Aqui finda teu mando e surge a
                      [liberdade!

Aos mares e aos desertos, aos povos e às
[feras
Deste uma lei somente nas primitivas eras.
O Gênesis dos orbes teve por letra prima
O emblema da igualdade que a
[independência arrima.
15 A luz sacode as sombras e abraça a
[imensidade,
Os escarcéus resistem ao horror da
[tempestade;
Mas ai! Senhor, os homens na mais
[formosa plaga
Parece que afeiçoam-se ao jugo que os
[esmaga!
Quando ouvirei nas praças, ao vento das
[paixões,
20 Erguer-se retumbante a voz das
[multidões?

Espanta-me a tormenta que as árvores
[derriba,
Mas o tufão que passa e a cerração fustiga
É útil e propício, porque descobre os
[montes
E deixa que eu contemple os vastos
[horizontes
25 Onde ao clarão suave de um sol brilhante
[e puro
Ostenta-se formosa a imagem do futuro!...
A raça entorpecida à sombra se acostuma
E nada enxerga além da condensada
[bruma!... →

Venha o tufão bendito, e, ao vento das
[paixões,
30 Quero escutar nas praças a voz das
[multidões!

A escravidão não cinge-se unicamente aos
[ferros!
Há uma inda mais negra, a escravidão dos
[erros!
Para privar-se ao pobre que seu caminho
[veja
Oh! não, não é preciso que ele atulhado
[seja,
35 Basta roubar-lhe a luz, e o mísero nas
[sombras
Se atirará da margem nas úmidas alfombras!
Oh! não, pior mil vezes!... trazei-lhe a
[claridade;
Se o trilho está coberto, abre outro a
[liberdade!
Quando ouvirei nas praças, ao vento das
[paixões
40 Erguer-se retumbante a voz das multidões?

Verso 37. Em 1865: "Oh! mão, pior mil vezes!... trazei-lhe a claridade;", corrigido pela edição H. Garnier.

O OCEANO

Tu és a idéia mais soberba e vasta
Que do gênio de Deus há rebentado,
Ó mar nunca vencido! A Eternidade
Revela-se em teus brados furibundos
5   Quando alta noite as vagas se abalroam
Coroadas de elétricas centelhas;
A Inteligência soberana e excelsa
Ostenta-se em teu rosto à madrugada
Quando a essência da luz profliga as
                     [sombras
10 E o globo inunda de esplendor e glórias...
Guarda o mistério de teu seio augusto!
Não serei eu – misérrimo! – quem busque
Solevantar-lhe o véu! – Dentro em
                     [minh'alma
Na dor que me consome te concebo, →

    Uma variante deste poema encontra-se em "O Mar", de *Vozes d'América*.

15 Basta-me ver-te das espáduas amplas
    Sacudir as armadas dos tiranos,
    Basta-me à noite pressentir-te ao longe
    Atirando garboso às nebulosas
    Diademas de pérolas nevadas,
20 Basta-me apenas contemplar-te, altivo,
    Cuspindo aos homens que a teus pés
                                    [rastejam
    A férvida saliva do desprezo!
    ....
    Quantos impérios celebrados, fortes,
    Não floresceram de teu trono às bases,
25 Sublime potestade! E onde estão eles?
    O que é feito da Grécia, Tiro e Roma,
    Cartago a valerosa? As vagas tuas
    Lambiam-lhes os muros, quer nos tempos
    De paz e de bonança – quer na quadra
30 Em que chuvas de setas se cruzavam
    À face torva das hostis falanges!
    Tudo aluiu-se, transformou-se em cinzas,
    Sumiu-se como os traços que o romeiro
    Deixa da Núbia na revolta areia!
35 Só tu, ó mar sem termos, imutável
    Como o quadrante lúgubre do tempo,
    Ruges, palpitas sem grilhões nem peias!
    Nunca na face desse azul sombrio,
    Onde tranqüilas, ao soprar das brisas,
40 Poesias do céu, flores do éter,
    As estrelas se miram namoradas,
    Nunca o fogo e a lava, a guerra e a morte,
    As frotas dos tiranos hão deixado
    Um vestígio sequer de seus ultrajes!
45 Tal como à tarde do primeiro dia →

Que o espaço desflorou, hoje te ostentas
Na tua majestade horrenda e bela!
....

Espelho glorioso onde entre fogos
Se mira onipotente, nas tormentas,
50 A face do Senhor! Monstro atrevido
Cujas garras de bronze o globo abraçam,
Até que um dia – quem o sabe! – exausto
Lance o alento final!... ai! no teu seio
Talvez tremendo espírito se agite,
55 Misto ignoto de paixões sem freios,
Cuja expressão vislumbra-te nas faces,
Ora hediondas de compressos músculos,
Ora doridas como a virgem morta
Na flor da juventude, ora risonhas
60 Como a loura criança que repousa
Sobre o colo materno adormecida!
....

Níobe eterna! de teu ventre túmido
Os gigantes do abismo apareceram,
Em cujo dorso de argentadas conchas
65 Os raios das estrelas resvalavam.
De teu lodo fecundo, inextinguível,
Brotaram continentes, cujas grimpas
Iam bater na abóbada cerúlea;
Teus paços de coral e de esmeraldas
70 Encerravam princesas vaporosas,
Louras ondinas, encantados gênios,
Soberbas divindades! Entretanto
Viste tudo passar! Perdeu-se a Atlântida,
Sumiram-se na sombra os brônzeos deuses,
75 E nem restou-te aquela que nascida
De teus flocos de espuma, deslumbrara
O Olimpo e a terra com seus olhos langues!

....
Oceano sem fundo! Antros sem nome!
Moradas da poesia e da tristeza
80 Emblema do infinito... ai! desde a infância
Preso na teia de atração divina,
Eu vos busquei sedento! Sobre as praias
Curvas como os alfanges dos Mouriscos
Eu me perdia nos dourados dias,
85 Na santa primavera, ouvindo os rinchos
Dos marinhos corcéis, molhando as plantas
Na gaza salitrosa que envolvia
A areia cintilante! Horas e horas
Passava no fastígio dos rochedos,
90 Fitos os olhos na planície imensa,
Como tentando compreender a história
Desse elemento indômito e terrível!...
Amo-te, ainda, ó mar! amo-te muito!
Mas não tranqüilo umedecendo a proa
95 Da gôndola lasciva, nem chorando
Aos olhares da lua! Amo-te ousado,
Violento, estrondoso, repelindo
Os vendavais que roçam-te nas crinas;
Quebrando a asa de fogo que das nuvens
100 Procura te domar; batendo a terra
Com teus flancos robustos; levantando
Triunfante e feroz no tredo espaço
A cabeça vendada de ardentias!
Amo-te assim, ó mar! porque minh'alma
105 Vê-te imenso e potente, desdenhoso
As humanas cobiças derribando!
Amo-te assim; ditoso no teu seio,
Zombo do mundo que meu ser esmaga,
Sou livre como as ondas que me cercam,
110 E só à tempestade e a Deus me curvo!

EM TODA A PARTE

Quando alta noite as florestas,
Ao soprar das ventanias,
Tenebrosas agonias
Traem nas vozes funestas;
5 Quando as torrentes bravejam,
Quando os coriscos rastejam
Na espuma dos escarcéus,
Então a passos incertos
Procuro os amplos desertos
10 Para escutar-te, meu Deus!
Quando na face dos mares
Espelha-se o rei dos astros,
Cobrindo de ardentes rastros
Os cerúleos alcaçares,
15 E a luz domina os espaços
Partindo da névoa os laços; →

Verso 14. Note-se o uso de "alcaçares" como vocábulo paroxítono.

Rasgando da sombra os véus,
Então resoluto, ufano,
Corro às praias do oceano
20 Para mirar-te, meu Deus!
Quando às bafagens do estio
Tremem os pomos dourados,
Sobre os galhos pendurados
Do pomar fresco e sombrio;
25 Quando à flor d'água os peixinhos
Saltitam, e os passarinhos
Se cruzam no azul dos céus,
Então procuro as savanas,
Me atiro entre as verdes canas
30 Para sentir-te, meu Deus!
Quando a tristeza desdobra
Seu manto escuro em minh'alma,
E vejo que nem a calma
Desfruto, que aos outros sobra;
35 E do passado no templo
Letra por letra contemplo
A nênia dos sonhos meus,
Então me afundo na essência
De minha pobre existência
40 Para entender-te, meu Deus!

A UM ENJEITADO

Como a semente caída
Sobre um ingrato terreno,
   Nasci;
E pobre planta esquecida,
5 Sem virações, sem sereno
   Cresci!

O meu primeiro momento
Foi um momento maldito,
   Bem sei;
10 Filho do vício cruento,
Sempre a nódoa de precito
   Terei!

De um porvir almo e dourado
Aquece as humanas frontes
15   A luz;
Mas triste ser malfadado
Só vejo nos horizontes
   A Cruz!

NO ERMO

Salve! erguidas cordilheiras,
Brenhas, rochas altaneiras,
Donde as alvas cachoeiras
Se arrojam troando os ares!
5   Folhas que rangem caindo,
Feras que passam rugindo,
Gênios que dormem sorrindo
No fresco chão dos palmares!

Salve! florestas sombrias,
10 Onde as rijas ventanias
Acordam mil harmonias
Na doce quadra estival!
Rolas gentis que suspiram,
Louras abelhas que giram
15 Sobre as flores que transpiram
No seio do taquaral!

Uma variante das quadras deste poema encontra-se em "As selvas", de *Vozes d'América*.

Salve! esplêndida espessura,
Mares de sombra e verdura
Donde a brisa etérea e pura
20 Faz brotar a inspiração,
Quando à luz dos vaga-lumes,
Da mariposa aos cardumes
Se casam moles queixumes
Dos filhos da solidão!

25 Ah! que eu não possa me afastar das turbas,
Curar a febre que meu ser consome,
E entre alegrias me atirar cantando
Nas secas folhas do sertão sem nome!

Ah! que eu não possa desprender aos
                              [ermos
30 O fogo ardente que meu crânio encerra,
Gastar os dias entre Deus e os gênios
Nas matas virgens da cabrália terra!

Eu não detesto nem maldigo a vida
Nem do despeito me remorde a chaga;
35 Mas ai! Sou pobre, pequenino e débil,
E sobre a estrada o viajor me esmaga!

Fere-me os olhos o clarão do mundo,
Rasgam-me o seio prematuras dores,
E à magoa insana que me enluta as noites
40 Declino à campa na estação das flores!

E há tanto encanto nos desertos vastos,
Tanta beleza do sertão na sombra,
Tanta harmonia no correr do rio,
Tanta doçura na campestre alfombra,

45   Que inda pudera se alentar de novo
E entre delícias flutuar minh'alma,
Fanada planta que mendiga apenas
O orvalho, a noite, a viração e a calma!

Abre-me os braços, ó fada,
50   Fada do ermo profundo,
Onde o bulício do mundo
Não ousa sequer bater!
Oh! quero tudo esquecer,
Tudo o que aos homens seduz,
55   Beber uma nova vida
E fronte elevar ungida
De santas crenças à luz!
Glória, futuro... o que valem
Futuro e glórias de pó...

60   Sem gratos sonhos que embalem
O triste descrido e só?
De que serve o ouro, a fama,
Um nome – pálida chama! –
Quando à noite junto à cama
65   Só há martírios e dores?
Quando a aurora é sem belezas,
Cheias de espinho as devesas,
E a tarde só tem tristezas
Em vez de cantos e flores!

VOZES NO AR

Basta de luz, Senhor! Senhor, basta de
                                [afagos!
Minhas retinas frágeis se cansam de
                                [esplendores!
E o fogo que me assopras sobre as
                                [espáduas nuas
Desperta-me nas veias frenéticos ardores!

5   Ah! sou tão nova ainda que sinto-me
                                [exaltada
Das selvas verde-escuras ao caloroso
                                [eflúvio,
E busco envergonhada nas solidões sem
                                [termos
Meu manto inda molhado das águas do
                                [dilúvio.

Tenho no seio a vida e a liberdade n'alma;
10 Aponta-me o caminho por onde devo
                                [andar; →

Irei onde os condores seus ninhos
[penduraram?
Ou bem onde desdobra seus vagalhões
[o mar?

Nas águas do Amazonas mirei meu rosto
[altivo,
No Prata transparente banhei meus lindos
[pés;
15 Ungi os meus cabelos do aroma da
[baunilha,
Das palmas do coqueiro cobri minha
[nudez.

Tenho cascatas de ouro, abismos de
[diamantes,
Riquezas para um mundo, se me
[aprouver comprar,
Mas sinto-me indecisa, quero avançar,
[vacilo,
20 Oh! mostra-me o caminho por onde
[devo andar!

COLMAL

PARÁFRASE OSSIÂNICA

Como é sentido o canto que murmuras,
Ó gênio dos rochedos solitários!
Assemelha-se à queixa dos arroios
Entre a relva macia e vigorosa
5   Dos vales florescidos. Muitas vezes
No silêncio da noite hei despertado
Procurando nas sombras, como outrora
Da mocidade nos risonhos dias,
Minha lança esquecida; e no entanto
10 Sinto meu braço recair sem força,
E choro amargamente a sós comigo.
Recusarás acaso, ó grato gênio,
Prestar ouvido aos cânticos de Ossian?
A inspiração rebenta-me na fronte
15 À lembrança das glórias do passado;
Minh'alma se ilumina, e mais formosos
Brotam os sonhos da primeira idade, →

Como as flores do campo à luz d'aurora
Quando foge a tormenta, e a noite escura
20 Corre aos raios do sol que o espaço
[inundam!

Não vês suspenso à cabeceira de Ossian
Aquele antigo escudo? seus relevos
Estão gastos à força de combates,
Seu brilho está perdido, e no entanto
25 É o escudo do célebre Duntalmo.
Ó gênio dos rochedos solitários!
Escuta a voz profética dos tempos!
Era Ramor de Cluta ilustre chefe.
Em seu palácio o fraco descansava
30 Sem receio dos fortes; o estrangeiro
Jamais achou fechada a vasta porta
Dessa morada hospitaleira e rica.
Um dia apareceu Duntalmo o fero
E convidou Ramor para o combate;
35 O guerreiro aceitou, porém na luta
Duntalmo foi vencido. Dominado
Por um ódio fatal, passados tempos
Voltou Duntalmo, e, colocado à frente
De numerosa tropa, às horas mortas
40 Assassinou Ramor em seu palácio.
Filhos do morto, na mais tenra idade,
Colmar e Calton descuidosos entram
Na triste habitação, e, contemplando
Sobre a terra atirado, envolto em sangue,
45 O cadáver paterno, as frontes unem,
E seus prantos confundem abraçados.

Às lágrimas doridas que derramam,
Aos suspiros sentidos que desprendem, →

O coração cruento de Duntalmo
50 Abranda-se e comove-se; de pronto
Manda levar as míseras crianças
A seu palácio esplêndido de Alteuta.

Sob o teto opulento do inimigo
Os filhos de Ramor foram crescendo;
55 Já na presença do feroz guerreiro
Entesavam seus arcos; junto dele
Já combatiam destemidos, fortes.

Viram cobertos de espinhosas plantas
Da morada paterna os altos muros;
60 E junto da lareira o verde limo
Sob as asas de fúnebre silêncio
Estender-se e ganhar os aposentos;
E choraram sozinhos nas montanhas,
E o pesar que sentiam transudava
65 Das faces juvenis. Duntalmo em breve
Percebeu-lhes a dor, e, receando
Que eles a morte de seu pai vingassem,
Os prendeu em dous antros pavorosos
Do Teuta escuro nas desertas margens.

70 Jamais a luz do sol transposto havia
Destas cavernas úmidas as bordas,
Jamais da lua os sonolentos raios
Tinham beijado os fúnebres recantos
Destas negras prisões onde os mancebos
75 Entre sombras espessas soluçavam.
A filha de Duntalmo, airosa e linda,
Virgem de olhos azuis, louros cabelos,
Chorava no silêncio a desventura →

De Calton que prendera-lhe a vontade
80 Do ardente amor nos laços feiticeiros.
Uma noite ela ergueu-se resoluta,
A formosa Colmal, reveste de aço
Seu corpo sedutor, agarra a espada
Que a defunto guerreiro pertencera
85 E transpondo a prisão do desditoso
Quebra-lhe os ferros, mostra-lhe a
                              [passagem.

– Ó filho de Ramor, a noite é negra,
Levanta-te e caminha! Ó rei de Selma
Asilo nos dará; meu pai outrora
90 Na casa de teu pai asilo achara.
Vem, pois, comigo, de Langal sou filho.

E Calton diz a medo: – Ó voz suave,
Donde vens tu? Do cimo dos outeiros,
Ou do seio das nuvens encantadas?
95 Muitas vezes sonhando enxergo as sombras
Queridas de meus pais entre as profundas
Trevas espessas que meu corpo envolvem!
Serás o filho de Langal? Outrora
No palácio de Cluta eu vi sentado
100 Esse ilustre guerreiro!... Tu me chamas
Oh! mas não posso abandonar nos ferros
Meu irmão infeliz, seria infame!
Dá-me uma lança, voarei de pronto,
Partirei seus grilhões e iremos juntos.

105 Guerreiros mil, responde-lhe a donzela,
Guardam Colmar. Que poderás sozinho
Contra força tão grande? Vem, fujamos, →

Corramos a Morvém, seu rei piedoso
De teus males ouvindo a triste história
110 Virá salvar Colmar. Da noite as sombras
Aos poucos vão fugindo, e na planície
Verá Duntalmo de teus pés os traços,
E morrerás na flor da juventude.
Vem, não receies, inda é tempo. – O moço
115 Suspirando levanta-se; à lembrança
Do irmão infeliz, rios de pranto
Escapam-lhe dos olhos. O caminho
Que vai dar a Morvém ligeiros trilham.
O capacete escuro a face oculta
120 Da formosa Colmal; seu branco seio
O ar da noite a longos tragos bebe
Sob a lisa armadura que o comprime.

No palácio de Selma, entrando à volta
Da caça turbulenta, os dois mancebos
125 Fíngal encontra; as desventuras ouve
Que o filho de Ramor lhe conta, e volve
Seus olhares à tropa que o circunda.
Mil guerreiros levantam-se e reclamam
A honra de levar a guerra a Teuta.

130 E também eu parti. Sobre a planície
Nossos bravos marchavam semelhantes
Às vagas do Oceano: os dous mancebos
Iam perto de mim. Logo Duntalmo
Nossa chegada prevenindo ajunta
135 No topo da colina os seus guerreiros.

A torrente de Teuta bravejava
Orgulhosa a seus pés. Um bardo envio →

A convidar Duntalmo para a luta
No meio da planície: um rir de mofa
140 Foi a resposta do soberbo chefe.
O turbilhão de seus guerreiros move-se
No topo da colina, semelhante
À nuvem negra que o tufão sacode
E desdobra no céu. Duntalmo ordena
145 Que o mísero Colmar trazido seja
À margem da torrente, e enfurecido
Embebe-lhe no seio a férrea lança.
O desditoso cai, rola por terra
Torcendo-se no sangue. Alucinado
150 Calton se arroja da torrente ao meio;
Eu vibro a minha espada, e ao lado oposto
Atiro-me das águas. O inimigo
De mais a mais fraqueia a nossos golpes,
Mas a noite distende sobre a terra
155 Seu manto tenebroso e nos separa.

Duntalmo se retira para o centro
De uma antiga floresta, aceso em raiva
Contra o mancebo cujo ardor guerreiro
Não pudera extinguir. Calton sentado
160 À sombra de um pinheiro pranteava
Seu irmão infeliz tão cedo morto.
Vai alta noite, as sombras e o silêncio
Estendem-se no plaino; os combatentes
Mal resistem ao sono; mas ainda
165 Aos ouvidos de Calton rumoreja
A torrente de Teuta, e a triste sombra
Do mísero Colmar ante seus olhos
Levanta-se funérea, ensangüentada,
E com sinistra voz assim lhe fala: →

170 "Ergue-te, Calton, antes que a alvorada
Apareça no céu, vinga a desgraça
De teu pobre Colmar! Duntalmo, o fero,
Irá seus restos insultar nas trevas!"

Assim dizendo a sombra se esvaece.

175 A tais palavras Calton se levanta
E parte como um raio; ignota chama
Incende-lhe os olhares; a tormenta
Convulsa-lhe no seio. Os inimigos
Estremecem de horror; porém, passados
180 Os primeiros instantes, se condensam,
Apertam-se ao redor do combatente,
Prendem-no em breve e levam-no à
                              [presença
Do cruento Duntalmo. Alegres brados
Elevam-se nos ares, as colinas
185 Repetem-nos da noite no silêncio.

Despertei assustado a tais rumores.
Tomo da lança que a meu lado estava,
Chamo os guerreiros. Mais funesto e
                              [horrível
Que a própria morte meu valor se torna!

190 Não era assim que outrora se batiam,
Ó filhos de Morvém, nossos maiores!
Quando de volta Fíngal divisar-nos
Sem ter vencido os feros inimigos,
Que lhe diremos nós? Eia, guerreiros!
195 Preparai vossas armas e segui-me!
Sobre as ondas do Teuta a madrugada →

Começava a lançar seus brandos lumes.
Colmal acompanhava-nos chorando,
Das mãos imbeles lhe escapou três vezes
200 A lança que levava. Esta fraqueza
Incitou minha cólera: "Mancebo
Covarde e pusilânime, lhe eu disse,
Por acaso os guerreiros desta terra
Combatem soluçando? Segue as corças
205 E os rebanhos que pascem junto ao Teuta,
E deixa as armas, deixa-as aos valentes!"

Assim dizendo, arranco-lhe do corpo
A lustrosa armadura, e um branco seio,
Um seio de mulher, alvo e formoso,
210 Descoberto aparece! A minha lança
Escapa-me das mãos, abaixo a fronte,
E desprendo um suspiro amargurado.

Tudo entendi! O grito do combate
Soltei de novo!... Ó gênio dos rochedos,
215 Ó gênio dos rochedos solitários!
Por que do velho bardo a voz já rouca
Treme de relatar como morreram
Os guerreiros de Teuta? Hoje repousam
Em seus próprios países olvidados,
220 E o viajante buscaria embalde
Seus túmulos nas sarças escondidos!
Apenas o lugar onde Duntalmo
Caiu aos golpes de Ossian, e o jazigo
Onde o sono sem fim há muito dorme,
225 Aos fulgores da lua inda branqueiam!
Tudo mais a tormenta há dissipado!

Preso ao tronco rugoso de um carvalho
Calton achei, cortei-lhe as duras cordas,
E da bela Colmal nos lindos braços
230 Atirou-se feliz. Junto de Teuta
Uma rica morada levantaram,
E Ossian, radiante da vitória,
Às terras de Morvém voltou de novo.

IRA DE SAUL

FRAGMENTO

A noite desce. Os furacões de Assur
Passam dobrando os galhos à videira,
Todos os plainos de Salisa e Sur
Perdem-se ao longe em nuvens de poeira.

5 Minh'alma se exacerba. O fel d'Arábia
Coalha-se todo neste peito agora.
Oh! nenhum mago da Caldéia sábia
A dor abrandará que me devora!

Nenhum! – Não vem da terra, não tem
[nome,
10 Só eu conheço tão profundo mal,
Que lavra como a chama e que consome
A alma e o corpo no calor fatal!

Maldição! Maldição! Ei-lo que vem!
Oh! mais não posso! A ira me quebranta! →

15 Toma tu'harpa, filho de Belém,
    Toma tu'harpa sonorosa e canta!

    Canta, louro mancebo! O som que acordas
    É doce como as auras do Cedron,
    Lembra-me o arroio de florentes bordas
20 Junto à minha romeira de Magron.

    Lembra-me a vista do Carmelo – as tendas
    Brancas sobre as encostas de Efraim,
    E pouco a pouco apagam-se as tremendas
    Fúrias do gênio que me oprime assim!

VERSOS SOLTOS

Ao General Juarez

    Juarez! Juarez! Quando as idades,
Fachos de luz que a tirania espancam,
Passarem desvendando sobre a terra
As verdades que a sombra escurecia;
5 Quando soar no firmamento esplêndido
    O julgamento eterno;
Então banhado no prestígio santo
Das tradições que as epopéias cream,
Grande como um mistério do passado,
10 Será teu nome a mágica palavra
Que o mundo falará lembrando as glórias
    Da raça Mexicana!
Quem se atreve a medir-te face a face?
Quem teu vôo acompanha nas alturas,
15 Condor soberbo que da luz nas ondas →

Verso 8. cream/criam.

Sacode o orvalho das possantes asas,
E lança um grito de desprezo infindo
   Aos milhafres rasteiros?
Que destemido caçador dos ermos
20 Irá te cativar, ave sublime,
Nessas costas bravias e tremendas,
Onde o Grande Oceano atira as vagas,
E os vendavais sem peias atordoam
   O espaço de rugidos?
25 Que sicário real, nas matas virgens,
Amplas, sem marcos, sem batismo e data,
Te apanhará, jaguar das soledades?...
Ah! tu espreitas os vulcões que dormem!
Quando a cratera encher-se, à luz vermelha
30   Rebentarás nas praças!...
Trarás contigo os raios da tormenta!
Da tormenta serás o sopro ardente!
Mas a tormenta passará de novo
E o golfo Mexicano iluminado
35 Refletirá teu vulto gigantesco,
   Ó águia do porvir!

Teu nome está gravado nos desertos
Onde pés de mortal jamais pisaram!
Quando pudessem deslembrá-lo os
                              [homens,
40 As selvas despiriam-se de folhas,
Para arrojá-las do tufão nas asas
   Às multidões ingratas!
Como as de um livro imenso elas compõem
Teu poema sublime; a pluma eterna
45 Do invisível destino, e não rasteira,
Mísera pena de mundano bardo, →

Nelas traçou as indeléveis cifras
   De teu nome imortal!
Os pastores de Puebla e de Xalisco,
50 As morenas donzelas de Bergara,
Cantam teus feitos junto ao lar tranqüilo
Nas noites perfumadas e risonhas
Da terra Americana. Os viajantes
Que os desertos percorrem – pensativos
55 Param no cimo das erguidas serras,
Medem co'a vista o descampado imenso,
E murmuram fitando os horizontes
Vastos, perdidos num lençol de névoas:
Juarez! Juarez! em toda a parte
60   Teu espírito vaga!...

Falam de ti as fontes e as montanhas,
As ervinhas do campo e os passarinhos
Que abrindo as asas no azulado céu
Como um bando de sonhos esvoaçam.
65 Mas esse nome que ameniza o canto
Do torvo montanhês – e mais suave
Que um suspiro de amor, parte dos lábios
Da virgem sonhadora das campinas,
Faz tremer o tirano que repousa
70 Nos macios coxins de leito de ouro,
Como o brado do arcanjo no infinito
   Ao fenecer dos mundos!

Deixa que as turbas de terror escravas
Junto de falso trono se ajoelhem!
75 Os brindes e os folguedos continuam,
Mas a mão invisível do destino
Na sala do banquete austera escreve
   O aresto irrevogável!

SETE DE SETEMBRO

Quando o gênio de Deus em santo arrojo
Batendo as sombras atirou no espaço
   A hipérbole da luz,
E à matéria disforme que boiava
5 Sem destino e sem rumo abriu a senda
   Que à perfeição conduz;

Os querubins calaram-se escutando
A ode universal que retumbava
   Aos pés do Criador;
10 E a natureza virgem dilatou-se,
E os mundos abalaram-se rugindo:
   Somos livres, Senhor!

As gerações ergueram-se no tempo.
De cada idéia levantou-se um povo, →

   Verso 11. Em 1865: "E os mundos abalaram-se rugindo:", corrigido pela edição Zelio Valverde.

15   De cada povo a lei.
    As eras sucederam-se confusas;
    Mas o canto divino orientava
        Das multidões a grei.

    E ora entre névoas, ora entre fulgores,
20 Como a lua formosa em céu nublado,
        A liberdade andava,
    E a cada passo o trânsfuga celeste
    Um rasto imenso de grilhões partidos
        Como o raio deixava!...

25 Mas tu, risonha plaga Americana,
    Ilha de amor nos mares do mistério,
        Dormias a sorrir,
    Tão linda como o cisne de alvas penas,
    Tão pura como a virgem balouçada
30   Nos sonhos do porvir!

    Do vulto horrendo do voraz abutre
    A sombra intensa não toldou-te as faces,
        Nem manchou-te, é mentira!
    Anjo de asas de luz! não foste escrava!
35 Criança! inda era cedo, o canto eterno
        Dormia-te na lira!

    Dormia! mas o hálito de Deus
    Rugia-te nas fibras, inflamado
        Como um vulcão no mar!
40 As nações esperavam-te ansiosas,
    E no fórum dos povos avultava
        Vazio o teu lugar!

Apareceste enfim, mas não liberta,
Que nunca foste escrava, apenas débil,
45 Sem forças, vacilante;
Se assim não é, onde estarão teus ferros?
Onde o pó das prisões que derribaste?
Onde o jugo infamante?

É neste altar de esplêndido futuro,
50 Berço de outrora, trono do presente,
Que beijamos-te as plantas,
E ao perfume do incenso, ao som dos
[hinos,
Adoramos em ti da liberdade
As glórias sacrossantas.

55 Filha augusta de Deus! Rosa banhada
Da Redenção nas lágrimas ardentes!
Mãe das raças opressas!
Pomba sagrada que rompendo as nuvens
Trazes ao lenho errante o verde ramo
60 Ungido de promessas;

Liberdade gentil, mil vezes salve!
Salve sem peias devassando os ares,
Espancando os bulcões!
Salve nos paços de opulentos sátrapas,
65 Salve na choça humilde do operário,
Salve até nas prisões!

NOITE SAUDOSA

SERENATA

Posta em música pelo distinto compositor
acadêmico o senhor V. J. Gomes da Costa

    Ah! como brilhas
    No céu azul,
    Dourando os cerros,
    Astro do Sul!

5   Quanta tristeza,
    Quanta saudade
    No seio expandes
    Da soledade!

    Ah! não, não fujas,
10 Não mais te escondas,
    Da névoa errante
    Nas brancas ondas!

Vê como as aves
Adormecidas
15 Soltam sonhando
Queixas sentidas.

Vê como as selvas,
O prado, as flores,
Num só abraço
20 Tremem de amores.

Na sombra o rio
Chora e desmaia;
Mortas as vagas
Gemem na praia...

25 Ah! fica, fica
No céu azul,
Não mais te afastes,
Astro do Sul!...

A luz que vertes
30 Da pátria fala,
E a dor abranda
Que o seio rala!...

CANTOS MERIDIONAIS

ORAÇÃO

Ó virgem das esferas sempiternas!
Ó meu anjo da guarda! Ó minha musa!
   Minha esposa imortal!
Bate as trevas que enlutam meu caminho,
5 Protege na jornada deste mundo
   Minh'alma tua igual!

Nos loiros dias da risonha infância
Desdobraste sobre ela as vastas asas
   Gotejantes de luz...
10 Dá-me hoje alento que meu ser fraqueia,
Enxuga-me os suores do suplício,
   Conforta-me na cruz!

Eu vejo ao longe as sombras que se enrolam,
O raio que flameja, ruge e passa
15   Das nuvens através;
Meu seio é todo angústias – a tristeza
Como a boa voraz me arrocha os membros
   Em seus rijos anéis!

Sacode as plumas, anjo do infinito!
20 Pisa os vermes do chão e os corvos negros
    Que folgam junto a mim!
Não consintas que o espírito das trevas
Se assente nos debruns de teu vestido
    E faça seu festim!
25 A tormenta do céu sacode as plantas,
Fustiga das montanhas o costado
    Tremenda em seu furor!
Mas os ventos da intriga e da calúnia
Não deixam nos arbustos que açoitaram
30   Nem sombra de uma flor!

Eles passaram crebros e cruentos
Sobre minha cabeça inda aquecida
    Da mocidade ao sol!
Na estação do prazer, eis-me sentado
35 Do mar da vida nas bravias costas,
    Sem lume, sem farol!
Eu quero andar! Eu sei que no futuro
Inda há rosas de amor, inda há perfumes,
    Há sonhos de encantar!
Não, eu não sou daqueles que a descrença
40 Para sempre curvou, e sobre a cinza
    Debruçam-se a chorar!

Lança um raio de luz em meu caminho,
Protege na jornada deste mundo
    Minh'alma tua igual,
Ó virgem das esferas sempiternas!
45 Ó meu anjo da guarda! Ó minha musa!
    Minha esposa imortal!

O ESCRAVO

Ao Sr. Tomás de Aquino Borges

Dorme! – Bendito o arcanjo tenebroso
   Cujo dedo imortal
Gravou-te sobre a testa bronzeada
   O sigilo fatal!
5 Dorme! – Sob a terra devorou sedenta
   De teu rosto o suor,
Mãe compassiva agora te agasalha
   Com zelo e com amor.

Ninguém te disse o adeus da despedida,
10   Ninguém por ti chorou!
Embora! A humanidade em teu sudário
   Os olhos enxugou!
A verdade luziu por um momento
   De teus irmãos à grei:
15 Se vivo foste escravo, és morto – livre
   Pela suprema lei!

Tu suspiraste como o hebreu cativo
   Saudoso do Jordão,
Pesado achaste o ferro da revolta,
20   Não o quiseste, não!
Lançaste-o sobre a terra inconsciente
   De teu próprio poder!
Contra o direito, contra a natureza,
   Preferiste morrer!

25 Do augusto condenado as leis são santas,
   São leis porém de amor:
Por amor de ti mesmo e dos mais homens
   Preciso era o valor.
Não o tiveste! Os ferros e os açoites
30   Mataram-te a razão!
Dobrado cativeiro! A teus algozes
   Dobrada punição!

Por que nos teus momentos de suplício,
   De agonia e de dor,
35 Não chamaste das terras Africanas
   O vento assolador?
Ele traria a força e a persistência
   A tu'alma sem fé,
Nos rugidos dos tigres de Benguela,
40   Dos leões de Guiné!...

Ele traria o fogo dos desertos,
   O sol dos areais,
A voz de teus irmãos viril e forte,
   O brado de teus pais!
45 Ele te sopraria às moles fibras
   A raiva do suão →

Quando agitando as crinas inflamadas
    Fustiga a solidão!

Então ergueras resoluto a fronte,
50   E grande em teu valor
Mostraras que em teu seio inda vibrava
    A voz do Criador!
Mostraras que das sombras do martírio
    Também rebenta a luz!
55 Oh! Teus grilhões seriam tão sublimes,
    Tão santos como a cruz!

Mas morreste sem lutas, sem protestos,
    Sem um grito sequer!
Como a ovelha no altar, como a criança
60   No ventre da mulher!
Morreste sem mostrar que tinhas n'alma
    Uma chispa do céu!
Como se um crime sobre ti pesasse!
    Como se foras réu!

65 Sem defesa, sem preces, sem lamentos,
    Sem círios, sem caixão,
Passaste da senzala ao cemitério!
    Do lixo à podridão!
Tua essência imortal onde é que estava?
70   Onde as leis do Senhor?
Digam-no o tronco, o látego, as algemas
    E as ordens do feitor!

Digam-no as ambições desenfreadas,
    A cobiça fatal,
75 Que a eternidade arvoram nos limites →

De um círculo mortal!
Digam-no o luxo, as pompas e grandezas,
   Lacaios e brasões,
Tesouros sobre o sangue amontoados,
80   Paços sobre vulcões!

Digam-no as almas vis das prostitutas,
   O lodo e o cetim,
O demônio do jogo – a febre acesa
   Em ondas de rubim!...
85 E no entanto tinhas um destino,
   Uma vida, um porvir,
Um quinhão de prazeres e venturas
   Sobre a terra a fruir!

Eras o mesmo ser, a mesma essência
90   Que teu bárbaro algoz;
Foram seus dias de rosada seda,
   Os teus – de atro retroz!...
Pátria, família, idéias, esperanças,
   Crenças, religião,
95 Tudo matou-te, em flor no íntimo d'alma,
   O dedo da opressão!

Tudo, tudo abateu sem dó nem pena!
   Tudo, tudo, meu Deus!
E teu olhar à lama condenado
100   Esqueceu-se dos céus!...
Dorme! Bendito o arcanjo tenebroso –
   Cuja cifra imortal,
Selando-te o sepulcro, abriu-te os olhos
   À luz universal!

A CIDADE

A meu predileto amigo
o Sr. Dr. Betoldi

A cidade ali está com seus enganos,
Seu cortejo de vícios e traições,
Seus vastos templos, seus bazares amplos,
Seus ricos paços, seus bordéis – salões.

5 A cidade ali está: – sobre seus tetos
Paira dos arsenais o fumo espesso,
Rolam nas ruas da vaidade os coches
E ri-se o crime à sombra do progresso.

A cidade ali está: – sob os alpendres
10 Dorme o mendigo ao sol do meio-dia,
Chora a viúva em úmido tugúrio,
Canta na catedral a hipocrisia.

A cidade ali está: – com ela o erro,
A perfídia, a mentira, a desventura... →

15 Como é suave o aroma das florestas!
    Como é doce das serras a frescura!

    A cidade ali está: – cada passante
    Que se envolve das turbas no bulício
    Tem a maldade sobre a fronte escrita,
20 Tem na língua o veneno e n'alma o vício.

    Não, não é na cidade que se formam
    Os fortes corações, as crenças grandes,
    Como também nos charcos das planícies
    Não é que gera-se o condor dos Andes!

25 Não, não é na cidade que as virtudes,
    As vocações eleitas resplandecem,
    Flores de ar livre, à sombra das muralhas
    Pendem cedo a cabeça e amarelecem.

    Quanta cena infernal sob essas telhas!
30 Quanto infantil vagido de agonia!
    Quanto adultério! Quanto escuro incesto!
    Quanta infâmia escondida à luz do dia!

    Quanta atroz injustiça e quantos prantos!
    Quanto drama fatal! Quantos pesares!
35 Quanta fronte celeste profanada!
    Quanta virgem vendida aos lupanares!

    Quanto talento desbotado e morto!
    Quanto gênio atirado a quem mais der!
    Quanta afeição cortada! Quanta dúvida
40 Num carinho de mãe ou de mulher!

Eis a cidade! Ali a guerra, as trevas,
A lama, a podridão, a iniqüidade;
Aqui o céu azul, as selvas virgens
O ar, a luz, a vida, a liberdade!

45 Ali, medonhos, sórdidos alcouces,
Antros de perdição, covis escuros
Onde ao clarão de baços candeeiros
Passam da noite os lêmures impuros;

E abalroam-se as múmias coroadas,
50 Corpos de lepra e de infecção cobertos,
Em cujos membros mordem-se raivosos
Os vermes pelas sedas encobertos!

Aqui verdes campinas, altos montes,
Regatos de cristal, matas viçosas
55 Borboletas azuis, loiras abelhas,
Hinos de amor, canções melodiosas.

Ali a honra e o mérito esquecidos,
Mortas as crenças, mortos os afetos;
Os lares sem legenda, a musa exposta
60 Aos dentes vis de perros abjetos!

Presa a virtude ao cofre dos banqueiros,
A lei de Deus entregue aos histriões!
Em cada rosto o selo do egoísmo,
Em cada peito um mundo de traições!

65 Depois o jogo – a embriaguez, o roubo –
A febre nos ladrilhos do prostíbulo,
O hospital, a prisão... por desenredo
A imagem pavorosa do patíbulo!

Eis a cidade!... Aqui a paz constante,
70 Serena a consciência, alegre a vida,
Formoso o dia, a noite sem remorsos,
Pródiga a terra, nossa mãe querida!

Salve, florestas virgens! Rudes serras!
Templos da imorredoura liberdade!
75 Salve! Três vezes salve! Em teus asilos
Sinto-me grande, vejo a divindade!

O CAVALO

Corre, voa, transpõe os outeiros,
Corta os charcos de sombra cobertos,
Quebra as pedras, escarva as planícies,
Vinga os serros – devora os desertos!

5   Vamos, meu cavalo branco,
    Minha neblina veloz,
    Deixemos campos e prados,
    Sarças, brejos e valados,
    Ermos, vilas, povoados,
10   E – os homens, atrás de nós!

Vamos, vamos, busquemos as terras
Onde habitam meus doudos amores,
Onde espera por mim, ansiosa,
A mais lânguida flor, entre as flores.

15   Onde tudo é liberdade,
    Vida, calor, gozo e luz; →

Onde as plácidas campinas
Regurgitam de boninas
Às carícias peregrinas
20   De um sol que sempre reluz!

Bebe a plenos pulmões as bafagens
Desta noite sombria, mas pura;
Deixa as feras rugirem no mato,
Deixa o inseto chilrar na espessura!

25   Deixa que gema nas rochas
O mocho embusteiro e vil,
Que as cobras no chão rastejem,
Que os fogos-fátuos doudejem,
Que as feiticeiras praguejem
30   Que pulem demônios mil!

Não és tu destemido e valente?
Não palpitas de seiva e de vida?
Tantas vezes por brenhas e gandras
Não venceste o tufão na corrida?

35   Bem poucos homens, bem poucos
Te igualam, nobre animal!
Raros na vivacidade.
Talvez alguns na amizade,
Mas nenhum na lealdade!
40   Na intrepidez natural!

Como rasgas as trevas garboso!
Ah! como elas te lambem as ancas!
Como aos ventos sacodes ousado
Essas crinas espessas e brancas!

45 A teus pés saltam centelhas,
    Rebentam rubros fuzis,
    E os festões das amoreiras
    E as selvagens trepadeiras
    Curvam-se humildes, rasteiras,
50 Beijam-te os cascos, servis.

    Mil figuras estranhas te espreitam,
    Convulsivas, na margem da estrada,
    Depois fogem silvando, e se escondem
    No remanso da inata cerrada.

55 Mil muralhas, mil colunas,
    Mil orgulhosos frontais,
    Mil capitéis trabalhosos,
    Fustes, pilares pomposos
    Se levantam portentosos
60 A cada salto que dás

    Novos mundos parece que vejo,
    Novo solo parece que pisas,
    Novos cantos escuto no espaço,
    Novas queixas nas asas das brisas!

65 Corre, meu bom companheiro,
    Voa, meu bravo corcel,
    Somos livres como os ares,
    As serras com seus palmares,
    O sertão com seus jaguares.
70 Os astros com seu dossel!

    Corre, voa, transpõe os outeiros,
    Corta os charcos de sombra cobertos,
    Quebra as pedras, escarva as planícies,
    Vinga os serros – domina os desertos!

AO RIO DE JANEIRO

Adeus! Adeus! Nas cerrações perdida
Vejo-te apenas, Guanabara altiva,
Mole, indolente, à beira-mar sentada,
Sorrindo às ondas em nudez lasciva.

5   Mimo das águas, flor do Novo Mundo,
     Terra dos sonhos meus,
  Recebe asinha no passar dos ventos
     Meu derradeiro adeus!

  A noite desce, os boqueirões de espuma
10 Rugem pejados de ferventes lumes,
  E os loiros filhos do marinho império
  Brotam do abismo em festivais cardumes.

  Sinistra voz envia-me aos ouvidos
     Um cântico fatal!
15 Permita o fado que a teu seio eu volte,
     Ó meu torrão natal!

Já no horizonte as plagas se confundem,
O céu e a terra abraçam-se discretos,
Leves os vultos das palmeiras tremem
20   Como as antenas de sutis insetos.

Agora o espaço, as sombras, a saudade,
    O pranto e a reflexão...
A alma entregue a si, Deus nas alturas...
    Nos lábios a oração!

25   Tristes idéias, pensamentos fundos
Nublam-me a fronte descaída e fria,
Como esses flocos de neblina errante
Que os serros vendam quando morre o dia.

Amanhã que verei? – Talvez o porto,
30   Talvez o sol... não sei!
Brinco do fado, a dor é minha essência,
    O acaso minha lei!...

Que importa! A pátria do poeta o segue
Por toda a parte onde o conduz a sorte,
35   No mar, nos ermos, do ideal nos braços,
Respeita o selo imperial da morte!

Oceano profundo! Augusto emblema
    Da vida universal!
Leva um adeus ainda às alvas praias
40   De meu torrão natal.

A MORTE

Tu não me curvarás sem resistência,
   Divindade cruel!
Tu não me abaterás impunemente
   A cabeça revel!

5 Podes chegar, não temo-te: – aos escravos
   Voto extremo desdém!
Eis a matéria... – Queres que te adore?
   Vê se passas além!

Mísera! A essência eterna, imaculada,
10   Insulta-te o poder!
Realeza de cinza e de poeira!
   Triste escárnio do ser!

Do cadáver à face apenas gravas
   Teu gélido sinal,
15 E já de novo o anima em formas novas
   A vida universal!

Tu nada podes! Teu domínio louco,
   Teu reinado falaz,
Em vez do nada ao peregrino apontam
20   As glórias imortais!

E devo então temer-te! Vem, que importa
   Teu pavoroso rir,
Se além da cova impura ardentes
                              [brilham
   Os astros do porvir?

25   Porém não, mentem os homens
   Quando te pintam tão má!
   Sentada entre brancos ossos,
   Contando os escuros fossos
   Do vale de Josafá!

30   Quando te colmam de horrores,
   E em doida exageração
   Dizem-te negra, sombria,
   Nua, deslavada e fria,
   Coberta de podridão!

35   Mentem, sim? – As dores fundas,
   Os estertores fatais,
   As horas lentas, tardias,
   As cruentas agonias,
   Não és tu, anjo, que dás!

40   São as lutas da matéria,
   São da carne as convulsões,
   São insensatos esforços, →

São as setas dos remorsos,
São as fúrias das paixões!

45 Mas não tu! – Oh! quantas vezes
Em súbito despertar,
Tenho-te visto fagueira
De meu leito à cabeceira,
Fitar-me um divino olhar!

50 Quantas vezes alta noite
Nos delírios do festim
Falas-me baixo aos ouvidos,
Me envolves em teus vestidos
Todos de gaze e cetim!

55 Quantas vezes sobre os lábios
De uma adorada mulher
Meus lábios incendiados
Em teus lábios descorados
Repousam sem eu saber!...

60 Vem sem cortejo, vem sozinha, ó noiva
De meus últimos dias!
Tu serás recebida como o arcanjo
Em casa de Tobias!

Traze em teu seio o talismã da crença
65 A paz sob teu véu...
Nós subiremos devagar a escada
Que vai bater ao céu!

Verso 44. Em 1869: "São a fúria das paixões!", corrigido pela edição H. Garnier.

Mas quebra-me certeira o imundo vaso
Que oculta o eterno ser;
70   Quebra-o de um golpe, toma-me nos
[braços,
Não me deixes sofrer!

Na flor dos anos conheci da vida
Toda a triste ilusão,
Embora os homens meu porvir
[manchassem,
75   Não os detesto, não!

Embora o sopro ardente da calúnia
Crestasse os sonhos meus,
Nunca descri do bem e da justiça,
Nunca descri de Deus!

80   Bendita sejas, virgem do infinito,
Anjo consolador,
Que a triste foragida criatura
Restituis ao Senhor!

NÉVOAS

Na hora em que as névoas se estendem
[nos ares,
Que choram nos mares as ondas azuis,
E a lua cercada de pálida chama
Nas selvas derrama seu pranto de luz;

5   Eu vi... maravilha! Prodígio inefável!
Um vulto adorável, primor dos primores,
Sorrindo às estrelas, no céu resvalando,
Nas vagas boiando de tênues vapores!

Nos membros divinos, mais alvos que a
[neve,
10 Que os astros, de leve, clareiam, formosos,
Nas tranças doiradas, nos lábios risonhos
Os gênios e os sonhos brincavam
[medrosos!

Uma variante deste poema encontra-se em *Noturnas*.

Princesa das névoas! Milagre das sombras!
Das róseas alfombras, dos paços sidéreos,
15 Acaso rolaste, dos anjos nos braços,
Dos vastos espaços aos mantos etéreos?

Os prantos do inverno congelam-te a fronte,
Os combros do monte se cobrem de
                                [brumas,
E queda repousas num mar de neblina
20 Qual pérola fina num leito de espumas!

Nas nuas espáduas, dos astros algentes,
O sopro não sentes raivoso passar?
Não vês que se esvaem miragens tão belas?
A luz das estrelas não vês se apagar?

25 Ai! vem que nas nuvens te mata o desejo
De um férvido beijo gozares em vão!
Os astros sem alma se cansam de olhar-te,
Nem podem amar-te, celeste visão!

E as auras passavam, e as névoas tremiam,
30 E os gênios corriam no espaço a cantar,
Mas ela dormia, gentil, peregrina,
Qual pálida ondina nas águas do mar!

Estátua sublime, mas triste, sem vida,
Sem voz, envolvida no hibérnio sudário,
35 Verás, se me ouvires, trocado por flores,
Por palmas de amores teu véu mortuário!

Ah! vem, vem minh'alma! Teus loiros
                               [cabelos! →

Teus braços tão belos, teus seios tão lindos,
Eu quero aquecê-los no peito incendido...
40　Contar-te ao ouvido meus sonhos
　　　　　　　　　　　　[infindos!

Assim eu falava, nos amplos desertos,
Seguindo os incertos lampejos da luz,
Na hora em que as névoas se estendem
　　　　　　　　　　　　[nos ares
E choram nos mares as ondas azuis.

45　As brisas d'aurora ligeiras corriam,
As flores sorriam nas verdes campinas,
Ergueram-se as aves do vento à bafagem,
E a pálida imagem desfez-se em – neblinas!

À BAHIA

Sobre coxins de verdura
   Aos fogos do meio-dia
   Dorme a esplêndida Bahia
   Reclinada à beira-mar;
5 E como servas humildes
   Sustendo-lhe o régio arminho
   As vagas falam baixinho
   Medrosas de a despertar.

Os ventos que a furto beijam
10   De seus vergéis as mangueiras
   Vão perfurmar cem bandeiras
   Que ondeiam no céu azul;
E relatam maravilhas
   Dessa pérola do Norte.
15   Mais do que Cartago, forte,
   Mais linda do que Istambul.

Estrangeiro que habitastes
   Mil cidades de outros mares, →

Ao mirar estes palmares,
20   O que sentistes, dizei?
   O que sentistes pisando
   Sobre o tapiz destas praias
   Pomposas, como as alfaias
   Do leito de um grande rei?

25 Ao contemplar estes montes
   Ardentes de mocidade,
   Por onde a dupla cidade
   Se estende a seu bel-prazer;
   E estas praças arrelvadas,
30   E estas árvores erguidas,
   E estas rampas atrevidas
   Que vão nas nuvens morrer,

Sentistes saudade acaso
   Dos países que deixastes?
35   Dos povos que visitastes
   Tivestes lembranças cá?
   Oh! não, que a vossos olhares
   Não mostraram tal beleza,
   Roma, Nápoles, Veneza,
40   Cantão, Pequim, Calcutá!

Mas ah! Vede, nesta pátria
   De heróis, de gênios, de bravos,
   Vestígios de pés escravos
   Conspurcam tão nobre chão! →

   Verso 33. Em 1869: "Sentiste saudade acaso", corrigido pela edição de Miécio Táti e Carreira Guerra.

45 E pelas noites tranqüilas,
　　Aos ecos das serenatas,
　　Casam-se as vozes ingratas
　　Da mais cruenta opressão!

　　Estas praças e mercados,
50　　Estes vastos edifícios
　　Não são por certo os indícios
　　De um povo calmo e feliz!
　　Não, que sobre essas riquezas
　　Fundadas sobre um delito
55　　Geme o direito proscrito,
　　Chora uma raça infeliz!

　　E ela dorme descuidosa,
　　Sem medo, a filha do Norte,
　　Entregue à mísera sorte
60　　Das outras belas irmãs;
　　Dorme, como as odaliscas
　　Nos palácios do Oriente
　　Sob a guarda inconsciente
　　De comprados iatagãs.

65 Bahia, terra das artes!
　　Terra do amor e da glória!
　　Quão grande foras na História,
　　Quão grande com teus brasões,
　　Se à fronte não te luzissem
70　　Aos diamantes misturados
　　Os prantos cristalizados
　　De cativas multidões!

A ENCHENTE

Era alta noite, intumescido e negro
Roendo as margens espumava o rio,
Densos vapores pelo céu rolavam,
Batia o vento o taquaral sombrio.

5   Leve piroga se agitava embalde
    Presa nos elos da infernal corrente,
    Cantava um anjo, o remador lutava,
    Linda virgem dizia tristemente:
    Como ao rijo soprar das ventanias
10 Os mortos bóiam sobre as águas frias!

    Oh! são bem moços! Do noivado apenas
    Talvez saíssem nesta noite escura!
    Talvez ébrios de amor galgando o leito
    Vissem à cabeceira a morte impura!

Uma variante deste poema encontra-se em *Noturnas*.

15   A vida é uma cadeia de mentiras!...
     Sempre o demônio ao pé do serafim!
     A sombra da desgraça e do extermínio
     Sempre toldando os lustres do festim!
     Como ao rijo soprar das ventanias
20   Os mortos bóiam sobre as águas frias!

     Rema, rema, barqueiro, olha, lá embaixo
     À luz vermelha do fuzil que passa,
     Não vês o vulto de um rochedo horrendo
     Que a correnteza estrepitando abraça?

25   Oh! se o vejo, senhora! Eu bem o vejo!
     Diz o barqueiro com sinistra voz,
     Orai à santa que os perigos vela
     Para que tenha compaixão de nós!...
     Como ao rijo soprar das ventanias
30   Os mortos bóiam sobre as águas frias!

     Já dentre as vagas de negrumes tredos
     Vem pouco e pouco se mostrando a lua;
     Como à luz dela a natureza é triste!
     Como a planície é devastada e nua!

35   Perto, tão perto elevam-se os outeiros
     Onde fagueira a salvação sorri...
     E nós rolamos, e rolamos sempre,
     E não podemos aportar ali!...
     Como ao rijo soprar das ventanias
40   Os mortos bóiam sobre as águas frias!

     Duro, insofrido o vendaval sacode
     Do rio a face em convulsão febril! →

Barqueiro, alento! Se me pões em terra
Hei de colmar-te de riquezas mil!

45 Mas ai! No dorso do dragão das águas
Lutava o lenho, mas lutava em vão!
E a pobre moça, desvairada, em prantos,
Pedia à Virgem que lhe desse a mão!
Como ao rijo soprar das ventanias
50 Os mortos bóiam sobre as águas frias!

Ouve, barqueiro, que ruído é esse
Surdo, profundo, que nos ares soa?
Parece o estrondo de trovão medonho
Que dos abismos pelo seio ecoa!

55 Deus poderoso! Abandonando remos
Brada o infeliz a delirar de medo,
Ai! é a morte, que nos chama, horrível,
No flanco imenso de fatal rochedo!...
Como ao rijo soprar das ventanias
60 Os mortos bóiam sobre as águas frias!

Ia a piroga ao sorvedouro escuro,
Era impossível se esquivar então!
Dentro sentado o remador chorava,
A donzela dizia uma oração!

65 Já diante deles, entre véus de espuma
Treda a voragem com furor rugia,
E uma coluna de ligeiro fumo
Do seio horrendo para o céu subia!
Como ao rijo soprar das ventanias
70 Os mortos bóiam sobre as águas frias!

Súbito o barco volteou rangendo,
Tremeu nas ondas, recuou, parou,
Deu a virgem um grito, outro o remeiro
E o lenho na voragem afundou!

75 Tudo findou-se! Os vendavais sibilam
Correndo infrenes na planície nua,
O rio espuma, e nas barrentas vagas
Rolam dous corpos ao clarão da lua.
Como ao rijo soprar das ventanias
80 Os mortos bóiam sobre as águas frias!

A FLOR DO MARACUJÁ

Pelas rosas, pelos lírios,
Pelas abelhas, sinhá,
Pelas notas mais chorosas
Do canto do sabiá,
5   Pelo cálice de angústias
Da flor do maracujá!

Pelo jasmim, pelo goivo,
Pelo agreste manacá,
Pelas gotas do sereno
10 Nas folhas do gravatá,
Pela coroa de espinhos
Da flor do maracujá!

Pelas tranças da mãe-d'água
Que junto da fonte está,
15 Pelos colibris que brincam
Nas alvas plumas do ubá,
Pelos cravos desenhados
Na flor do maracujá!

Pelas azuis borboletas
20   Que descem do Panamá,
Pelos tesouros ocultos
Nas minas do Sincorá,
Pelas chagas roxeadas
Da flor do maracujá!

25   Pelo mar, pelo deserto,
Pelas montanhas, sinhá!
Pelas florestas imensas
Que falam de Jeová!
Pela lança ensangüentada
30   Da flor do maracujá!

Por tudo o que o céu revela!
Por tudo o que a terra dá
Eu te juro que minh'alma
De tua alma escrava está!...
35   Guarda contigo esse emblema
Da flor do maracujá!

Não se enojem teus ouvidos
De tantas rimas em – a –
Mas ouve meus juramentos,
40   Meus cantos ouve, sinhá!
Te peço pelos mistérios
Da flor do maracujá!

O ESPECTRO DE SANTA HELENA

Sobre uma rocha isolada
Pelas vagas flagelada
Pena uma sombra exilada
Que a sorte trucida em vão!
5 E aquela sombra gigante,
Cativa, mas arrogante,
Mede o espaço, triunfante,
Brada: – Inda sou Napoleão!

A noite é negra. Agoureiros,
10 No dorso dos nevoeiros
Os gênios traiçoeiros
Galopam pela amplidão!
Batem-se os ventos rugindo,
Repta o mar o céu infindo,
15 Ela os escuta sorrindo
E clama: – Eu sou Napoleão!

Uma variante deste poema encontra-se em "Napoleão", de *Vozes d'América*.

Oh! sim! Nos templos da glória,
Nos altares da memória,
Os fastos de minha história
20 Para sempre fulgirão!
Passem embora as idades,
Abatam povos, cidades,
Os homens e as tempestades,
Sempre hei de ser Napoleão!

25 O fado, nume inconstante,
Bem poderá um instante
Deixar que escarre insultante
Sobre meu corpo o bretão...
Casta de torpes rafeiros,
30 Hoje inflados, altaneiros,
Já se curvaram rasteiros
Às plantas de Napoleão!

Nos vastos marnéis do Egito,
Sobre folhas de granito,
35 Deixei meu poema escrito,
Grande como a criação!
De Mênfis sobre as muralhas
Dos Faraós das mortalhas
Gravei ao sol das batalhas
40 As lendas de Napoleão!

Quando eu cortava os desertos
Vinham-me os ventos incertos
De nardo e mirra cobertos
Trazer-me d'Ásia a oblação!
45 As caravanas paravam,
E os romeiros que passavam →

Às esfinges perguntavam:
É este o deus Napoleão?

À noite entre hinos e flores,
50 Entre suaves odores
As sombras dos reis pastores
Surgiam a ver-me então!
A voz dos padres antigos,
As múmias de seus abrigos,
55 Os heróis de seus jazigos
Vinham saudar Napoleão!

E lá, dessas chãs extensas,
Dessas planícies imensas
Onde banharam-se as crenças
60 Dos povos sobre o Jordão;
O lago dizia ao prado,
O prado ao monte elevado,
O monte ao céu estrelado:
Vede, lá vai Napoleão!

65 Dizei, auras do ocidente,
Dizei, tufão inda quente
Do bafejo incandescente
Do não vencido esquadrão;
Dizei-nos, no olhar divino
70 Desse aborto do destino
Brilha um clarão peregrino?
Brilha o sol de Napoleão?

E as águias no céu voavam,
As torrentes sussurravam, →

Verso 56. Em 1869: "Venham saudar Napoleão!", corrigido na edição de Miécio Táti e Carreira Guerra.

75 Os areais se agitavam
    Convulsos na solidão...
    Oh! as vozes do deserto
    Uniam-se num concerto
    E vinham saudar-me perto:
80 Tu és, senhor, Napoleão!

    Se o sou! Que Marengo o conte,
    De Austerlitz o horizonte,
    E aquela soberba ponte
    Que transpus como um tufão!
85 Responda o Nilo e o Sena,
    Wagram, Malta, Cairo, Iena,
    Mantua, Cádiz e Viena,
    Se ainda sou Napoleão!

    Se o sou! Que digam as plagas
90 Onde do sangue nas vagas
    Crivada de enormes chagas
    Dorme vil população!
    Digam da Europa as bandeiras!
    Digam serras altaneiras
95 Que se abatiam rasteiras
    Ao corcel de Napoleão.

    Se o sou! Diga Santa Helena,
    Onde a mais sublime cena,
    Fechou triste, mas serena,
100 Minha história de Titão!
    Diga-o minh'alma tranqüila! →

Verso 94. Em 1869: "Digam serras altanzeiras", corrigido pela edição de Miécio Táti e Carreira Guerra.

Diga-o a paz que se asila,
De meus olhos na pupila,
Se inda não sou Napoleão!

105 Porém os ventos se calam,
As ondas não mais se abalam
Raivosas, porém resvalam
Lambendo as rochas então...
O gênio da noite chora,
110 Rósea luz as nuvens cora,
Cantam os anjos d'aurora:
Sempre serás Napoleão!

A SONÂMBULA

Virgem de loiros cabelos
   – Belos –
Como cadeias de amores,
Onde vais tão triste agora
5   – Hora –
De tão sinistros horrores?

Sob nuvem lutulenta,
   – Lenta –
Se esconde a pálida lua;
10 Na sombra os gênios combatem;
   – Batem –
Os ventos a rocha nua.

Noite medonha e funesta,
   – Esta –
15 Fundos mistérios encerra!
Não corras, olha, repara,
   – Pára –
Escuta as vozes da serra!...

Dos furacões nas lufadas,
20   – Fadas –
Traidoras passam nos ares!
Cruentos monstros te espiam!
    – Piam –
As corujas nos palmares!

25 Bela doida, se soubesses
    – Esses –
Esses gritos o que dizem,
Ah! por certo que me ouviras,
    – Viras –
30 Que tredas coisas predizem!

Mas, infeliz, continuas!
    – Nuas –
As tuas espáduas são!
E sob teus pés mofinos,
35   – Finos –
Prendem-se as urzes do chão!

O orvalho teu rosto molha;
    – Olha –
Como branca e fria estás!
40 Virgem de loiros cabelos,
    – Belos –
Por Deus! Conta–me onde vais!

Nestes ervaçais sem termos,
    – Ermos – →

Verso 34. Em nova edição Laemmert & C. e H. Garnier: "E sobre teus pés mofinos,".

45 Ninguém pode te acudir...
   Toma sentido, sossega,
      – Cega! –
   Vê, são horas de dormir!

   Teus olhos giram incertos,
50   – Certos –
   Contudo teus passos vão!
   Teu ser que a ilusão persegue
      – Segue –
   O impulso de oculta mão!

55 Ai! dormes! Talvez risonho
      – Sonho –
   Te chame a bailes brilhantes!
   Talvez vozes que te encantam
      – Cantam –
60 A teus ouvidos amantes!

   Talvez teus ligeiros passos
      – Paços –
   Pisem d'oiro construídos!
   Talvez quanto há de perfume
65   – Fume –
   Para agradar teus sentidos!

   Mas ah! Na cabana agora,
      – Ora –
   Tua pobre mãe por ti;
70 E teu pai além divaga
      – Vaga –
   Sem saber que andas aqui!

Virgem de loiros cabelos
– Belos –
75 Como cadeias de amores,
Onde vais sozinha agora
– Hora –
De tão sinistros horrores?

A ROÇA

O balanço da rede, o bom fogo
Sob um teto de humilde sapé;
A palestra, os lundus, a viola,
O cigarro, a modinha, o café;

5   Um robusto alazão, mais ligeiro
Do que o vento que vem do sertão,
Negras crinas, olhar de tormenta,
Pés que apenas rastejam no chão;

E depois um sorrir de roceira,
10   Meigos gestos, requebros de amor;
Seios nus, braços nus, tranças soltas,
Moles falas, idade de flor;

Beijos dados sem medo ao ar livre,
Risos francos, alegres serões,
15   Mil brinquedos no campo ao sol posto,
Ao surgir da manhã mil canções:

Eis a vida nas vastas planícies
Ou nos montes da terra da Cruz,
Sobre o solo só flores e glórias,
20 Sob o céu só magia e só luz.

Belos ermos, risonhos desertos,
Livres serras, extensos marnéis,
Onde muge o novilho anafado,
Onde nitrem fogosos corcéis;

25 Onde a infância passei descuidoso,
Onde tantos idílios sonhei,
Onde ao som dos pandeiros ruidosos
Tantas danças da roça dancei!

Onde a viva e gentil mocidade
30 Num contínuo folgar consumi,
Como longe avultais no passado!
Como longe vos vejo daqui!

Se eu tivesse por livro as florestas,
Se eu tivesse por mestre a amplidão,
35 Por amigos as plantas e as aves,
Uma flecha e um cocar por brasão;

Não manchara minh'alma inspirada,
Não gastara meu próprio vigor,
Não cobrira de lama e de escárnios
40 Meus lauréis de poeta e cantor!

Voto horror às grandezas do mundo,
Mar coberto de horríveis parcéis,
Vejo as pompas e galas da vida
De um sendal de poeira através.

45 Ah! nem creio na humana ciência,
   Triste acervo de enganos fatais,
   O clarão do saber verdadeiro
   Não fulgura aos olhares mortais!

   Mas um gênio impiedoso me arrasta,
50 Me arremessa do vulgo ao vaivém,
   E eu soluço nas sombras olhando
   Minhas serras queridas além!

A CRIANÇA

É menos bela a aurora,
   A neve é menos pura
   Que uma criança loura
   No berço adormecida!
5 Seus lábios inocentes,
   Meu Deus, inda respiram
   Os lânguidos aromas
   Das flores de outra vida!

O anjo de asas brancas
10   Que lhe protege o sono
   Nem uma nódoa enxerga
   Naquela alma divina!
Nunca sacode as plumas
   Para voltar às nuvens,
15   Nem triste afasta ao vê-la
   A face peregrina!

   Uma variante deste poema encontra-se em "Infância e velhice", de *Vozes d'América*.

No seio da criança
   Não há serpes ocultas,
   Nem pérfido veneno,
20   Nem devorantes lumes,
Tudo é candura e festas!
   Sua sublime essência
   Parece um vaso de oiro
   Repleto de perfumes!

25 Mas ela cresce, os vícios
   Os passos lhe acompanham,
   Seu anjo de asas brancas
   Pranteia ou torna ao céu.
O cálice brilhante
30   Transborda de absíntio,
   E a vida corre envolta
   Num tenebroso véu!

Depois ela envelhece,
   Fogem os róseos sonhos
35   O astro da esperança
   Do espaço azul se escoa;
Pende-lhe ao seio a fronte
   Coberta de geadas,
   E a mão rugosa e trêmula
40   Levanta-se e abençoa!

Homens! O infante e o velho
   São dois sagrados seres,
   Um deixa o céu apenas,
   O outro ao céu se volta,
45 Um cerra as asas débeis
   E adora a divindade, →

O outro a Deus adora
E as asas níveas solta!

Do querubim que dorme
50 Na face alva e rosada
O traço existe ainda
Dos beijos dos anjinhos,
Assim como na fronte
Do velho brilha e fulge
55 A luz que do infinito
Aponta-lhe os caminhos!

Nestas infaustas eras,
Quando a família humana
Quebra sem dó, sem crenças,
60 O altar e o ataúde,
Nos olhos da criança
Creiamos na inocência,
E nos cabelos brancos
Saudemos a virtude!

EXPIAÇÃO

Quando cansado da vigília insana
Declino a fronte num dormir profundo,
Por que teu nome vem ferir-me o
                        [ouvido,
Lembrar-me o tempo que passei no
                        [mundo?

5   Por que teu vulto se levanta airoso,
Ébrio de almejos de volúpia infinda?
E as formas nuas, e ofegante o peito,
No meu retiro vens tentar-me ainda?

Por que me falas de venturas longas?
10 Por que me apontas um porvir de
                        [amores?
E o lume pedes à fogueira extinta?
Doces perfumes a polutas flores?

Uma variante deste poema encontra-se em "Deixe-me", de *Vozes d'América*.

Não basta ainda essa ignóbil farsa,
Páginas negras que a teus pés compus?
15 Nem estas fundas, perenais angústias,
Dias sem crenças e serões sem luz?

Não basta o quadro de meus verdes anos,
Manchado, roto, abandonado ao pó?
Nem este exílio, do rumor no centro,
20 Onde pranteio desprezado e só?

Ah! Não me lembres do passado as cenas
Nem essa jura desprendida a esmo!
Guardaste a tua? A quantos outros, dize,
A quantos outros não fizeste o mesmo?

25 A quantos outros, inda os lábios quentes
De ardentes beijos que eu te dera então,
Não apertaste no vazio peito
Entre promessas de eternal paixão?

Oh! fui um doudo que segui teus passos!
30 Que dei-te, em versos da beleza a palma!
Mas tudo foi-se, e esse passado negro
Por que sem pena me despertas n'alma?

Deixa-me agora repousar tranqüilo!
Deixa-me agora descansar em paz!
35 Ai! Com teus risos de infernal encanto
Em meu retiro não me tentes mais!

Verso 16. Em 1869: "Dias sem crença e serões sem luz?", corrigido pela H. Garnier.

A ESTRELA DOS MAGOS

HINO PARA A NOITE DO NATAL

A noite se adianta, as horas passam
Mudas, solenes sobre o globo imerso
Nos mistérios do sono; – a tumba e o berço
    Parece que se abraçam
5   E neste instante iguais
Somem no olvido as ambições mortais.

Salve, estação propícia aos pensadores!
Salve!... Prodígio! Que luzeiro é esse
Que entre as sombras da noite resplandece
10   Ofuscando os fulgores,
    Apagando o clarão
Dos círios imortais da vastidão?

Em 1869 o subtítulo indicava "Hino para noite de S. João".

Donde vens, glória do espaço?
Bela estrela radiante,
15 Que campeias triunfante
Sobre as chãs do Senaar?

Como és linda! Ao ver-te, os astros
Por sobre as nuvens revoltas
Rolam como pedras soltas
20 De teu desfeito colar!

Que maravilha opera-se no espaço?
Que respirar de fogo agita os mundos?
Que vento abrasador dos céus profundos
Baixa sobre o regaço
25 Da terra que flutua
Entre o dia e a noite incerta e nua?

Brisas prenhes de aromas deleitosos,
Quentes brisas da Arábia! Onde
[aprendestes
Estes cantos sutis, mais que terrestres,
30 Essas vozes chorosas,
Essas queixas de amor
Que aos pés soltais da amendoeira em flor?

· Brilha, sol da meia-noite!
Sol, talvez de um belo dia,
35 Que a sombra túrbida e fria
De nosso globo encontrou!

Sol de plagas mais felizes!
Sol que outros seres anima!
Que sobre este pobre clima
40 De Deus a mão arrojou!

Borboletas do ermo! Aves dos montes!
Criaturas da noite! Que alegria
Estranha vos anima? O novo dia
    Que abeira os horizontes
45   Acaso nos trará
Inaudito favor de Jeová?

Oh! certamente! Os astros não se abalam,
Tão comovida a terra não palpita,
A natureza toda não se agita,
50   As solidões não falam,
    Não exultam os céus
Se os não roçasse o hálito de Deus!

Ah! sim, tu vens do oriente,
    Passaste sobre as cimeiras
55   Das montanhas altaneiras
    Onde a luz seu trono tem!

Trazes, quem sabe, em teus raios
    A palavra da verdade!...
    Prodígio da imensidade,
60   Dize, o que sucede além?

Mundo recém-nascido! Astro brilhante
Cujo clarão vivaz me entorna n'alma
Doces lampejos de inefável calma!
    Estrela radiante!
65   Glória da criação!
Aceita minha humilde adoração!

As aldeias alegram-se, os pastores
Saem de seus casais cantando hosanas,
Das tendas do deserto e das cabanas →

70   Hinos, risos e flores
        Se levantam a flux!
    Tudo se volta ao céu e brada – luz!

    Glória ao Senhor nas alturas!
        Paz aos homens neste mundo! →
75   Gênios do abismo sem fundo,
        Torcei-vos – nasceu Jesus!

    E vós, filhos do pecado,
        Quebrai, quebrai vossos ferros,
        E, livres de escuros erros,
80   Erguei-vos, saudai a luz!

PLECTRO

O sumo do estramônio e da cicuta,
As flores infiéis da dedaleira,
O dente vil da víbora traidora,
A sombra da fatal mancenilheira;

5 O cancro, a lepra, o tétano, a gangrena
Trazem da morte os rábidos martírios,
Ora nas asas de aflitivo sono,
Ora nas chamas de cruéis delírios:

Mas o veneno que da língua instilas,
10 Ente maldito consagrado à intriga,
Do corpo à alma a perdição transporta
Nas doces frases de uma voz amiga!

Nasceste como a serpe da floresta,
Como a serpe tu vives, mas como ela
15 Não deu-te a providência o leve guizo
Que o mal oculto ao viajor revela!

Vendes, beijando, como o hebreu covarde!
Mordes, brincando, como o cão falsário!
E na sede de aleives que te queima
20 Não poupas nem dos mortos o sudário!

Na ruína alheia ergueste teu futuro,
Fizeste teu festim, riste e folgaste...
Terás por punição sorver de um trago
Toda a peçonha e fel que derramaste!

25 Já de teu leito há desertado o sono!
Já o remorso, se és mortal, te abrasa!
E na boca mendaz, covil de enganos,
Arde-te a língua como um ferro em brasa!

Não há virtude que teu pé não pise!
30 Não há flor que teu hálito não mate!
Não há charcos impuros neste mundo
Que teu pérfido busto não retrate!

Misto de lama, de poeira e luzes!
Criatura infernal com asas de anjo!
35 Cimento de ódio e raiva umedecido
Nas lágrimas cruéis do negro arcanjo!

Tu preparas tu mesmo o teu suplício!
Cavas tu mesmo o leito derradeiro!
Tu mesmo lavras a sentença própria
40 E serves, sem saber, de pregoeiro!

NOTURNO

Minh'alma é como um deserto
Por onde o romeiro incerto
Procura uma sombra em vão;
É como a ilha maldita
5   Que sobre as vagas palpita
Queimada por um vulcão!

Minh'alma é como a serpente
Que se torce ébria e demente
De vivas chamas no meio;
10 É como a douda que dança
Sem mesmo guardar lembrança
Do cancro que rói-lhe o seio!

Minh'alma é como o rochedo
Donde o abutre e o corvo tredo →

Uma variante deste poema encontra-se em "Tristeza", de *Noturnas*.

15 Motejam dos vendavais;
    Coberto de atros matizes,
    Lavrado das cicatrizes
    Do raio, nos temporais!

    Nem uma luz de esperança,
20 Nem um sopro de bonança
    Na fronte sinto passar!
    Os invernos me despiram,
    E as ilusões que fugiram
    Nunca mais hão de voltar!

25 Tombam as selvas frondosas,
    Cantam as aves mimosas
    As nênias da viuvez;
    Tudo, tudo, vai finando,
    Mas eu pergunto chorando:
30 Quando será minha vez?

    No véu etéreo os planetas;
    No casulo as borboletas
    Gozam da calma final;
    Porém meus olhos cansados
35 São, a mirar, condenados
    Dos seres de funeral!

    Quero morrer! Este mundo
    Com seu sarcasmo profundo
    Manchou-me de lodo e fel!
40 Minha esperança esvaiu-se,
    Meu talento consumiu-se
    Dos martírios ao tropel!

Quero morrer! Não é crime,
O fardo que me comprime,
45 Dos ombros, lançá-lo ao chão;
Do pó desprender-me rindo
E as asas brancas abrindo,
Perder-me pela amplidão.

Vem, ó Morte! A turba imunda
50 Em sua ilusão profunda
Te odeia, te calunia,
Pobre noiva tão formosa
Que nos espera amorosa
No termo da romaria!

55 Virgens, anjos e crianças
Coroadas de esperanças,
Dobram a fronte a teus pés!
Os vivos vão repousando!
E tu me deixas chorando!
60 Quando virá minha vez?

Minh'alma é como um deserto
Por onde o romeiro incerto
Procura uma sombra em vão;
É como a ilha maldita
65 Que sobre as vagas palpita
Queimada por um vulcão!

CANÇÃO PARA MÚSICA

A MADRUGADA

    Surge o dia, as sombras correm
      Como batido esquadrão;
      Todo o espaço é luz e vida,
      Deixa teu leito, querida,
5   Deixa o macio colchão.
    Vamos respirar nos campos
      A frescura da manhã,
      Ver as garças nas lagoas
      Espreitar entre as taboas
10   Os brincos da yassanan.
    Não alinhes teus cabelos,
      Teus ombros não cubras, não,
      Concede que em seus anseios
      Os ventos beijem-te os seios
15   Em mal cerrado roupão. →

Verso 10. "Yassanan" refere-se provavelmente à jaçanã.

Que molhe teus pés de fada
　　O orvalho dos capinzais,
　　Que as borboletas te sigam
　　Que os colibris te persigam
20　　No meio dos matagais.
Minha linda preguiçosa,
　　Minha sultana, meu sol,
　　Não ouves junto à janela
　　Das aves a voz singela
25　　Saudando o mago arrebol?
Não sentes o doce aroma
　　Dos limoeiros em flor?
　　Sonhas? Os gênios agora
　　Mesclam aos sonhos d'aurora
30　　Fios da mais viva cor!
Levanta-te, vem, mimosa!
　　Não mais durmas, eis-me aqui.
　　Tenho pressa de falar-te,
　　Tenho tanto que contar-te,
35　　Que esta noite não dormi!
Meu cavalo altivo e ledo
　　Rincha preso a teu portão,
　　Eu te espero impaciente,
　　Mas tu dormes, indolente,
40　　Sem ouvir minha canção!

Verso 16. Em 1869: "Que molhem teus pés de fada", corrigido pela edição H. Garnier.

OUTRA CANÇÃO PARA MÚSICA

O CEGO

Eu sei modinhas tão belas
   Que as estrelas,
Que as estrelas comovidas
Param no céu quando as canto!
5   Choram tanto!
Lançam queixas tão sentidas!...
Sei tantos contos de fadas
   Encantadas,
Tantas histórias bonitas
10 Que as meninas que me escutam
   Se reputam
Princesas por Deus benditas!
Sei cantigas mais suaves
   Do que as aves,
15 Do que as aves da floresta!
Em toda a parte que chego,
   Pobre cego, →

As moças me fazem festa!
Porém ai! das açucenas
20   Sinto apenas
O perfume que embriaga!
Tenho n'alma um céu aberto,
    Mas incerto
Nas sombras meu corpo vaga!
25 Virgem cuja voz divina,
    Peregrina,
Deu-me uma idéia da luz;
Cujos braços amorosos,
    Carinhosos,
30 Partilharam minha cruz!
O canto do desgraçado
    Deserdado
Das glórias da criação;
Achou asilo em teu peito,
35   Foi aceito
De teu santo coração;
Dize, dize que me escutas!
    Que nas lutas
Da vida achei um farol!
40 Ah! tem dó de meus pesares...
    Se falares
Meus olhos verão o sol!

OUTRA CANÇÃO PARA MÚSICA

Quando tu falas eu penso
    Que livre da tempestade
Vejo o sol na imensidade
    Nadando em vivo esplendor;
5 E sobre um torrão bendito
    Salvo da fúria das vagas
Ouço da tormenta as pragas
    Ouço do raio o estridor.
Sim! – Teu amor é o porto
10   Onde minh'alma descrida
No naufrágio desta vida
    Asilo e calma encontrou;
Praia amiga, ilha de fadas,
    Que a mão de Deus sobre os mares
15 Cobriu de ternos palmares,
    De areias de ouro cercou!
Fala! Teu falar é grato
    Como o vinho que embriaga,
Se n'alma a tristeza apaga,

20   Traz sonhos que não têm fim!...
Ai! Se além na eterna glória
    Também os anjos se falam,
Se não te entendem se calam,
    Ou senão falam assim!

A UMA MULHER

Não,... não arredes da verdade os olhos,
Ela foi sempre da beleza o trono.
Por que mentir? As ilusões se acabam
E a vida passa como um leve sono.

5 É tempo ainda, nos festins da corte
Rasga essas sedas que salpicam prantos,
E à nova aurora que te aguarda, eleva,
Como a florinha, os divinais encantos.

Sim,... vem, minh'alma de teu riso escrava
10 Sobre o passado correrá um véu,
E tu verás como a esperança volta,
E a nuvem negra desassombra o céu.

Vem, que me importa o murmurar do
[vulgo? →

Uma variante deste poema encontra-se em *Vozes d'América*.

Dos homens todos o desdém profundo?
15 Quando no ermo a teu olhar sublime
Verei das trevas rebentar um mundo?

Vem, as florestas te darão riquezas
Que o oiro e a prata comprarão jamais!
Templos, palácios, os terás, tão belos
20 Que os reis da terra nunca hão visto iguais!

Tudo isto a lira do infeliz poeta
Só num arpejo alcançará de Deus...
Riam-se os néscios com seu riso estulto,
Zombem os Midas dos enlevos meus.

25 Triste é a farsa desta vida ingrata,
Tredo, infiel o bafejar da sorte:
Há sobre o globo uma estação mais feia,
Mais seva e crua do que a própria morte!

Quando a velhice que apressada marcha
30 Vier cobrar-te seu pesado imposto,
E abrindo os braços onde o inverno dorme
Toda a frescura te manchar do rosto;

Quando essa fronte, feiticeiro espelho
Que de tua alma as perfeições revela,
35 Toldar-se aos poucos, retratar o aspecto
De um mar nas fúrias de fatal procela;

Quando essas tranças se tornarem brancas,
Secas, despidas de sutis perfumes,
E os lindos olhos se mudarem, frios,
40 Em mortas brasas de passados lumes;

Que dor pungente sentirás no peito!
Que filtro amargo tragarás, mulher!
Tu que da vida enlameaste a senda
Sem te lembrares do porvir sequer!

45 Rainha, em terra ver partido o cetro!
O trono de oiro reduzido a pó!
E após um'era de opulência e mando
Ver-se no mundo desprezada e só!

Vem, a manhã radiará de novo!
50 Inda teu astro n'amplidão fulgura!
Não mais te arrojes, êmula dos anjos,
Às ondas negras dessa vida impura!

Vem, que me importa o murmurar do
[vulgo?
O dúbio riso? O escarnecer das gentes?
55 Se água precisas que teus erros lavem,
Oh! de meus olhos verterei torrentes!

ESPERANÇA

LENDA SELVAGEM

A Huascar – Lembrança

Quereis ouvir minha história?
Pois bem, prestai-me atenção,
Puxai esse duro cepo,
Sentai-vos junto ao fogão:
5 Não há poltronas macias,
Nem canapés no sertão.

A porta está bem fechada,
Temos quentura demais,
A lenha que estala, fala
10 De calma, sossego e paz,
Que importa que os ventos lutem
Lá fora nos matagais?

Que importa que a chuva caia,
Que no céu ruja o trovão, →

15 Que as enxurradas engrossem
    As águas do ribeirão,
    Se abrigados conversamos
    À luz de amigo fogão?

    Quereis ouvir minha história?
20 Não precisa pedir mais....
    É triste, e de histórias tristes
    Quem sabe se não gostais?
    Vou contar-vos, nenhum outro
    De mim a ouvirá jamais.

I

25 Não, não foi somente o tempo
        Com suas frias geadas
        Que desnudou-me a cabeça,
        Fez-me as faces encovadas.
    Foram da vida as borrascas,
30   Foram noites de agonia,
        Foram do fado as mentiras,
        Dos homens a aleivosia.

II

    Nasci pobre; este delito
        Seguiu-me toda a existência...
35   Sob o teto de uma choça
        De que serve a inteligência?
    Que vale uma alma robusta,
        Um peito enérgico e forte →

Ante o egoísmo das turbas
40 E os anátemas da sorte?
Nasci pobre, e alçando os olhos
Da pobreza em que vivia,
Me atrevi como os condores,
A fitar o rei do dia!

III

45 Foram-se os anos, sou velho,
Perdi tudo quanto amei;
Deixai que chore um momento
Tantos sonhos que sonhei!
Correi, lágrimas saudosas,
50 Tristes pérolas de amor,
Gotas do orvalho da vida
No seio de murcha flor!
Correi! Ao menos sois doces,
Trazeis-me consolo ao menos...
55 Quanto infeliz vos derrama
Roazes como os venenos!

IV

Era na sazão bendita
Quando as florestas viçosas
Aromas sutis respiram
60 E queixas melodiosas;
Quando as leves borboletas
Giram nas margens dos rios,
E as rolas mais ternas gemem →

      Nos ermos vales sombrios.
65 À minha humilde morada
      Rico viajor parou...
      Tinha uma filha – outro mimo
      Como ela Deus não formou!

V

    Eram seus cabelos – noite!
70   Os seus olhos eram – luz!
      Como o céu e o mar – profundos,
      Como o mar e o céu – azuis!
    Seu falar eram – promessas,
      Seus sorrisos – recompensas
75   Onde o porvir se espelhava
      Rico de sonhos e crenças!
    E chamava-se – Esperança!
      Que santo nome, meu Deus!
      Nome que fala da terra
80   Porém que nos mostra os céus!

VI

Amei-a. Era o impossível
  Que eu buscava: amei-a mais!
  Amor, o que és tu sem lutas,
  Sem circunstâncias fatais?
85 Sem reveses, sem torturas,
  Sem flagícios, sem cadeias
  Que o homem transponha e quebre
  Como o corcel quebra as peias?

VII

    Um poema de delícias,
90   De infinitos planos compus
     Em dois meses que inspirou-me
     De seus olhares a luz!
    Mas o destino cruento
     De minha audácia se riu...
95   Inda eu folgava insciente
     Quando Esperança partiu!
    Partiu para longes terras,
     Foi ver estranhos lugares,
     Como o pássaro que emigra
100   Foi pousar noutros palmares.

VIII

    Uma nuvem de amarguras
     Cercou-me a existência então,
     O céu tornou-se a meus olhos
     O teto de uma prisão!
105 Três noites, três longas noites
     Em vez de dormir gemi,
     Mas no fim dessas três noites
     Ergui-me – também parti!
    O que intentava? – Ignoro!
110   O que esperava? – Não sei!...
     Surdo à razão, surdo aos homens,
     Lancei-me do acaso à lei!

IX

    Desta infanda romaria
        Não quero as penas lembrar...
115   Dias de acerbas angústias,
        Vigílias de delirar!
    Não quero lembrar as horas
        De desânimo cruel
        Em que traguei té as fezes
120   A taça de negro fel!

X

    Dois anos que valem vinte,
        Sem repouso, sem sossego
        Passei vagando entre os homens
        Doido, enfebrecido e cego!
125   Dois anos a mesma imagem!
        Dois anos a mesma idéia!...
        Dois anos por toda a parte
        Ébrio de amor procurei-a!
    Pelas ruas, pelas praças,
130   Pelos campos e desertos,
        Buscando essa esquiva sombra
        Levei meus passos incertos!
    Quantos lábios me sorriram!
        Quanta beleza encontrei!
135   A quanto amor puro e casto
        Voltei o rosto – passei! →

    Verso 127. Em 1869: "Dous anos por toda parte", corrigido pela Nova edição Laemmert & C.

E no entanto pudera
   Sem frenesi, sem loucura,
   Colher a flor perfumada
140   De modesta formosura.
Parar na febril carreira,
   Dizer: – basta, a vida é esta,
   Quem foge o comum dos seres
   Segue uma estrela funesta!
145 A ventura é ver a prole,
   Ver a paz sentada ao lar,
   Ver dos tetos, o trabalho
   A miséria afugentar!

XI

Mas a imagem de Esperança
150   Não me deixava um momento!
   Era um consolo celeste
   Junto a um martírio cruento!
Via-lhe as formas divinas
   No céu, nas matas, nos campos,
155   Quer ao clarão das estrelas,
   Quer à luz dos pirilampos!
Se eu dormia, a nívea face
   Sentia encostada à minha,
   Sentia-lhe as longas tranças
160   E a cabeça de rainha!
Ouvia-lhe a voz, tão doce,
   Tão doce que eu despertava
   E minh'alma estremecia,
   Daquelas visões escrava!
165 Se eu caminhava, nos prados →

Ou junto às fontes sentada
Via-lhe o vulto sublime,
Via-lhe o corpo de fada!
E me lembrava dos contos
170 Que me contaram criança,
Passava as mãos pelos olhos
E murmurava – Esperança!
Esperança era o meu norte!
Esperança o meu porvir!
175 Esperança a maga estrela
Que via no céu luzir!

XII

De tanto errar fatigado,
Fatigado de sofrer,
Busquei nos ermos profundos
180 Um lugar onde morrer.
Embrenhei-me no mais denso
No mais negro das florestas,
Onde a natureza virgem
Se ostenta em contínuas festas;
185 Onde este verme que pensa,
Farto, inflado de vaidade
Sente as fibras se crisparem
Ao sopro da liberdade.
Sente-se vil, pequenino,
190 Cinza, lama, podridão
E curva-se aniquilado
Perante o – Deus – Criação.
No seio de escuras selvas,
No cimo das serranias, →

195   Dos grandes rios à margem,
        Deixei passarem meus dias.
    Mas nesses ermos sem nome,
        Na tormenta ou na bonança,
    Entre místicos rumores
200   Ouvia a voz de Esperança.

XIII

    Uma noite era bem tarde,
        Sobre um rochedo dormia,
        E em sonhos a imagem dela
        Mais bela me aparecia.
205 De repente um brado imenso,
        Me acordou sobressaltado;
        Ergui-me, e de estranhos seres
        Achei-me todo cercado.
    Era uma turba selvagem
210   De selvagens seminus
        Cujos dorsos reluziam
        Dos astros à tênue luz.
    Entre gritos e ameaças
        Sobre mim se arremessaram,
215   Lançaram-me rijas cordas
        E consigo me levaram.

XIV

    A noite inteira marchamos
        Ao rebentar da alvorada
        Chegamos todos à aldeia →

220   Sobre um outeiro assentada.
         Triste o primeiro espetáculo!
           Quatro cabeças humanas
           Se embalavam sobre estacas
           Ao derredor das cabanas!

XV

225   As mulheres ostentavam
           Ao sol as formas adustas,
           Nuas, belas pela força,
           Pelas proporções robustas.
         E em torno de grandes fogos
230   Entre ligeira fumaça,
           Volviam sobre os brasidos
           Pingues produtos da caça.
         Enquanto não muito longe
           Reunidos os filhinhos,
235   Jogavam no chão seus brincos
           Feitos de brancos ossinhos.
         Ou saltavam sobre varas,
           Ou ágeis, fortes, lutavam
           E com alegres celeumas
240   Os espaços atroavam.

XVI

         Levaram-me logo ao chefe
           Que me guardou junto a si:
           Das palavras que disseram
           Por Deus que nada entendi; →

245 Mas entre esta rude gente,
 Sujeito a seu jugo e lei
 Mais franqueza e mais verdade
 Do que nas praças achei.

XVII

Era do chefe a morada
250 Maior do que as mais cabanas,
 Coberta de grossa palha,
 Cercada de verdes canas.
Atrás dela poucos passos
 Entre palmeiras pousada
255 Via-se – à parte – das outras
 Outra cabana isolada.
Uma cerca forte, unida,
 De trepadeiras coberta,
 Guardava o âmbito triste
260 Daquela casa deserta.
Ninguém se chegava a ela,
 Dela todos se afastavam,
 A voz baixavam medrosos
 Se acaso dela falavam.
265 À tarde um velho indiano
 Junto à cerca se postava,
 E estranho insípido canto
 Lentamente murmurava.
E os mancebos, e as mulheres
270 Em chusma se reuniam →

Verso 247. Em 1869: "Mais fraqueza e mais verdade", corrigido pela edição H. Garnier.

Seguindo o insípido canto
Cujas notas repetiam.

XVIII

Daquele asilo o mistério
  Tentei penetrar em vão!
275 Que deus, que tesoiro oculto
  Ali vendavam-se então?
Tarde o soube!... – Há nesta vida
  Arcanos de endoidecer,
  Desgraçado o que procura
280 Seu fundo escuro entrever!

XIX

Muitas luas se passaram,
  Muitas noites, muitos dias
  Em que o quadrante do tempo
  Marcou penas e alegrias.
285 Não para mim que sem crenças,
  Sem gozos, sem esperança,
  Não enxergava em meu fado
  A mais ligeira mudança!

XX

Um dia a filha do chefe,
290 Moça airosa, esbelta e forte,
  Sentou-se triste a meu lado →

E me falou desta sorte:
Tu sofres, pobre estrangeiro,
 Sofres e eu sofro por ti,
295 Perdi a paz de minh'alma
 Depois que chegaste aqui!...
Sou virgem, bela me chamam,
 Toma-me pois por mulher!...
 Segredos que só conheço
300 Nem os pressentes sequer!
Serei tua companheira,
 Dar-te-ei filhos valentes
 Que suplantem com seus feitos
 Os mais bravos combatentes!
305 Assim falou-me aos ouvidos
 Aquela adusta criança
 Fitei-lhe um olhar dorido
 E disse baixo – Esperança!

XXI

– Aceitas-me por esposa?
310 – Pois bem, seja assim – aceito!
 Beijei-lhe as faces morenas,
 Cerrei-a contra meu peito:
Mas tomarás outro nome,
 Te chamarás Esperança,
315 Traz esse nome aos que sofrem
 Dias de paz e bonança!
Ela sorriu-se. De novo
 Nossas cabeças se uniram,
 Mas duas lágrimas tristes
320 Sobre seu seio caíram.
Pobre filha das florestas →

Tu creste no que eu falava!
Minh'alma pensava em outra,
Minha boca te beijava!

XXII

325 Não tardou a hora infausta
Desse infausto casamento!
Toda a tribo pôs-se em festa
Toda a aldeia em movimento;
O dia inteiro dançaram
330 Junto de grandes fogueiras,
Ao som de instrumentos ledos,
Ao som de canções fagueiras.
Ao sol posto, em frente à taba
Serviu-se o lauto festim...
335 Feliz a virgem dos ermos
Sorria-se junto a mim!
Sorria-se... Ah! covardia!
Miséria! Traição escura!
Meu espírito zombava
340 No olhar ao ler-lhe a ventura!
Depois do banquete agreste,
Da noite as sombras desceram,
Levantaram-se os convivas,
Grandes fachos acenderam.

XXIII

345 Adornaram-me de acácias
A cabeça malfadada, →

E entre clamores levaram-me
À cabana abandonada.
Então um velho da tribo
350 Dentre a multidão saiu,
E nos chamando, silente,
A tremenda porta abriu.

XXIV

– Alumiai, disse. Logo
Dois moços se adiantaram,
355 E à luz vermelha dos fachos
O recinto clarearam,
E o velho mudo, curvado,
Fazendo um sinal entrou,
Junto de um altar grosseiro
360 Ergueu os braços, parou.
Sobre aquele altar grosseiro
Qual tripeça de sibila,
No meio de secas palmas
Estava um vaso de argila.

XXV

365 – Cantai, cantai! Brada o velho,
A divindade aqui está!
Ela ouvirá nossas vozes,
Nossas preces ouvirá!
E todo o corpo agitou-lhe
370 Convulso, febril tremor,
Estranhos gestos fazendo
Do tosco altar ao redor.

XXVI

    À porta a turba dançava
      Com selvagem frenesi,
375   Dando gritos tão medonhos
      Como jamais os ouvi!
    Meus olhos não se afastavam
      Daquele vaso de argila:
      – Que segredo, que tesouro,
380   Que mistério ali se asila?
    Assim dizia comigo,
      E o rumor crescia – ia
      Unir-se à voz das torrentes
      Em longínqua serrania!
385 E aquele infernal tripúdio
      De mais a mais se aumentava!
      Tinha um – quê – de horrendo e vago
      Que a loucura semelhava!

XXVII

    De súbito um brado imenso
390   Pelo espaço restrugiu!
      – Adorai! o velho exclama.
      Com ele a tribo rugiu!
    Adorai! A larga tampa
      Do vaso sinistro alçou,
395   E uma formosa cabeça
      Pelas tranças levantou!
    Adoremos! gritam todos,
      Moços, mulheres e velhos...
      Soltei um gemido acerbo,
400   Caí no chão de joelhos!

XXVIII

    Era uma fronte celeste,
        Fronte de santa e criança...
        Ai! Essa fronte sem manchas
        Era a fronte de Esperança!
405 No colo airoso uma tarja
        Funda, horrível negrejava,
        Mas o rosto era tão branco,
        Tão branco que deslumbrava!

XXIX

      Decerto, bastante tempo,
410   Bastantes dias passaram
        Depois que os broncos levitas
        Sem piedade a deceparam!
    Porém, milagre! Prodígio!
        Essa fronte nobre, eleita,
415   Zombava da morte ainda!
        Estava ilesa e perfeita!
    Parecia rir-se! O sono
        Nublava-lhe o olhar apenas;
        Era calma a nívea testa,
420   Calmas as faces serenas!
  Sem depressões e sem rugas,
        Sem aspecto funerário,
        Mas como o mármore antigo
        Que eterniza o estatuário.

XXX

425 Que pensamento sublime,
Que mistério excelso, augusto,
Pressentira a turba insonte
Naquele esplêndido busto!
Veria de novas crenças,
430 De um culto mais puro e belo
A vasta palavra escrita
Naquele riso singelo?
Veria de um Deus a imagem
Mais viva, mais séria então
435 Naquela airosa cabeça,
Naquela altiva expressão?
Não sei! As sombras da morte
Sobre minh'alma passaram,
E vozes de um outro mundo
440 Por meus ouvidos soaram!
Senti o frio das campas,
Caí sem forças no chão
Ao voltar de novo à vida
Perdera a luz da razão!

XXXI

445 Por muito tempo na tribo
Sombrio e mudo vivi,
Livre, depois, estas serras
Por meu asilo escolhi.
Meu espírito aclarou-se,
450 Dos anos curvei-me à lei...
Mas ah! sinto ainda o peso
Dos males que suportei!

MIMOSA

POEMA DA ROÇA

Oferecido a meu amigo P. C. Castro

Canto primeiro

Introdução

Censor austero, rígido analista,
Guarda zeloso de banais regrinhas,
Deixai vosso escalpelo infatigável,
  Poupai estas quadrinhas!

5   Cada esfera da humana inteligência
Tem milhões de degraus, milhões de
                                [faces,
A musa é sempre musa, embora exalte
  As mais humildes classes.

A idéia não tem marcas nem barreiras,
10 E o pensamento irmão da liberdade
Quando as asas sacode abate e quebra
Mais de uma autoridade.

Tudo é nobre na terra, tudo é grande
Tudo se adorna de ideal beleza
15 Quando o poeta há consagrado a lira
No altar da natureza.

Lançai vossos preceitos e tratados
Às chamas vivas de voraz incêndio...
Alma que sente, que se inspira e canta
Não conhece compêndio.

Narração

Gastei meu gênio, desfolhei sem pena
A flor da mocidade entre os enganos,
E cansado das lidas deste mundo
Procurei o deserto aos vinte anos.

25 A cavalo, sem rumo, o olhar tristonho,
Na boca o saibo de fatal veneno,
Percorria as campinas e as montanhas
Da bela terra de Amador Bueno.

Era no mês de agosto, o mês dos risos,
30 Das doces queixas, das canções sentidas,
Quando no céu azul, ermo de nuvens,
Passam as andorinhas foragidas.

Quando voltam do exílio as garças brancas,
Quando as manhãs são ledas e sem
[brumas,
35 Quando sobre a corrente dos ribeiros
Pende o canavial as alvas plumas.

Quando palram no mato os periquitos,
Quando corre o tatu pelas roçadas,
Quando chilra a cigarra nos fraguedos
40 E geme a juriti nas assomadas.

Quando os lagartos dormem no caminho,
Quando os macacos pulam nas palmeiras,
Quando se casa o grito da araponga
À triste e surda voz das cachoeiras.

45 Então que de poemas nas florestas!
Que de sonhos de amor pelas choupanas!
Que de selvagens, místicos rumores
Dos lagos pelas verdes espadanas!

Um brando véu de languidez divina
50 Paira sobre a cabeça dos viventes,
Vergam-se as maravilhas sobre as hásteas,
Refrescam-se os cipós sobre as torrentes.

Quedam-se as borboletas nos pomares,
Gemem os sabiás pelos outeiros,
55 Chamam-se enamorados os canários,
E os fulvos bem-te-vis nos ingazeiros.

O lavrador recolhe-se à palhoça,
Reclina-se na esteira e se espreguiça, →

E entre os folguedos da bendita prole
60 Se entrega ao doce vício da preguiça.

O viandante pára nas estradas,
Abre os alforjes, e do mato à sombra,
Depois de cheio e farto, fuma e sonha
Da mole grama na macia alfombra.

65 A natureza inteira ama e soluça,
Ébria de afrodisíacos perfumes,
E a mente solitária do poeta
Se abrasa em chamas de insensatos lumes.

Foi quando vi Mimosa a vez primeira,
70 Beija-flor do deserto, agreste rosa,
Gentil como a Dalila da Escritura,
Mais ingênua, porém, mais amorosa.

Punha-se o sol, as sombras sonolentas
Mansamente nos vales se alongavam,
75 Bebiam na taberna os arrieiros
E as bestas na poeira se espojavam.

O fogo ardia vívido e brilhante
No vasto rancho ao lado do jirau,
Onde os tropeiros sobre fulvos couros
80 Entregavam-se ao culto do pacau.

A cachaça alegrava os olhos todos,
As cuias de café se repetiam,
E as fátuas baforadas dos cachimbos
Nos caibros fumarentos se perdiam.

85 A viola soava alegremente.
    Que meigas notas! Que tanger dorido!
    Vida de sonhos, drama de aventuras,
    Não, vós não morrereis no mar do olvido!

    Mimosa estava em pé sobre a soleira
90 Da exígua entrada da mesquinha venda,
    Saudosa, como à sombra do passado
    Um tipo de balada ou de legenda.

    Saudosa, sim, cercada do prestígio
    Dessa beleza vaga, indefinível,
95 Cuja expressão completa em vão procura
    O pobre pensador sobre o visível!

    Que faz lembrar o que existiu, é certo,
    Porém aonde e quando? Que tortura
    A memória impotente e em vez de um
                                   [fato
100 Mostra ao poeta o abismo da loucura!

    Indeciso clarão de uma outra vida!
    Fugitivo ondular, dobra ligeira
    Do manto do ideal estremecendo
    Entre bulcões de fumo e de poeira!

105 Raio de Deus na face da matéria!
    Frouxo luzir do sol da poesia!
    Eu vos contemplarei a pura essência?
    Eu poderei gozar-vos algum dia?

    Nada de digressões. Minha heroína
110 Fumava um cigarrinho branco, leve, →

Delgado como um brinco de criança,
Como um torrão de açúcar ou de neve.

E o vapor azulado lhe vendava
De quando em quando as faces peregrinas.
115 Parecia uma fada do Oriente,
Uma visão do ópio entre neblinas.

A saia de ramagens caprichosas
Caía-lhe em prodígios da cintura,
Entre os bordados da infiel camisa
120 Tremiam dous delírios de escultura.

Sobre a direita, a perna esquerda curva,
Capaz de enlouquecer Fídias, o mestre,
Dava um encanto singular ao vulto
Daquela altiva perfeição campestre.

125 Depois em tamanquinhos amarelos
Pés de princesa, pés diminutivos,
Cútis morena revelando à vista
Do pêssego e do jambo os tons lascivos.

Olhos ébrios de fogo, vida e gozo,
130 Sombrias palpitantes mariposas,
Cabelos negros bastos, enastrados
De roxos manacás e rubras rosas.

Eis Mimosa! Seu corpo trescalava
O quente e vivo aroma da alfazema,
135 Perfume de cabocla e de roceira,
Porém que para mim vale um poema!

Parêntesis

Chamo-me Marcos Marques, e sou filho
De meu pai, minha mãe e mais ninguém
Perdi-os muito cedo, e vos declaro
140   Que deles não herdei nem um vintém.

Perdoai-me, leitor, se até agora
Nada vos tenho dito a meu respeito;
Quando esta história passa-se era moço
E estudava a ciência do direito.

145   Pode bem ser que livros não abrisse,
Que não votasse amor à sábia casta,
Mas tinha o nome escrito entre os alunos
Da escola de S. Paulo, e é quanto basta.

Continuação

Queres tu descansar? ela me disse,
150   Dos lábios retirando o cigarrinho,
Não faças cerimônias, minha casa
Aí está sobre a margem do caminho.

Tenho boa aguardente, vinho e fumo,
Café bem forte, sempre aceso o fogo;
155   Se estás triste, doente ou namorado,
Lá poderás cismar em desafogo.

Vem pois comigo. E a segui pensando...
Sombria a noite já ganhara a terra,
E ao longe ocultos nos pinhais soltavam
160   A voz sentida os bacuraus da serra.

Zumbia o inseto na espessura, os sapos
De seus recantos úmidos saíam,
E aos rumores do dia moribundo,
Os rumores das sombras sucediam.

165 As estrelas brotavam vivas, belas,
Do céu azul na face transparente
Donde um ligeiro manto de vapores
Baixava sobre os vales mansamente.

Mais preguiçoso o arroio murmurava,
170 Mais surdo o vento nos sarçais gemia,
Mais sedutora a imagem de Mimosa
Dentre as balsas floridas me sorria.

A casa era pequena mas bem-feita,
Coberta de sapé, de paus cercada,
175 Aos lados gravatás – flores na frente,
Uma cruz no terreiro levantada.

À porta respeitável confraria
De gatos brancos, pretos e vermelhos,
Gansos e frangos, patos e marrecos,
180 Magros rafeiros e molossos velhos.

Cortiços à parede – sobre o teto
Um bugio satírico e farsista,
Preso à janela verde papagaio
Grave e analisador como um legista.

185 Entramos. A salinha estreita e clara,
A rede ao canto, a corda atravessada
Cheia de saias brancas e vestidos,
Camisas de morim, roupa engomada,

Grosseiros quadros de disformes santos,
190 Duas mesas – três bancos – um pilão,
Caixas de pinho, cestos de taquara,
Esteiras de taboa sobre o chão.

Tudo porém tão limpo e tão singelo,
Tão ordenado estava e bem disposto,
195 Que me senti, se não contente, ao menos
Livre de meu fatídico desgosto.

– Tira o casaco e senta-te na rede;
Como estás triste! – disse graciosa.
– Achas-me triste? – Sim. – Como te chamas?
200 – Francisca o povo chama-me Mimosa.

– Moras aqui sozinha? – Só; criança,
Vi-me sem pai, sem mãe, sem um parente,
Alheios peitos me aleitaram, pobre
Até hoje vivi, porém contente.

205 – E que idade tens tu? – Dezesseis anos.
– Dezesseis anos, céus! E nesta vida
Nunca encontraste alguém que te
                            [amparasse,
Que te desse morada, pão, guarida?

– Ninguém. Quem dá guarida às borboletas?
210 Quem dá sustento aos pássaros da serra?
Foi esse que amparou-me neste mundo,
Foi esse que ajudou-me sobre a terra!

– Vives feliz? – Se vivo! Quantas ricas
Invejam-me a pobreza e a liberdade! →

215 Quantas, pelo dever, queimam de prantos
A coroa vivaz da mocidade!

Quantas se vendem pela vida inteira
Aos beijos vis de um opulento esposo,
E nos seus braços torcem-se ofegantes
220 Buscando em vão no desespero o gozo!

Eu não tenho ambições, amo e me entrego,
Nenhuma lei me prende a quem odeio!...
És belo e moço, dizem que sou linda,
Queres tu repousar sobre meu seio?

225 Pobre Mimosa! Nos meus braços frouxos
Para junto de mim sorrindo a ergui...
A noite adiantava-se, as estrelas
Desmaiaram no céu, adormeci.

Canto segundo

Quando tentei partir, à madrugada,
230 Mimosa me deteve. – Ah! não me deixes,
    Murmurou a chorar;
Nesta só noite que passei contigo,
Tanto, tanto sonhei, que outra me sinto,
    À luz de teu olhar!

235 Não partas, fica; tenho dentro d'alma
Um mundo que se forma pouco e pouco,
    Que em breve há de surgir...
Por que rasgaste o véu que me ocultava
Tanta esperança, tantos resplandores,
240   Se tinhas de partir?

        Escuta: – a teu falar estas campinas,
        Estas florestas, estes altos montes
           São novos para mim;
        Minha vida, mais bela, é como um astro
245   Que livre da tormenta em paz caminha
           No céu de azul cetim!

        Ontem, cega, insensata, atravessava
        Erma de sonhos a existência, como
           Cansado viajor...
250   Hoje só vejo flores e ouço cantos,
        Conheço quanto valho neste mundo,
           Por ti, por teu amor!

        Tu dissipaste a névoa de meus olhos,
        Mostraste-me um país de eternos gozos,
255   Além de um verde mar;
        E, quando sinto a força, ensaio os passos,
        E cheia de ambição fito o horizonte,
           Procuras me deixar!

        Não partas! Olha, em breve as matas
                            [virgens
260   Se tornarão em místicos palácios
           Como nunca verás!
        Em leitos de oiro correrão mil fontes,
        Mil maravilhas encherão a terra...
           Tudo isto cantarás!

265   Tudo isto cantarás! Teus doces lábios
        Sabem mistérios junto aos quais são
                                [poucos
           Os tesouros de um rei! →

Quando tu falas cerram-se-me os olhos...
Parece que hei vivido um'outra vida,
270   Quando e aonde, não sei!

Oh! não partas! Disseste que as cidades
Tinham-te morto n'alma as esperanças
    E as flores do porvir;
Que só topaste corações sem crenças,
275 Almas vazias, lábios deslavados
    Afeitos a mentir!

Tenho um dilúvio de ilusões na fronte,
Tu as geraste! As emoções devoram
    Meu seio de mulher!...
280 Toma-me por escrava! Meiga, humilde,
Eu não te ocultarei, tanto te adoro!
    Uma idéia sequer!

Assim falou Mimosa, e suspendida
A meu pescoço, em lágrimas banhada;
285   Sorriu e se calou.
Beijei-lhe os braços nus, beijei-lhe o colo,
Beijei-lhe a rósea boca, fiquei mudo,
    Mas minh'alma falou!...

(Já sei, compadre, que acharás imprópria
290 Nos lábios de Mimosa tanta pompa,
    Tão alta locução;
Não importa, atavio-lhe a linguagem
Sem lhe afogar a idéia – se discutes,
    Mando-te à Introdução.

295 Voto horror aos retóricos e mestres
Que exigem copiada a natureza →

Tal e qual ela está:
Sem meias-tintas e artifícios finos
Pinta-me um quadro, tu verás se minto
300   Que monstro sairá.)

As cilhas desatei de meu cavalo,
Tirei-lhe a sela e o freio que insofrido
    Mascava com ardor;
O formoso animal rinchou contente,
305   Deu três saltos robustos, e espojou-se
    Da relva no frescor.

– Mimosa, eu ficarei! Pouco me importa
O que os homens disserem! Desgraçados,
    Miseráveis de nós,
310   Se a cada passo neste ingrato mundo
Tomássemos por lei de nossos atos
    Das multidões a voz!

Eu ficarei! Quem sabe se mais tarde,
Na hora extrema, meu viver revendo,
315   Tivesse de chorar
Alguns dias de gozo verdadeiro,
De calma e de sossego, que em teus
                          [braços
    Não soube aproveitar?

Tu és a flor do mato airosa e bela
320   Aberta à noite, a medo bafejada
    Por ventos do sertão;
Nunca a mentira te pousou nos lábios,
Nunca um punhado de oiro há seduzido
    Teu livre coração!

325 Sentindo as asas leves, perfumadas,
     Do gênio do prazer roçar-te o peito,
         Gozaste, sem amor...
     Na sarça escura a pomba também geme,
     E a corça meiga entrega-se nos ermos,
330   Dos seres ao pendor.

     A pobreza que atira às espeluncas
     Milhões de virgens, cujos corpos mata
         Mercenário gozar,
     Deixou-te aqui vedada aos libertinos,
335 Inda ignorante da fatal ciência
         Que ensina o lupanar!

     Nunca o astro das noites encantadas
     Deixou cair em faces mais formosas
         Seu úmido clarão!
340 Como teus olhos nunca hei visto estrelas!
     Como teus lábios não tem cor a aurora,
         E rosas o verão!

     Eu ficarei contigo! Em teus carinhos
     Quero afogar, sonhando etéreos sonhos,
345   Da mocidade a flor!
     Quero morrer sentindo-te em meus braços
     Chorar, gemer, estremecer sem forças
         Em delírios de amor!

     Assim falei-lhe, e, como ao leve corpo
350 De uma leve criança, em meus joelhos →

Verso 330. Em 1869: "Dos seres do pendor.", corrigido pela edição H. Garnier.

Brandamente a depus;
Cerrei-a contra o peito, e largo tempo
Mudo assisti às festas de su'alma,
De seus olhos na luz.

355 (Responde-me, compadre, crês acaso
Que habita a virgindade só no corpo
De donzelas novéis?
Que não há cortesãs por entre as virgens,
Como entre cortesãs virgens existem,
360   Mesmo até nos bordéis?

Que do casto sacrário a fome lívida
Não conduza aos alcouces, macilentas,
    Puras, santas vestais,
Enquanto o oiro esconde em véus pudicos
365 Ilesos corpos, cujas almas queimam
    Ardores infernais?

Pede emprestada ao Cínico a lanterna,
Percorre as praças, entra nos palácios,
    Devassa os camarins,
370 E dize-me depois quantas mulheres,
Virgens de corpo, achaste, agasalhando
    Almas de serafins?

Poucas, bem poucas!... Muda de caminho,
Lança por terra o baço candeeiro
375   E calmo pensador
Contempla esta criança! Algo descobres
Que não seja candura, paz, bondade
    Inteligência e amor?)

De novo as ilusões e os áureos sonhos
380   Que o mundo afugentara me surgiram
        Na viva fantasia!
      O verdadeiro amor, o amor sagrado
      Que prende o sonhador à natureza
        Numa estreita harmonia,

385   Esse que a voz das aves interpreta,
      Que inunda de clarões os mais profundos
        Antros da Criação;
      Que a mentira dos homens não extinto,
      Mas esfriado havia a lentos sopros
390   Dentro do coração;

      Esse brotou mais forte e mais intenso!
      E eu me senti nas asas conduzido
        De aspirações sem fim
      Para o cimo das serras altaneiras,
395   Onde o arrebol semeia ilhotas de oiro
        Em lagos de carmim.

      E eu invoquei os pássaros errantes
      Que vêm de longes climas desenhando
        As sombras nos sertões,
400   A fim de que mostrassem-me nos ermos
      Um remanso feliz onde soltasse
        Minhas livres canções.

      E falei à Mimosa dos desertos,
      Das plagas afastadas do bulício, →

Verso 399. Em 1869: "As sombras no sertão,", corrigido pela Nova edição Laemmert & C.

405 Do mundano rumor,
  Onde nem traços de homem se
     [estampassem
  Dos amplos chapadões sobre as areias
   De deslumbrante cor.

  Falei de uma casinha à beira d'água,
410 Oculta entre as folhagens verde-escuras
   Dos ricos laranjais;
  De um jardinzinho – do arrulhar dos
     [pombos,
  Da sesta no pomar – de quanto almeja
   Quem sonha e ama demais!

415 Ela me ouvia, e por seus belos olhos
  Eu via-lhe a voar o pensamento
   No espaço do ideal!
  Depois nossas cabeças se encostavam,
  Nossas almas fundiam-se num canto
420   Sublime, sem igual!

  Três meses decorreram, em três meses
  Vivemos por três séculos. Mimosa
   Se transformara então;
  Minhas idéias de poeta haviam
425 Lhe esclarecido o espírito dotado
   Por celeste condão.

  À noite no terreiro eu lhe falava
  Da harmonia dos astros, de seus giros
   E leis universais;
430 Da existência dos seres que pululam
  Na eterna criação; da natureza
   Das almas imortais.

Eu lhe contava a vida da florinha,
A formação do seixo, a íntima história
435   Das árvores titães;
E pouco a pouco as relações mostrando
Das cousas e de Deus, me levantava
Té as idéias mães.

Narrava-lhe dos povos que passaram
440 Todas as crenças, todas as legendas,
    Usos, religião;
E os prodígios da arte, e as maravilhas
Que se deram na terra à luz divina
Da santa redenção.

445 Três meses decorreram, mas nem sempre,
Como no céu azul a casta diva
    Das tradições pagãs,
Nossa existência deslizou tranqüila...
Parece que a tormenta ama e prefere
450   As mais belas manhãs!

Mimosa tinha um círculo de ousados,
Cegos adoradores, broncos vates,
    Valentões comensais,
Paladinos de esperas e emboscadas
455 Cujas noites contavam-se por brigas
    E surdas bacanais;

Logo aos primeiros dias, às visitas
Dos Adônis boçais, indiferente
    Mostrou-se e fria até;
460 Depois foi se esquivando a seus gracejos,
Por fim negou-se de uma vez ao trato
    Dessa indigna ralé.

Então feridos no brutal orgulho,
Calcados pelos pés de uma criança
465   Que pensavam dobrar,
Uniram-se esquecendo os mútuos zelos,
E ardendo em fúrias de despeito e raiva
Juraram se vingar.

Uma história de lutas improfícuas,
470 De dias sem repouso e inquietas noites
   Começou para mim!
Tornou-se a casa um forte sitiado,
E a guerra declarou-se atra em seus meios,
   Cruenta no seu fim!

475 Era Nhô Lao o chefe dos guerreiros
Do exército inimigo, audaz roceiro,
   Como Ulisses sagaz:
Ciladas que evitei deste malvado,
Tramas que desmanchei, contar não posso,
480   Tantas eram e tais!

Por duas vezes escapei, Deus sabe
Como, de horrenda surra de cacete
   Dada por destra mão!
Muitas outras de laços e armadilhas
485 Erguidas no caminho que eu trilhava
   Com toda a precaução!

Aqui eram traidores, fundos fossos
Cobertos de pauzinhos, escondidos
   Em branca e fina areia; →

Verso 474. Em 1869: "Cruenta no fim!", corrigido pela edição H. Garnier.

490 Ali pesada pedra em frágil corda,
Além ponte infiel lançada adrede
Sobre torrente feia!

Mimosa era um prodígio de bravura,
De finura e de tática! Uma noite,
495 Já bem tarde era então,
Ela me despertou. – Ergue-te, disse,
Incendiam a casa, não percamos
Nem um minuto, não!

Fujamos! Levantei-me de um só pulo,
500 Tomei duas pistolas. – Eis-me pronto:
O que faremos nós?
– Fujamos, repetiu, ainda é tempo,
Eles não nos verão, todos entregues
A seu projeto atroz!

505 Assim dizendo, me lançou aos ombros
Um pesado capote e foi juntando
A roupa que encontrou;
Deu-me uma trouxa, encarregou-se de
[outra,
E à porta do quintal se dirigindo,
510 Abriu, e observou.

– Nada suspeitam, vamos. – Quão
[formosas,
Quão serenas luziam as estrelas
No Céu sombrio-azul!
Nem uma nuvem maculava o espaço!
515 À nossa frente n'amplidão brilhava
O Cruzeiro do Sul!

E caminhamos, caminhamos; frias
Batiam-nos no rosto e nos cabelos
  Da noite as virações;
520 O orvalho nos molhava os pés descalços;
Os espinhos do mato nos cobriam
  As faces de arranhões.

Chegando ao cimo de um pequeno
                              [outeiro,
Ela parou. – Estou cansada, disse,
525   Repousemos em paz.
Estendi meu capote sobre a relva,
Sentamo-nos, voltando a vez primeira
  Os olhos para trás.

Tudo estava tranqüilo. A várzea, o rio,
530 A estrada solitária, os fundos vales
  Pareciam dormir;
Nada turbava o plácido silêncio,
Senão de errantes cães soltos no campo
  O espaçado latir.

535 Mas pouco e pouco um rolo de fumaça,
Denso, pesado, qual medonha tromba
  Suspensa em alto-mar,
Do teto da cabana de Mimosa
Ergueu-se lentamente e em ondas torvas
540   Desdobrou-se no ar!

Verso 527. Em 1869: "Sentamos-nos, voltando a vez primeira", corrigido pela edição de Miécio Táti e Carreira Guerra.
Verso 528. Em 1869: "olhos para atrás.", corrigido pela Nova edição Laemmert & C.

Em breve a chama brilha, zune, estala,
Em rubras labaredas lambe os caibros
    E devora o sapé!
As aves de redor fogem piando!
545 Torram-se as plantas, ardem-se torcendo
    E tudo em ruínas é!

Mimosa contemplou a última chispa
Que do pobre casebre levantava-se
    Voando para o céu,
550 E quando viu que tudo estava findo
Junto a mim se deitou sobre o capote,
    Cobriu-se e adormeceu.

Quando acordei, o sol no azul espaço
Parecia entornar sobre as campinas
555   Torrentes de oiro em pó...
Sentei-me, olhei em roda, olhei de novo...
Mimosa se esvaíra como um sonho,
    E eu suspirava só!

Canto terceiro

Verdade!... Estúpida coisa!
560   Consócia eterna do mal!
    Deidade nos desenganos!
    Inimiga do ideal!
Verdade! Por que me obrigas
    Tão tristes cenas narrar,
565   Quando pudera esta história
    De outra maneira findar?

Tu apalpas as feridas
   Mais imundas dos mortais,
   Que não tens nojo de nada,
570   Que sempre despida estás;
Queres que um vate inspirado,
   Que um herói entre os sandeus,
   Se esquive aos vôos do gênio
   E siga os ditames teus!

575 Já que não tenho remédio,
   Já que me prendes assim,
   O resto de minha farsa
   Vou contar tim por tintim.
Eu bem pudera, estou certo,
580   Se te quisesse negar,
   Fazer sucumbir Mimosa
   De moléstia pulmonar:
E como Dumas o filho
   Com quem brigaste, já sei,
585   Por seis escarros de sangue
   Ter a coroa de rei.
Mas tu subornas-me a Musa,
   Tentas curvar-me, pois bem!
   Hei de acabar o poema
590   Sem auxílio de ninguém!

Três anos, três longos anos
   De funda melancolia,
   Passei de novo sentado
   Nos bancos da academia.
595 E em vez de cantar as festas,
   E as belezas do sertão,
   Traguei as purgas amargas
   De Gaio e de Labeão.

Mas um dia, resoluto,
600   Cobrando o antigo vigor,
Queimei os livros bramindo:
Não sirvo para doutor!
Hei de encontrar-te, Mimosa,
Minha luz, minha esperança!...
605   Serei outro D. Quixote,
Só me falta um Sancho Pança!

Arranjei um burro magro,
Manhoso como um poeta,
Mas talvez inteligente
610   Como a besta do profeta;
E procurando as montanhas
Que ao longe, ao longe azulavam,
Senti que em minh'alma aflita
Meus sonhos ressuscitavam!
615 Senti que ainda era um homem,
Que tinha ilusões sem fim,
Que o anjo de minha guarda
Folgava por ver-me assim!

E caminhei... – Como gratas
620   As florinhas me sorriam!
"Por onde andaste, poeta?"
Parece que me diziam!
Os cantos dos passarinhos,
Os brandos sopros da aragem,
625   Falavam-me: "Sê bem-vindo!
Conta-nos tua viagem!"

E os velhos cedros da mata,
Com gesto grave e sombrio, →

Perguntavam-me severos:
630   – Por onde andaste, vadio?
      – Como vens tão bem vestido!
      Que lindo colete trazes!
      Que tolas palavras dizes!
      Que lindas momices fazes!
635   Perdeste a vista? Coitado!
      Pobre, mísero poeta!
      Partiu com olhos de lince
      Porém volta de luneta!
      Aprendeste muito! Sabes
640   De cor a legislação?
      Conheces bem o Digesto?
      Leste as obras de Lobão?
      E riam-se, e tanto riam-se,
      Esses Titães da ciência,
645   Que receei um momento
      De perder a paciência!
      E por fim, aborrecido
      De tanta mordacidade,
      Queimei à noite num rancho
650   Minhas roupas de cidade!

      Quinze dias se passaram.
      Sem descanso caminhava,
      Quando avistei as paragens
      Onde Mimosa morava.
655   Parei junto à mesma venda
      Que tinha o mesmo balcão, →

Verso 635. Em 1869: "Perdestes a vista? Coitado!", corrigido pela Nova edição Laemmert & C.

A mesma portinha estreita,
O mesmo bom vendilhão;
As mesmas teias de aranha,
660   Os mesmos barris vazios,
A mesma infiel balança,
O mesmo rol de vadios.
Vi defronte o mesmo rancho,
Em torno as mesmas colinas,
665   As mesmas cores nas plantas,
A mesma luz nas campinas!
Mas da casa de Mimosa
Nem um esteio existia,
E a Tróia de tantos sonhos
670   Só em minh'alma vivia!

Cheio de mortal tristeza
Dirigi-me ao taberneiro:
– Preclaro negociante
Sem igual no mundo inteiro;
675 Dizei-me, vós cuja fama
Foi sempre séria e honrosa,
Dizei-me, por Deus vos peço,
Dizei-me, onde está Mimosa!

O homem das meias quartas
680   Lançou um sentido olhar,
Depois abaixando o rosto
Começou a soluçar.
– Mimosa!... disse, – Mimosa!
Buscas por ela também?
685   Ah! depois que foi-se embora
Não ganho mais um vintém!
Estou perdido, arruinado, →

Sem fregueses, meu amigo!
Nós somos dous infelizes:
690　　Deixa que chore contigo!

– Mas onde foi a traidora?
Com quem partiu? – Eu não sei!
– Vou indagar... – Nada alcanças,
Já de todos indaguei!
695 Sumiu-se como um demônio!
Não deixou nem um sinal!
Meu destino está traçado!
Morrerei num hospital!...

– Pelas orelhas de Judas!
700　　Bradei. – Se me for preciso
Descer aos negros infernos
E subir ao Paraíso,
Eu o farei! Porém juro
Que hei de trazê-la comigo,
705　　Preclaro negociante,
Meu ilustre e nobre amigo.
Dizendo assim, as esporas
Enterrei em meu burrinho,
Que pôs-se a rinchar alegre
710　　Trotando pelo caminho.

Epílogo
....
Leitor, meu leitor querido,
　Homem da roça ou da praça,
　Que tivestes a desgraça
　De me prestar atenção; →

715   Leitor do meu coração,
        Ouvi, falta quase nada
        Para o fim desta embrulhada.

        Escutai: era uma noite,
        Noite horrenda e tenebrosa,
720   Noite de trovões medonhos
        E de chuva copiosa.
        As árvores da floresta
        Naquela noite funesta
        Tão fundamente gemiam
725   Que às estações pareciam
        Dizer um último adeus!
        Eu caminhava – no espaço
        De súbito luz sinistra,
        Sangrenta, sulfúrea listra
730   Flamejou aos olhos meus!
        Um estrondo imenso, horrível
        Ribombou pelo infinito!
        Soltei um agudo grito,
        Buscando ar pela amplidão;
735   Minha razão desvairou-se,
        Minhas veias se gelaram,
        Meus joelhos fraquearam,
        Caí sem forças no chão!

        Mas quando senti de novo
740   No seio a vida... Portento!
        Num esplêndido aposento
        Me achei! Que móveis pomposos!
        Quantos painéis preciosos!
        Que perfumes deleitosos!
745   Que prodígios me cercavam! →

– Onde estou? gritei erguendo
A fronte dos travesseiros.
Então um homem, contando
Talvez sessenta janeiros,
750 Aproximou-se dizendo:
– Amigo, esta casa é vossa;
Eu sou um homem da roça;
Dizem-me rico, importante,
Et coetera. Um viajante,
755 Meu compadre e meu vizinho,
Esta noite no caminho
Vos encontrou desmaiado.
Supomos ter sido o raio
Que a poucos passos caíra
760 A causa desse desmaio.
Não 'stais ferido, louvado
Seja Deus. Agora, amigo,
Já disse, esta casa é vossa,
E eu sou um homem da roça,
765 Não vos zangueis pois comigo
Se vos deixo. Minha esposa,
Desvelada e cuidadosa,
Junto de vós ficará. –
Assim dizendo – Sinhá!
770 Gritou. Oh! cousa assombrosa!
Uma porta abriu-se e airosa,
Mais bela do que uma fada,
Mais bela que a madrugada,
No meu quarto entrou Mimosa!

775 Se não findo a história já,
Não sei como findará.

Fim de *Mimosa*.

ANTONICO E CORÁ

HISTÓRIA BRASILEIRA

Homenagem ao gênio desconhecido – à primeira
inspiração brasileira, o sr. tenente-coronel
Antônio Galdino dos Reis.

Corá tinha vinte anos,
Antonico pouco mais;
Eram ambos dous pombinhos
    Sem iguais.

5 Amavam-se; neste afeto
Ninguém dúbios laços veja,
Eles estavam ligados...
    Pela igreja.

Corá na voz, nos requebros,
10 Era mesmo uma espanhola,
Antonico um Alexandre
    Na viola.

Quatro anos de venturas
Passaram os dous no ermo;
15 Mas as ditas deste mundo
   Têm um termo.

O nosso herói obrigado,
Por uma questão urgente,
Teve de deixar a esposa
20   De repente.

Corá chorou por três noites,
Por três noites lamentou-se;
Mas no fim dessas três noites...
   Consolou-se.

25 Aonde fora Antonico?
Bem não sei, nem bem me lembro,
Findava-se o mês, suponho,
   De setembro;

Passou outubro, novembro,
30 Dezembro e entrou janeiro,
Antonico demorou-se
   O ano inteiro!

Corá, cujos róseos sonhos
Mudavam-se em pó e fumo,
35 Tomou sem mais cerimônias
   Outro rumo.

Mas onde estava Antonico?
Não sei; dessas longes plagas
Guardo apenas na carteira
40   Notas vagas.

O que sei é que no cabo
De três ou de quatro meses
Procurou quem lhe fizesse
 Dela as vezes.

45 (Dela, previno-te, amigo,
Que me refiro a Corá,
Como ao correr desta história
 Se verá.)

Ora bem, eis envolvido
50 Antonico um belo dia
No crime horrendo que chamam
 Bigamia!

Mísero o gênio do homem!
A diversão não o cansa!
55 Tem por lei dos atos todos
 A mudança!

Dous anos mais são passados,
E Antonico, quem diria!
De sua segunda esposa
60 Se enfastia!

Recorda-se dos encantos,
Da figura alta e faceira,
Dos requebros, dos olhares
 Da primeira!

65 Maldiz o gênio versátil
Que o fez mudar de mulher;
Nem mais um beijo à segunda
 Dá sequer!

       Jura, jura, como jura
70   Bom marido e bom cristão,
     Sanar de antigos direitos
         A lesão.

     Uma tarde se prepara,
     E a pé, qual romeiro monge,
75   Põe-se contrito a caminho
         Para longe.

     Chegando à mísera aldeia,
     Cumprindo o triste fadário,
     Vai logo bater à porta
80   Do vigário.

     Era tarde, mas o padre,
     Cheio de santo fervor,
     Ouviu as queixas do aflito
         Pecador.

85   Meu amigo, disse, é noite,
     Vai dormir um poucachinho,
     Volta amanhã, falaremos
         Bem cedinho.

     Passa revista em teus erros,
90   Em todos, em todos, filho,
     Deus te lançará de novo
         No bom trilho!

     Assim falou, e Antonico,
     Fazendo uma reverência,
95   Foi conversar com a pobre
         Consciência.

No dia seguinte, humilde,
Nos largos peitos batendo,
Voltou à casa do gordo
100   Reverendo.

Estava deitado o padre
Sobre um mundo de lençóis,
Na cama em que repousaram
    Seus avós.

105 Cama grande, forte, larga,
Fabricada para dois,
Cujo peso arrastaria
    Trinta bois!

– Bom dia, senhor vigário.
110 – Bom dia, à confissão vem?
– Sim, senhor, pode atender-me?
    – Muito bem:

Não é mister levantar-me,
Daqui o ouço, não acha? –
115 Benzem-se, e as rezas começam
    Em voz baixa.

Findas as rezas: – Acuse-se,
Murmura o bom reverendo.
Antonico enxuga os olhos
120   E tremendo

Principia: – Ah, padre, padre,
Cometi um tal delito
Que sou de Deus e dos homens
    Maldito!

125　　Dos homens... ah! se souberem
　　　　Da ação tão negra e tão feia,
　　　　Por certo que apodrecera
　　　　　　Na cadeia!

　　　　– Não tenhas medo, prossegue,
130　　Filho, em tua confissão;
　　　　Deus nunca nega aos culpados
　　　　　　O perdão.

　　　　Furtaste acaso? – Não, padre.
　　　　– Violaste algum penhor?
135　　– Não. – Caluniaste, fala!
　　　　　　– Fiz pior!

　　　　– Pior! Juraste então falso?
　　　　Feriste alguém? – Não, senhor.
　　　　– Mataste, filho, mataste?
140　　　　– Fiz pior!

　　　　– Pior? Pior?! Então conta
　　　　O que hás feito, se quiseres
　　　　Que te absolva! – Ah! meu padre!
　　　　　　Casei com duas mulheres!

145　　– Casou com duas mulheres!
　　　　Com duas! o padre exclama;
　　　　E treme, agita-se, pula
　　　　　　Sobre a cama.

　　　　E uma feminil cabeça,
150　　Ao som desta rude voz,
　　　　Surge dentre as vastas ondas
　　　　　　De lençóis;

E ardendo por ver o monstro
Bi-casado, a erguer-se vai,
155 Quando um grito de seus lábios
    Rubro, sai!

– Corá!... exclama Antonico.
– Compaixão!... brada Corá.
– O que é isto? indaga o padre,
160   – Que será?

E Corá logo mergulha,
Antes que a luta apareça,
No meio dos travesseiros
    A cabeça.

165 – O que é isto? O caso é grave,
Novo, intrincado, eu o creio!
Explica-te, filho, fala
    Sem receio.

– Quer que eu fale, que me explique,
170 Que esclareça o fato, quer?
Não, dê-me sem mais rodeios
    A mulher!

A mulher que me pertence,
Que aí repousa a seu lado!
175 É isto que eu chamo um feio,
    Vil pecado!

O padre franze os sobrolhos,
Esfrega as orelhas bentas,
Passa a língua pelos lábios,
180   Coça as ventas.

E fala: – Sossega, filho,
Tudo, tudo arranjaremos,
Chega-te aqui para perto,
   Conversemos:

185 – Que tal a tua segunda
Mulher? Faceira? Garbosa?
Clara ou morena? Morena?
   Graciosa?

Gorda? – Gorda, sim, meu padre.
190 – Olhos negros? – Lindos olhos!
– São ciladas à virtude!
   São escolhos!

– São... quanto a braços, pescoço,
Cabelos... – Oh! lindos, belos!
195 Que lindo colo! Que braços!
   Que cabelos!

– Bonitos, hein? diz o padre
Contente esfregando as mãos,
Pois obremos, filho, como
200   Bons cristãos:

– Traze-ma, pois, e contigo
Levarás esta, formosa,
Legítima, incontestável
   Boa esposa:

205 – A carne de tua carne,
Mais o osso de teu osso;
E assim se expressando, a porta
   Mostra ao moço.

　　　　Como as cousas se passaram,
210　　Leitor, não guardo memória...
　　　　Concluí como quiserdes
　　　　　Esta história.

CANTOS DO ERMO
E DA CIDADE

PRIMEIRA PÁGINA

Louras abelhas, leves borboletas,
    Volúveis beija-flores,
Rápidos gênios, hóspedes dos ares,
    Solitários cantores,
5 Amantes uns das pompas das cidades,
    Das galas e das festas,
Outros amigos das planícies vastas
    E das amplas florestas;
Alado mundo, turbilhão volante,
10   Bando de sonhos vagos,
Ora adejando em caprichosos giros,
    Ora em doces afagos
Pousando sobre as frontes cismadoras;
    Vede, desponta o dia,
15 Sacudi vossas asas vaporosas,
    Exultai de alegria!
Ide sem medo, lúcidas quimeras,
    São horas de partir!...
Ide, correi, voai, que vos desejo
20   O mais almo porvir!

VIÚVA E MOÇA

Cristo, onde estão as doutrinas,
Onde as máximas divinas
De caridade e de fé?
Caíram como as sementes
5   Sobre os rochedos ardentes
De que falavas às gentes,
Sonhador de Nazaré!

Desde o romper d'alvorada
Ao lar deserto sentada,
10 Cristo, Cristo, choro em vão
Tenho exausta a paciência,
Mas a santa providência
É surda à minha indigência,
Me deixa sem luz, sem pão!

15 Debalde invoco teu nome!
O negro abutre da fome
Rói-me as entranhas, Senhor! →

Estão áridos meus peitos!
Sobre seus úmidos leitos
20 Meus filhos, tristes, desfeitos,
Vertem lágrimas de dor!

A multidão ruge e passa,
Ninguém pensa na desgraça
Desta pobre habitação!
25 As privações se acumulam
E os instintos estimulam
Selvagens corcéis que pulam
Quebrando o freio à razão!

Que fazer? De abismo escuro
30 Levanta-se um vulto impuro
Sinistra imagem do mal,
Tem a abundância de um lado,
Nas mãos um cofre dourado,
Canta um canto condenado,
35 Um canto de bacanal!

E mostra-me seu tesouro
Repleto de pilhas de ouro,
De ouro de funesta luz!
Depois com astutas falas
40 Me aponta brilhantes salas,
Cheias de pompas e galas,
Cheias de flores e luz!

E vejo pálidas sombras
Que dançam sobre as alfombras,
45 Frio o riso, o olhar febril!
Tristes belezas manchadas! →

Tristes múmias coroadas
De grinaldas profanadas
Em noites de orgias mil!

50 Confusas vozes me chamam!
Os demônios me reclamam,
Que a miséria me vendeu!
Cerro tremendo os ouvidos,
Mas inda escuto os gemidos
55 De meus filhos repelidos
Pela terra e pelo céu!

Senhor! Senhor! este mundo
Ávido, sórdido, imundo,
Faz-me descrer té de ti!
60 Minh'alma está branca e pura,
Mas cega-me a desventura,
E entre o crime, entre a loucura,
Vacilo!... – Por que nasci!?...

Entregue aos vaivéns da sorte,
65 Fraca, sozinha, sem norte,
Como poderei lutar?
Se às vezes, entre a caligem,
Meus passos anjos dirigem,
Bem cedo o véu da vertigem
70 Me impede de caminhar!

A lei do dever é santa,
Mas a desdita a quebranta, →

Verso 63. Em B. L. Garnier: "Vacilo!... Por que nasci!..., interrogação introduzida pela edição H. Garnier.

O mundo tem mais poder!
O espírito arqueja e cansa,
75 O mundo a vitória alcança,
Dos homens sobre a balança
Mais peso sempre há de ter!

Bati por todas as portas,
As virtudes estão mortas,
80 As crenças sem mais valor;
Ai! perdi toda a energia,
Minha mente desvaria,
Não tenho rumo nem guia,
Deverei morrer, Senhor?

85 Eu creio em ti, eu te adoro,
Mas as lágrimas que choro
Tu não vês das vastidões!
Deixas que eu sofra e padeça,
Que a virtude depereça,
90 Mas que altivo se engrandeça
O vício com seus brasões!

Cristo, em vão te cruciaste!
Em vão aos homens deixaste
Preceitos de amor e fé!
95 Caíram como as sementes
Sobre os rochedos ardentes
De que falavas às gentes,
Sonhador de Nazaré!

Verso 93. Em B. L. Garnier: "Em vão aos homens deixas", corrigido pela edição de Miécio Táti e Carreira Guerra.

EU AMO A NOITE

Eu amo a noite quando deixa os montes,
Bela, mas bela de um horror sublime,
E sobre a face dos desertos quedos
Seu régio selo de mistério imprime.

5   Amo o sinistro ramalhar dos cedros
Ao rijo sopro da tormenta infrene,
Quando antevendo a inevitável queda
Mandam aos ermos um adeus solene.

Amo os penedos escarpados onde
10 Desprende o abutre o prolongado pio,
E a voz medonha do caimã disforme
Por entre os juncos de lodoso rio.

Amo os lampejos verde-azul, funéreos,
Que às horas mortas erguem-se da terra, →

   Uma variante deste poema encontra-se em "Tristeza", de *Vozes d'América*.

15 E enchem de susto o viajante incauto
    No cemitério de sombria serra.

    Amo o silêncio, os areais extensos,
    Os vastos brejos e os sertões sem dia,
    Porque meu seio como a sombra é triste,
20 Porque minh'alma é de ilusões vazia.

    Amo o furor do vendaval que ruge
    Das asas densas sacudindo o estrago,
    Silvos de balas, turbilhões de fumo,
    Tribos de corvos em sangrento lago.

25 Amo as torrentes que da chuva túmidas
    Lançam aos ares um rumor profundo,
    Depois raivosas carcomendo as margens
    Vão dos abismos pernoitar no fundo,

    Amo o pavor das soledades, quando
30 Rolam as rochas da montanha erguida,
    E o fulvo raio que flameja e tomba
    Lascando a cruz da solitária ermida.

    Amo as perpétuas que os sepulcros ornam,
    As rosas brancas desbrochando à lua,
35 Porque na vida não terei mais sonhos,
    Porque minh'alma é de esperanças nua.

    Tenho um desejo de descanso, infindo,
    Negam-me os homens; onde irei achá-lo?
    A única fibra que ao prazer ligava-me
40 Senti partir-se ao derradeiro abalo!...

Como a criança, do viver nas veigas,
Gastei meus dias namorando as flores,
Finos espinhos os meus pés rasgaram,
Pisei-os ébrio de ilusões e amores.

45 Cendal espesso me vendava os olhos,
Doce veneno lhe molhava o nó...
Ai! minha estrela de passadas eras,
Por que tão cedo me deixaste só?

Sem ti procuro a solidão e as sombras
50 De um céu toldado de feral caligem,
E gasto as horas traduzindo as queixas
Que à noite partem da floresta virgem.

Amo a tristeza dos profundos mares,
As águas torvas de ignotos rios,
55 E as negras rochas que nos plainos zombam
Da insana fúria dos tufões bravios.

Tenho um deserto de amarguras n'alma,
Mas nunca a fronte curvarei por terra!...
Ah! tremo às vezes ao tocar nas chagas,
60 Nas vivas chagas que meu peito encerra!

A VOLTA

A casa era pequenina,
Não era? – Mas tão bonita
Que teu seio inda palpita
Lembrando dela, não é?

5   Queres voltar? eu te sigo,
Eu amo o ermo profundo;
A paz que foge do mundo
Preza os tetos de sapé.

―――――

Bem vejo que tens saudades,
10 Não tens? pobre passarinho!
De teu venturoso ninho
Passaste a dura prisão!

Vamos, as matas e os campos
Estão cobertos de flores,
15 Tecem mimosos cantores
Hinos à bela estação.

E tu mais bela que as flores...
Não cores... aos almos cantos
Ajuntarás os encantos
20   De teu gorjeio infantil.

Escuta, filha, a estas horas
Que a sombra deixa as alturas,
Lá cantam as saracuras
Junto ao lago cor de anil...

———

25   Os vaga-lumes em bando
Correm sobre a relva fria,
Enquanto o vento cicia
Na sombra dos taquarais;

E os gênios que ali vagueiam,
30   Mirando a casa deserta,
Repetem de boca aberta:
Acaso não virão mais?

———

Mas nós iremos, tu queres,
Não é assim? nós iremos;
35   Mais belos reviveremos
Os belos sonhos de então.

E à noite, fechada a porta,
Tecendo planos de glórias,
Contaremos mil histórias,
40   Sentados junto ao fogão.

A DESPEDIDA

I

Filha dos serros onde o sol se esconde,
Onde brame o jaguar e a pomba chora,
São horas de partir, desponta a aurora,
Deixa-me que te abrace e que te beije.

5   Deixa-me que te abrace e que te beije,
Que sobre o teu meu coração palpite,
E dentro d'alma sinta que se agite
Quanto tenho de teu impresso nela.

Quanto tenho de teu impresso nela,
10 Risos ingênuos, prantos de criança,
E esses tão lindos planos de esperança
Que a sós na solidão traçamos juntos.

Que a sós na solidão traçamos juntos,
Sedentos de emoções, ébrios de amores,
15 Idólatras da luz e dos fulgores
De nossa mãe sublime, a natureza!

De nossa mãe sublime, a natureza,
Que nossas almas numa só fundira,
E a inspiração soprara-me na lira
20   Muda, arruinada nos mundanos cantos.

Muda, arruinada nos mundanos cantos,
Mas hoje bela e rica de harmonias,
Banhada ao sol de teus formosos dias,
Santificada à luz de teus encantos!

II

25   Adeus! Adeus! A estrela matutina
Pelos clarões d'aurora deslumbrada
     Apaga-se no espaço,
A névoa desce sobre os campos úmidos,
Erguem-se as flores trêmulas de orvalho
30   Dos vales no regaço.

Adeus! Adeus! Sorvendo a aragem fresca,
Meu ginete relincha impaciente
     E parece chamar-me...
Transpondo em breve o cimo deste monte,
35   Um gesto ainda, e tudo é findo! O mundo
     Depois pode esmagar-me.

Não te queixes de mim, não me crimines,
Eu depus a teus pés meus sonhos todos,
     Tudo o que era sentir!
40   Os algozes da crença e dos afetos
Em torno de um cadáver de ora em diante
     Hão de embalde rugir.

Tu não mais ouvirás os doces versos
Que nas várzeas viçosas eu compunha,
45   Ou junto das torrentes;
Nem teus cabelos mais verás ornados,
Como a pagã formosa, de grinaldas
    De flores recendentes.

Verás tão cedo ainda esvaecida
50 A mais linda visão de teus desejos,
    Aos látegos da sorte!
Mas eu terei de Tântalo o suplício!
Eu pedirei repouso de mãos postas,
    E será surda a morte!

55 Adeus! Adeus! Não chores, que essas
                        [lágrimas
Caem-me ao coração incandescentes,
    Qual fundido metal!
Duas vezes na vida não se as vertem!
Enxuga-as, pois; se a dor é necessária,
60   Cumpra-se a lei fatal!

O VAGA-LUME

Quem és tu, pobre vivente
Que passas triste, sozinho,
Trazendo os raios da estrela
   E as asas do passarinho?

5 A noite é negra, raivosos
   Os ventos sopram do sul,
Não temes, doudo, que apaguem
   A tua lanterna azul?

Quando apareces, o lago
10   De estranhas luzes fulgura,
Os mochos voam medrosos
   Buscando a floresta escura.

Verso 2. Em B. L. Garnier: "Que passas triste sozinho,".
Uma variante deste poema encontra-se em "O vaga-lume", de *Vozes d'América*.

As folhas brilham, refletem,
    Como espelhos de esmeralda,
15 Fulge o íris nas torrentes
    Da serrania na fralda.

O grilo salta das sarças,
    Pulam gênios nos palmares,
Começa o baile dos silfos
20   No seio dos nenufares.

A tribo das borboletas,
    Das borboletas azuis,
Segue teus giros no espaço,
    Mimosa gota de luz.

25 São elas flores sem hástea,
    Tu és estrela sem céu,
Procuram elas as chamas,
    Tu amas da noite o véu!...

Onde vais, pobre vivente,
30   Onde vais, triste, mesquinho,
Levando os raios da estrela
    Nas asas do passarinho?

Verso 20. Note-se o uso de "menufares" como vocábulo paroxítono.

CONFORTO

Deixo aos mais homens a tarefa ingrata
De maldizer teu nome desditoso,
   Por mim nunca o farei.
Como a estrela no céu vejo tu'alma,
5 E como a estrela que o vulcão não tolda,
   Pura sempre a encontrei.

Dos juízos mortais toda a miséria
Nos curtos passos de uma curta vida
   Também, também sofri,
10 Mas contente no mundo de mim mesmo,
Menos grande que tu, porém mais forte,
   Das calúnias me ri.

A turba vil de escândalos faminta,
Que das dores alheias se alimenta
15   E folga sobre o pó,
Há de soltar um grito de triunfo
Se vir de leve te brilhar nos olhos
   Uma lágrima só.

Oh! não chores jamais! A sede imunda,
20 Prantos divinos, prantos de martírio,
   Não devem saciar...
O orgulho é nobre quando a dor o ampara,
E se lágrima verte é funda e vasta,
   Tão vasta como o mar.

25 É duro de sofrer, eu sei, o escárnio
Dos seres mais nojentos que se arrastam
   Ganindo sobre o chão,
Mas a dor majestosa que incendia
Dos eleitos a fronte, os vis deslumbra
30   Com seu vivo clarão.

Curve-se o ente imbele que, despido
De crenças e firmeza, implora humilde
   O arrimo de um senhor,
O espírito que há visto a claridade
35 Rejeita todo auxílio, rasga as sombras,
   Sublime em seu valor.

Deixa passar a douda caravana,
Fica no teu retiro, dorme sem medo,
   Da consciência à luz;
40 Livres do mundo um dia nos veremos,
Tem confiança em mim, conheço a senda
   Que ao repouso conduz.

VISÕES DA NOITE

Passai, tristes fantasmas! O que é feito
Das mulheres que amei, gentis e puras?
Umas devoram negras amarguras,
Repousam outras em marmóreo leito!

5 Outras no encalço de fatal proveito
Buscam à noite as saturnais escuras,
Onde empenhando as murchas formosuras
Ao demônio do ouro rendem preito!

Todas sem mais amor! sem mais paixões!
10 Mais uma fibra trêmula e sentida!
Mais um leve calor nos corações!

Pálidas sombras de ilusão perdida,
Minh'alma está deserta de emoções,
Passai, passai, não me poupeis a vida!

Verso 2. Em B. L. Garnier: "Das mulheres que amei, gentis e puras", interrogação introduzida pela edição H. Garnier.

O CANTO DOS SABIÁS

Serão de mortos anjinhos
O cantar de errantes almas,
Dos coqueirais florescentes
A brincar nas verdes palmas,
5   Estas notas maviosas
Que me fazem suspirar?

São os sabiás que cantam
Nas mangueiras do pomar.

Serão os gênios da tarde
10 Que passam sobre as campinas,
Cingido o colo de opalas
E a cabeça de neblinas,
E fogem, nas harpas de ouro
Mansamente a dedilhar?

15 São os sabiás que cantam.
Não vês o sol declinar?

Ou serão talvez as preces
De algum sonhador proscrito,
Que vagueia nos desertos,
20 Alma cheia do infinito,
Pedindo a Deus um consolo
Que o mundo não pode dar?

São os sabiás que cantam.
Como está sereno o mar!

25 Ou, quem sabe, as tristes sombras
De quanto amei neste mundo,
Que se elevam lacrimosas
De seu túmulo profundo,
E vêm os salmos da morte
30 No meu desterro entoar?

São os sabiás que cantam.
Não gostas de os escutar?

Serás tu, minha saudade?
Tu, meu tesouro de amor?
35 Tu que às tormentas murchaste
Da mocidade na flor?
Serás tu? Vem, sê bem-vinda,
Quero te ainda escutar!

São os sabiás que cantam
40 Antes da noite baixar.

Mas ah! delírio insensato!
Não és tu, sombra adorada!
Não há cânticos de anjinhos, →

Nem de falange encantada
45 Passando sobre as campinas
Nas harpas a dedilhar!

São os sabiás que cantam
Nas mangueiras do pomar!

O RESPLENDOR DO TRONO

Que vale a pompa e o resplendor do trono!
Triste vaidade! O alvergue de um colono
Mais encantos encerra e mais doçuras!
De calma consciência à sombra amiga
5   Floresce o riso e o júbilo se abriga,
Livre de enganos e visões escuras.

Quem não aspira da grandeza aos combros
Tem segura a cabeça sobre os ombros,
E a vereda conhece onde caminha;
10 Dorme sem medo, acorda sem pesares,
E vê, feliz, a prole junto aos lares
Vigorosa estender-se como a vinha.

Sob os dosséis dos sólios a mentira
Boceja e o corpo sensual estira
15 No tapete macio dos degraus...
São sempre incertos do reinante os passos!
Ame embora a verdade, ocultos laços
Prendem-no cego aos cálculos dos maus!

Oh! ditoso mil vezes o operário!
20 Ama o trabalho, e o módico salário
De prantos nem de sangue está manchado!
Combates não planeja em vasta liça!
Nem das vítimas ouve da injustiça
A queixa amarga e o clamoroso brado!

25 Não desperta alta noite em sobressalto!
Nem dos cuidados ao cruento assalto
Sobre o ouro e o cetim geme e delira!
Qual manso arroio sobre a terra corre,
E no meio dos seus tranqüilo morre
30 Como a nota de um canto em branda lira!

Não invejeis as pompas das alturas!
O raio deixa os vales e as planuras,
A tempestade preza as serranias!...
Quereis saber da majestade a glória?
35 Lede nos régios túmulos a história
Dos soberanos de passados dias!

EM VIAGEM

A vida nas cidades me enfastia,
Enoja-me o tropel das multidões,
O sopro do egoísmo e do interesse
Mata-me n'alma a flor das ilusões.

5   Mata-me n'alma a flor das ilusões
Tanta mentira, tão fingido rir,
E cheio e farto de tristeza e tédio
Rejeito as glórias de falaz porvir!

Rejeito as glórias de falaz porvir,
10   Galas e festas, o prazer talvez,
E busco altivo as solidões profundas
Que dormem quedas do Senhor aos pés.

Que dormem quedas do Senhor aos pés,
Ao doce brilho dos clarões astrais,
15   Ricas de gozos que não tem o mundo,
Pródigas sempre de beleza e paz!

SERENATA

Em teus travessos olhos,
Mais lindos que as estrelas,
Do espaço, às furtadelas,
Mirando o escuro mar,
5   Em teu olhar tirânico,
Cheio de vivo fogo,
Meu ser, minh'alma afogo
De amor a suspirar.

Se teus encantos todos
10   Eu fosse a enumerar!...

Desses mimosos lábios
Que ao beija-flor enganam,
Donde perpétuos manam
Perfumes de enlear,
15   Desses lascivos lábios,
Macios, purpurinos,
Ouvindo os sons divinos,
Me sinto desmaiar.

          Se teus encantos todos
20   Eu fosse a enumerar!...

          Tuas madeixas virgens,
          Cheirosas, flutuantes,
          Teus seios palpitantes
          Da sede do gozar,
25   Tua cintura estreita,
          Teu pé sutil, conciso,
          Obumbram-me o juízo,
          Apagam-me o pensar.

          Se teus encantos todos
30   Eu fosse a enumerar!...

          Ai! quebra-me estes ferros
          Fatais que nos separam,
          Os doudos que os forjaram
          Não sabem, não, amar.
35   Dá-me teu corpo e alma,
          E à luz da liberdade,
          Ó minha divindade,
          Corramos a folgar.

          Se teus encantos todos
40   Eu fosse a enumerar!...

A SOMBRA

Longe, longe das águas marinhas,
Sobre vastas campinas pousada,
Sempre aos raios de um sol resplandente
Se ostentava risonha morada.

5 Nas planícies que a vista não vence
Espalhadas pastavam cem reses,
Ora junto das fontes tranqüilas,
Escondidas no mato outras vezes.

Ao portão, de manhã, reunidas,
10 Meio ocultas no véu da neblina,
O senhor esperar pareciam
Sempre amigo da luz matutina.

E depois que seu vulto bondoso
Da janela sorrindo as olhava,
15 Se afastavam contentes, pulando
Sobre a grama que o orvalho banhava.

Quando além das montanhas o dia
Apagava seu raio final,
Acudindo do amo aos clamores
20 Todo o gado se achava no val.

E em torno dele um círculo formando,
    Humildes e silentes,
Cada qual por sua vez se adiantando,
Vinham lamber o sal que apresentavam
25   As mãos benevolentes,
As mãos benevolentes que adoravam.
E o manso gado as falas lhe entendia,
    E os tenros bezerrinhos
Saltitavam trementes de alegria
30   A seus meigos carinhos...
Talvez sondasse nesses pobres brutos,
Sob esses pelos ríspidos, hirsutos,
    Um oculto clarão,
Raio de encarcerada inteligência,
35 Que a douda, pobre e mísera ciência,
Trucidando sem pena a criação,
Procura sempre, mas procura em vão.

Passaram tempos e o vaqueiro é morto.
Da velha habitação só muros restam,
40 E às já despidas, murchas laranjeiras,
    Espinheiros entestam.

Sobre montões de pedra as lagartixas
Leves se arrastam sobre o musgo vil,
Traidoras vespas nos esteios podres
45   Formaram seu covil.

O sol que outrora derramava em torno
Raios de luz, torrentes de alegria,
Hoje atira do espaço ao lar deserto
    Um riso de ironia.

50 Não mais perfumes pelos ares giram,
Não mais os ventos suspirando passam,
Somente impuro odor, silvo de serpes
    No ambiente perpassam.

Parece que ao pairar nesses lugares
55 Todo o seu ódio o estrago sacudira,
E o espírito do mal no chão gretado
    A saliva cuspira.

Viajor, viajor, não te aproximes
Do ermo sítio que o terror marcou,
60 A mão de Deus talvez ardendo em iras
    Pesada ali tocou.

Porém quando no ocidente
Vai baixando o orbe imortal,
As reses sempre constantes
65 Se ajuntam todas no val.

E nessa mesma paragem
Onde as chamava o senhor,
Talvez do defunto à sombra
Reúnem-se ao derredor.

70 E mugem, mugem debalde,
Tristonhas cavando o chão,
Fitando doridos olhos
No astro rei da amplidão.

     Mas o sol não as escuta,
75   Mas o sol caindo vai,
     Imagem de um deus cruento,
     Cruenta imagem de pai.

     E o caminheiro que ao longe
     Das serras descendo vem,
80   Não passa perto das ruínas,
     Procura outra senda além.

A DIVERSÃO

Escravo, enche essa taça,
Enche-a depressa, e canta!
Quero espancar a nuvem da desgraça
Que além nos ares lutulenta passa,
5   E meu gênio quebranta.

Tenho n'alma a tormenta,
Tormenta horrenda e fria!
Debalde a douda conjurá-la tenta,
Luta, vacila e tomba macilenta
10   Nas vascas da agonia!

Pois bem, seja de vinho
No delirar insano
Que afogue minhas lágrimas mesquinho!...
Então envolto em púrpura e arminho
15   Serei um soberano!

Cresce, transpõe as bordas
De brilhante cristal, →

Torrente amada que o prazer acordas...
Toma a guitarra, escravo, afina as cordas,
20   E viva a saturnal!

Já corre-me nas veias
Um sangue mais veloz...
Anjos... inspirações... mundos de idéias,
Sacudi-me da fronte as sombras feias
25   Deste cismar atroz!

Que celestes bafagens!
Que lânguidos perfumes!
Que vaporosas, lúcidas imagens
Dançam vestidas de sutis roupagens
30   Entre esplêndidos lumes!

Tange mais brando ainda
Esse mago instrumento!...
Mais! ainda mais! Que maravilha infinda!
Que plaga imensa, luminosa e linda!
35   Que de vozes no vento!

São as huris divinas
Que junto a mim perpassam,
Ou de Chiraz as virgens peregrinas,
Que cingidas de rosas purpurinas
40   Choram Bulbul e passam?

Oh! não, que não são elas,
Mas ai! meus sonhos são!
São do passado as vívidas estrelas
Que a flux rebentam cada vez mais belas,
45   De mais puro clarão!

São meus prazeres idos!
Minha extinta esperança!
São... Mas que nota fere-me os ouvidos?
Escravo estulto, abafa esses gemidos!
50   Canta o riso e a bonança!

Canta a paz e a ventura,
O mar e o céu azul,
Quero olvidar minha comédia escura,
E a ledos sons as larvas da loucura
55   Bater como Saul!

Leva-me às densas matas
Onde viveu Celuta;
Faze-me um leito à margem das cascatas,
Ou nas alfombras úmidas e gratas
60   De recôndita gruta.

Assim... assim! Fagueiras,
Escuto já nos ares
As vozes das donzelas prazenteiras,
Que dançam rindo ao lume das fogueiras
65   No centro dos palmares.

Mais vinho! Ó filtro mago!
Só tu podes no mundo
Mudar os giros do destino vago,
E fazer do martírio um doce afago,
70   De uma taça no fundo!

Ó patriarca antigo!
Ó bebedor feliz,
Do roxo sumo da parreira amigo! →

Teu nome invoco, abraço-me contigo,
75 Vem, vem ser meu juiz!

Basta, servo, de cantos,
Quero dormir, sonhar,
Sinto do vinho os últimos encantos...
Molham-me as faces amorosos prantos,
80 Vou reviver e amar!

A LENDA DO AMAZONAS

Quando vestido de brilhante púrpura
 Surgiu o sol no céu,
Deixei a medo os majestosos píncaros
 Onde habita o condor,
5 E guardando do frio os seios trêmulos
 Nas dobras do brial,
Como errante cegonha, ou pomba tímida,
 Às planícies voei.
Em meus cabelos ciciavam, lânguidos,
10   Os sopros da manhã,
Clarões e névoas, iriantes círculos,
 Giravam-me ao redor,
Mas sobre um leito de tecidos flácidos.
 Inclinada a sorrir,
15 Deixava-me rolar aos doces cânticos
 Dos gênios do arrebol.
Já perdendo de vista os Andes túrbidos
 Sobre rochas pousei...
Sobre rochas pousei – as virgens cândidas,
20   Louras filhas do ar, →

Trocaram-me do corpo a etérea túnica
Por manto de cristal,
Cantaram-me ao ouvido um hino mágico
Que falava de amor,
25 Tão meigo e triste como a voz da América
Em seu berço de luz.
Cingiram-me a cabeça dos mais límpidos
Diamantes e rubins;
Das borboletas leves e translúcidas
30   Do verde Panamá
Formaram-me sutil, brilhante séquito;
Aspergeram-me os pés
Do perfume das flores mais balsâmicas
Das savanas sem fim,
35 E, me apontando da floresta os dédalos
Pejados de frescor,
Deram-me abraços mil, ardentes ósculos,
E deixaram-me só...
E deixaram-me só; – nos vastos âmbitos
40   Sem rumo, me perdi,
Meus olhos inundaram-se de lágrimas,
Quis aos montes voltar,
Mas o treno saudoso dos espíritos
À minh'alma falou,
45 E ao grato aceno dessas queixas místicas
De novo me alentei.
Desci das brenhas pensativa, atônita,
Olhos fitos além;
Meu manto sobre a rocha um surdo
                      [estrépito
50   Desprendia ao roçar,
E meus cabelos borrifados, úmidos
De sereno estival, →

Salpicavam, ao sol, de infindas pérolas
O desnudado chão.
55 Os velhos cedros com seus ramos ásperos
Saudaram-me ao passar,
Os cantores das matas, em miríades,
Os coqueirais senis
Bradaram numa voz: Ó filha esplêndida
60 Da eterna criação,
Corre, que ao lado do soberbo tálamo
Por ti suspira o mar!...
Ao meio-dia, extenuada, mórbida
Pelo intenso calor,
65 De um mundo ignoto sob a imensa cúpula
Solitária me achei.
Argênteas fontes, sonorosos zéfiros,
Rumores divinais,
Grutas de sombra e de frescura próvidas,
70 Multicores dosséis
A cujo abrigo um turbilhão de pássaros
Cruzava-se a trinar,
Um não-sei-que de vago e melancólico,
De infinito talvez,
75 Acenderam-me ao seio a chama insólita
De estranha sensação!
Sentei-me ao lado de um rochedo côncavo
E procurei dormir...
E procurei dormir – as plagas túmidas,
80 O indizível amor
Que transudava dos sussurros épicos
Dos sombrios pinhais,
Em cujas grimpas ramalhavam séculos,
Dormia a tradição;
85 Da rola do deserto as flébeis súplicas, →

A tênue, frouxa luz
Coando entre os rasgados espiráculos
　　Desse zimbório audaz
Por mil colunas desmarcadas, ríspidas,
90　　Sustentado ante o céu,
Vedaram-me o repouso, e a mente estática.
　　Em santa reflexão
Senti volver-se as cenas de outras épocas.
　　Ah! que tudo passou!
95　Como o sol era belo e a terra lúcida!
　　Como era doce a paz
Da família indiana em noite plácida
　　Junto ao fogo a dançar!
Como era calmo e belo e vivo o júbilo
100　　Das filhas de Tupã
Depondo junto ao fogo os anchos cântaros,
　　E atrás dos colibris
Correndo alegres nos relvosos páramos!
　　E a voz do pescador
105　Sobre as águas plangentes e diáfanas
　　De ameno ribeirão!
E o rápido silvar das setas rápidas,
　　Os urros do jaguar,
A volta da caçada, os hinos férvidos
110　　Nos festins anuais!
Tudo findou-se! A mão cruel, mortífera,
　　De uma idade feroz
Tantas glórias varreu, e nem um dístico
　　Deixou no chão sequer!
115　Apenas no deserto ermos sarcófagos
　　Sem mais cinzas nem pó,
Negras imagens de figuras híbridas,
　　Soltas aqui e ali, →

Resistem do destino ao rijo látego,
120   Mas das eras de então
Nada revelam no silêncio gélido!...
Meu Deus e meu Senhor!
Eu que vi construir-se o imenso pórtico
Do edifício imortal
125 Donde ao vivo luzir dos astros fúlgidos
    Todo o ser rebentou,
Eu que pelas planícies inda cálidas
    De vosso bafejar,
Vi deslizar o Tigre, o Eufrates célebre,
130   O sagrado Jordão;
Eu sem nome, sem glórias e sem pátria,
    E entre os densos cocais,
Ia, bem como as gerações sem número,
    Absorta escutar
135 Dos santos querubins a voz melódica;
    Eu que pobre e sem guia,
Pobre e sem guia nos desertos áridos,
    Teu poder, grande Deus,
Pressentia no ar, no céu, nos átomos,
140   Vi também sob o sol
Afogarem-se os orbes no crepúsculo
    De uma noite fatal,
E à lareira da vida erguer-se impávido
    O nada aterrador!
145 Vi num combate pavoroso e tétrico,
    Torva, escura epopéia,
O fantasma do estrago, a morte esquálida
    Vencer a criação,
Devorar-lhe sem pena as quentes vísceras,
150   Dilacerar sem dó
Da madre natureza as fibras íntimas! →

Vi à luz dos fuzis,
Do abutre da tormenta à insana cólera,
A floresta cair;
155 Vi negras feras e serpentes pérfidas,
Demônios de furor,
Alastrarem a terra de cadáveres
De pobres animais;
E deste solo de imundícias lúbrico,
160   Também vi se elevar
A própria vida de destroços pútridos!
Meu Deus e meu Senhor,
O que diz esta lei crua e fatídica?...
Sobre o vale da dor,
165 Sobre o vale da dor mirando as nuvens,
Cismando no porvir,
Eu também moça sinto-me decrépita!
Vê-me a aurora nascer,
Mas ouve a noite meus cantares fúnebres!
170   A alvorada outra vez
Das cinzas de meus restos inda tépidas
Rediviva me vê!...
Eu murmurava assim triste e perplexa
Cortando a solidão.
175 As estrelas surgiam belas, nítidas
No céu de puro anil,
O bando vagabundo das lucíolas
Rastejando os pauis
Derramavam clarões débeis e fátuos
180   Nas plantas ao redor,
Línguas de fogo verde-azul fosfórico
Cruzavam-se no ar.
A terra e os astros num sorrir recíproco
Pareciam se unir, →

185 Uma para beijar o azul sidéreo,
    Outros para verter
No seio do que sofre um doce bálsamo.
    A branca lua
Pura se erguia na celeste abóbada,
190   Tudo era paz e amor,
Vozes e saudações, hinos angélicos!
    Um tênue, langue véu
Senti passar-me pelos olhos ávidos;
    Um perfume feliz
195 Ungiu-me a fronte de venturas ébria,
    Pensei adormecer!
Mas ah! quando de novo abri as pálpebras.
    Reclinado a meus pés,
Coroado de espuma e chamas vívidas,
200   Prostrado estava o Mar,
Como a noite era bela e a terra lúcida!

ESTÂNCIAS

O que eu adoro em ti não são teus olhos
Teus lindos olhos cheios de mistério,
Por cujo brilho os homens deixariam
Da terra inteira o mais soberbo império.

5 O que eu adoro em ti não são teus lábios
Onde perpétua juventude mora,
E encerram mais perfumes do que os vales
Por entre as pompas festivais d'aurora.

O que eu adoro em ti não é teu rosto
10 Perante o qual o mármor descorara,
E ao contemplar a esplêndida harmonia
Fídias, o mestre, seu cinzel quebrara.

O que eu adoro em ti não é teu colo
Mais belo que o da esposa israelita,
15 Torre de graças, encantado asilo
Aonde o gênio das paixões habita.

O que eu adoro em ti não são teus seios,
Alvas pombinhas que dormindo gemem,
E do indiscreto vôo duma abelha
20 Cheias de medo em seu abrigo tremem.

O que eu adoro em ti, ouve, é tu'alma
Pura como o sorrir de uma criança,
Alheia ao mundo, alheia aos preconceitos,
Rica de crenças, rica de esperança.

25 São as palavras de bondade infinda
Que sabes murmurar aos que padecem,
Os carinhos ingênuos de teus olhos
Onde celestes gozos transparecem!...

Um não-sei-que de grande, imaculado,
30 Que faz-me estremecer quando tu falas,
E eleva-me o pensar além dos mundos
Quando abaixando as pálpebras te calas.

E por isso em meus sonhos sempre vi-te
Entre nuvens de incenso em aras santas,
35 E das turbas solícitas no meio
Também contrito hei te beijado as plantas.

E como és linda assim! Chamas divinas
Cercam-te as faces plácidas e belas,
Um longo manto pende-te dos ombros
40 Salpicado de nítidas estrelas!

Na douda pira de um amor terrestre
Pensei sagrar-te o coração demente...
Mas ao mirar-te deslumbrou-me o raio...
Tinhas nos olhos o perdão somente!

QUADRINHAS

Quando a fronte descorada
Pende o poeta a cismar,
Murmura o vulgo insensato:
Ei-lo mundos a forjar.

5   Ei-lo errando entre as estrelas,
Roubando os raios ao sol,
Beijando as fadas que dançam
Sobre mágico arrebol.

Pobre vulgo! Que destino
10 Dos dous é mais belo e puro,
Sonhar à luz das esferas
Ou dormir no vício escuro?

Adorar o ser dos seres
Sobre as aras do ideal,
15 Ou beijar as frias plantas
De uma estátua de metal?

Dizer: – é curta esta vida,
Floco de espuma falaz,
Quero erguer minha alma aos astros,
20   Deixarei a terra aos mais;

Ou murmurar aterrado
Perante a suprema lei:
Por que tenho de apartar-me
Da lama que tanto amei?...

25   Por mim, oh! deixa-me sempre
Nos meus sonhos adorados,
Mais brilhantes que o prestígio
Dos crimes condecorados.

Embora a prole de Midas
30   E os levitas da mentira
Desprezem-me – vis – que importa
Não tenho acaso uma lira?...

Errarei entre as estrelas,
Por Deus, que mais belas são
35   Do que os silvos da calúnia,
Do que a voz da adulação;

Do que as alcovas do vício,
Sinistro, infernal painel,
De infelizes que soluçam
40   Vertendo prantos de fel!...

Ó selvas de minha terra!
Ó meu céu de azul cetim!
Regatos de argênteas ondas!
Verdes campinas sem fim!

45　　Morenas virgens dos montes,
　　　Anjos de graça e amor,
　　　Que rejeitais mil diamantes
　　　Por uma cheirosa flor!

　　　Que entre risos feiticeiros
50　　Contemplais vossa beleza,
　　　À sombra dos ingazeiros,
　　　No espelho da correnteza!

　　　　Não vos tenho? que me importam
　　　Glórias de cinza e de pó,
55　　E entre as turbas que vozeiam
　　　Viver desprezado e só?

　　　　Quero correr os desertos,
　　　Devassar as cordilheiras,
　　　Matar a sede e o cansaço
60　　Nas águas das cachoeiras.

　　　Quero ao descer as montanhas,
　　　À luz que o luar espalha,
　　　Ouvir no vale a viola
　　　Soar na choça da palha.

65　　　Ver descer os lavradores
　　　Pelas encostas dos montes,
　　　Enquanto lindas, faceiras,
　　　Voltam as filhas das fontes;

　　Verso 60. Em B. L. Garnier: "Nas águas da cachoeira.", corrigido pela edição H. Garnier.
　　Verso 69. Em B. L. Garnier: "E contam trovas alegres,", corrigido pela edição H. Garnier.

E cantam trovas alegres,
70 E folgam pelo caminho,
No ar bebendo ofegantes
O aroma do rosmaninho.

Quero nos ranchos à noite,
À claridão das fogueiras,
75 Ouvir contar os tropeiros
Histórias aventureiras.

Quero paz, quero harmonias,
Liberdade, inspiração,
Que a poeira das cidades
80 Me atrofia o coração.

E, quando o gelo da morte
Sobre meus olhos baixar,
Deixem-me à sombra d'um cedro
Junto às selvas repousar.

O GENERAL JUAREZ

Triste o dom da linguagem!... Que eu não
                              [possa
  Fundir meu pensamento
Em duro bronze ou mármore alvejante!
  Vazar uma por uma
5 As sensações que fervem-me no peito
  Aos olhares do mundo!
Arrebatar às lúcidas esferas
  A celeste harmonia!
Roubar à madrugada as áureas pompas!
10 Arrancar aos desertos
A mais audaz hipérbole que encerram
  Seus poemas gigantes!...

Juarez! Juarez! sempre teu nome
  Da liberdade ao lado!
15 Sempre teus brados ao passar dos ventos!
  Sempre a lembrança tua
A cada marulhar de humanas vagas! →

Em que fonte sagrada
Bebeste esse valor e essa firmeza
20   Que os reveses não quebram?
Acaso viste, apareceu-te acaso
   O espírito dos livres
Nos cômoros de neve imaculada
   Das pátrias cordilheiras?
25 Escutaste-lhe a voz? Viste-lhe o rosto?
   Osculaste-lhe as plantas?
Tocaste-lhe os vestidos resplandentes?...
   Assim devera – o ser:
Junto dos céus, nas vastas assomadas
30   Cingidas de neblinas,
Ouvindo o eterno estrépito dos mares
   Conheceste a ti mesmo.
Alto, mais alto que esses altos píncaros,
   Soletraste teu fado
35 No pavilhão sem fim que abriga os orbes,
   E na luz te sagraste!
Mediste a exígua estância da existência,
   Viste que teu destino
Não era semelhante aos dos mais homens
40   Que nascem na mentira,
Crescem à sombra de interesses torpes,
   Cevam-se de vaidades,
Furtam-se ao faro augusto do futuro,
   E após ligeiro prazo
45 De loucas ambições, de vícios negros,
   Legam à mãe comum
Um punhado de cinza e de misérias,
   Inúteis té na tumba!

Ah! se entre os filhos deste ingrato tempo
50   Pode algum reclamar
De herói o nome, o nome de escolhido,
    Não, não será decerto
O cruento levita do extermínio
    Que as planícies ensopa
55 No sangue negro de milhões de vítimas!
    Nem o torvo embusteiro
Que sentindo a coroa mal segura
    Abalar-se na fronte,
O tino perde, e corre devastando
60   Tudo quanto o circunda.

E nem tampouco o estólido ocupante
    De um aparente sólio,
Onde reluz a mica em vez do ouro,
    E ganem os mastins
65 Sobre os degraus molhados de saliva.
    Porém tu, Juarez,
Tu e a sublime plêiade de eleitos
    Que na história dos povos
Sobre montões de algemas, triunfantes,
70   Abrem aos seus os braços,
E em vez de diadema a fronte cingem
    De ramos de oliveira.

Quão enganada marcha a tirania!
    Quão cego o despotismo
75 Paira e volteia nestas virgens plagas!
    Há no seio da América
Um mundo novo a descobrir-se ainda:
    Senhores de além-mar,
Quereis saber onde esse mundo existe? →

80　　　　Quereis saber seu nome?
　　　　Sondai o peito à raça americana,
　　　　　　E nesse mar sem fundo,
　　　　Inda aquecido pelo sol primeiro,
　　　　　　Vereis a liberdade!

85　Tu a encaraste, Juarez, de perto!
　　　　　　No mais fundo das matas
　　　　Onde a mãe natureza te mostrava
　　　　　　Um código mais puro
　　　　Do que os preceitos da infernal ciência
90　　　　Cujas letras malditas
　　　　Queimam do pergaminho a lisa face,
　　　　　　Aprendeste o segredo
　　　　Que desde a hora prima do universo
　　　　　　As torrentes murmuram!
95　E contemplando o ermo, o céu, as águas,
　　　　　　Choraste por ser homem!

　　　　Mas dos vulcões sorvendo o fumo espesso,
　　　　　　Transpondo os areais,
　　　　Buscando asilo nas florestas amplas,
100　　　　Arrostando as tormentas
　　　　Entre um pugilo de guerreiros bravos,
　　　　　　Pejaste de legendas
　　　　Todo o deserto que teus pés tocaram!
　　　　　　E as solidões sorriam,
105　Os abutres saíam de seus antros,
　　　　　　As turbas dos selvagens
　　　　Vinham surpresas se postar nos montes
　　　　　　Para ver-te passar!

　　　　O espírito de um povo nunca morre.
110　　　　Não, não foram os homens →

Que sobre o globo prolongando a vista,
  Regiões escolheram,
E formaram nações, usos e crenças;
  Não, uma oculta lei
115 Disse: – Ao Árabe as terras arenosas,
  Aos Germanos a neve;
Aqui o fogo, a luz, ali neblinas;
  Nesta calmos pastores
Ali fortes guerreiros; sonhos, crenças,
120   Lhes servem de defesa.

A idéia cresce, avulta ou se concentra;
  A índole se expande,
Ou no âmago d'alma ruge opressa.
  Prometeu sobre o Cáucaso
125 Tem por medida de seu nobre orgulho
  O fígado sangrento
Que o pássaro roaz lacera embalde.
  Encélado dormita,
Mas ao mover-se no abrasado leito
130   Derrama sobre a terra
Uma golfada de betume escuro
  E chamas devorantes.

De teu povo adorado a oculta chaga
  Tu a tocaste, herói!...
135 Quando ao ninho do pássaro soberbo
  Que as alturas devassa
Baixa e repousa o corvo deslavado,
  E os condores implumes
Piam de medo à sombra do inimigo,
140   Também no azul dos céus
Solta um grito de raiva, as asas bate →

E veloz como o raio
Hirto se arroja o príncipe das aves
Ao abrigo invadido.

145 Como imperfeito esboço em tela imprópria,
    Como pálida rima
Sobre confuso, insípido poema,
    A glória de uma raça
Ninguém pode apagar no vasto livro
150   Que pertence ao porvir.
Embora a escravidão, guerras, flagícios
    O brilho lhe escureçam,
Não morre uma nação, nem se aliena!
    Antes no espaço
155 Mais facilmente um mundo se dissolve,
    E torna-se em poeira!

Sombras ilustres dos guerreiros mortos
    Na quadra lutulenta
Em que a pátria limava os duros ferros
160   Das hispanas cadeias,
Erguei-vos nesses campos celebrados
    Onde os tênues arbustos
Nas noites calmas relatar parecem
    Vossos feitos sublimes;
165 Vinde, a pátria vos chama, a pátria chora,
    A pátria vos invoca,
A pátria mira Juarez, aflita,
    Soluça e pensa em vós!

Bravos da liberdade mexicana!
170   Invicto general!
Olhai, olhai, não vedes a vitória?... →

Não, ao tronco gigante,
Glória das selvas, marco das idades,
Não deixeis que se enlace
175 A parasita vil, e a seiva beba,
E sobre seu cadáver
Cheia de vida eleve-se nos ares!
Não deixeis que a serpente
Sobre o jaguar enrole-se esfaimada!
180 E espedace-lhe os ossos!

Mortal mais do que um gênio! se entre os
[brados
De teus fortes guerreiros,
Se entre os aplausos de teu povo grato,
Escutares de longe
185 Os pobres cantos dum poeta obscuro,
Ah! perdoa-lhe o arrojo!
Cegou-lhe o resplendor da liberdade,
Sonhou irmãs e unidas
Todas as raças das colúmbias terras!
190 Cantou, aceita o canto,
Aceita-o no alcaçar dos potentados
Jamais alguém o ouviu!

Verso 191. Note-se o uso de "alcaçar" como vocábulo oxítono.

A FILHA DAS MONTANHAS

(*Elegia*)

    Esta viveu no meio das montanhas.
    Foi seu passar um vôo de andorinha
    À flor de lago azul – seus verdes anos
        Contaram-se por flores.
5   Desconheceu as sedas e os veludos,
    Finas alfaias, peregrinas jóias...
    Talvez pensando no clarão dos astros
        Zombasse dos diamantes!...
    O coração polui-se nas cidades:
10 Podem ser bons os homens isolados,
    Mas se o nó social num corpo os liga,
        Meu Deus! tornam-se atrozes!
    Dobram à lei o colo, e astutos traçam,
    Mesmo aos olhos da lei, planos do inferno;
15 Peste moral de rápido contágio
        Devora-lhes as vísceras!
    Fazem da negra intriga uma ciência, →

Sabem mentir à sombra da verdade;
E entre palavras de virtude incensam
20   O demo da calúnia!...
Feliz a virgem que repousa agora!
Feliz mil vezes, não pisou nas praças!
Mísera flor, o hálito das turbas
    A teria queimado!...
25 Inda florescem, vede, os jasmineiros,
Inda as rosas se embalam junto à choça
Onde na sombra a triste mãe chorosa
    Soluça amargamente!
As trepadeiras curvam-se à janela,
30 Gemem no teto os pombos amorosos,
Suspenso à porta na prisão gorjeia
    O sabiá das serras.
Tudo isto ela adorava, e ela não vive!
E ela passou ligeira como a névoa
35 Que o vento da manhã varre do outeiro,
    E dissipa nos ares!
Tudo isto ela adorava! Ao sol poente,
Leda e risonha, coroada a fronte
De rubras maravilhas, leve, airosa,
40   Vinha regar as flores;
E em meio erguida a barra do vestido,
Saltava como a corça, ora amparando
A hástea pendida de viçosa dália,
    Outras vezes solícita
45 Bravias plantas arrancando em torno
Dos pequenos craveiros, ou tranqüila
Contemplando os botões que se
                [entreabriam
    À frescura da tarde.
E que sentidos cantos que cantava! →

50　Que ingênuos versos! Que singelas rimas!
　　Tudo era amor, saudades, esperança,
　　　　Ventura e mocidade!
　　Depois a seu chamado as aves meigas
　　Vinham em bando lhe brincar em torno,
55　Ora pousando nos bem feitos ombros,
　　　　Ora nas mãos mimosas
　　Colhendo os alvos grãos que lhes guardava
　　Sua inocente amiga, ora escondendo
　　As cabecinhas lânguidas nas ondas
60　　　De seu basto cabelo!
　　Pobres filhos do ar! Ela está morta!
　　Ela está morta a virgem das montanhas!
　　Chorai, chorai, os gênios de além-mundo
　　　　Levaram-na consigo!
65　Olhai! Seu rosto como é belo ainda!
　　Que suave expressão nos lábios calmos!
　　Longe de amedrontar-se, ao ver a morte
　　　　Parece que sorrira!
　　Ali junto à palmeira está seu leito,
70　Sem adornos, sem pompa e sem grandeza;
　　A virgem dormirá livre do fardo
　　　　De um mármore pesado.
　　A virgem dormirá sem o zumbido
　　De torpes vates, de oradores torpes;
75　Poderá descansada ouvir os cânticos
　　　　Dos anjos pelo espaço!
　　No silêncio da noite as nuvens brancas
　　Descerão sobre a leiva consagrada;
　　O orvalho das manhãs será tão doce
80　　　Como o pranto fraterno.
　　Feliz a virgem morta nas montanhas!
　　No ermo despertou, dorme no ermo! →

O hálito empestado das cidades
Não maculou-lhe a vida!
85 Como a límpida gota que dos ares
Cai no seio da flor e aos ares volta,
Sua alma pura em santa luz banhada
Volveu para o infinito.

O FILHO DE S. ANTÔNIO

(*Canção de um devoto*)

Bem sei, criança estouvada,
Que por artes do demônio,
Furtaste, à noite passada,
O filho de Santo Antônio!
5   E sem medo, sem piedade,
Cheia de um ímpio alvoroço,
O mimo do pobre frade
Corteste a esconder no poço!

Arrepende-te, Chiquinha,
10   Vida minha,
Minha linda tentação!
A divindade perdoa,
     Terna e boa,
Os erros do coração.

15 Ah! que fizeste, insensata!
Demo gentil, que fizeste? →

Por causa de um'alma ingrata
Tu'alma pura perdeste!
   Tira depressa a criança
20 Do frio asilo onde está,
Tem nos santos esperança,
Que teu amor voltará.

Ainda é tempo, Chiquinha,
   Rola minha,
25 Minha rosada ilusão!
A divindade perdoa,
   Terna e boa,
Os erros do coração.

Acende uma vela benta
30 Junto ao santo que ofendeste,
Lançando a mão violenta
Contra o pirralho celeste.
   Leva-lhe linda toalha
   Cheia de finos bordados,
35 Talvez a oferta te valha
O olvido de teus pecados.

Não te demores, Chiquinha,
   Trigueirinha,
Que tens por cetro a paixão!
40 A divindade perdoa,
   Terna e boa,
Os erros do coração.

E quando alcançado houveres
A remissão, minha vida,
45 Mais formosa entre as mulheres, →

Vem, mimosa arrependida,
 Vem que o santo receoso
De novo furto, quiçá,
Velará por teu repouso,
50 Nosso amor protegerá!...

Não percas tempo, Chiquinha!
 Glória minha!
Minha dourada visão!...
A divindade perdoa,
55 Terna e boa,
Os erros do coração.

AS LETRAS

Na tênue casca de verde arbusto
    Gravei teu nome, depois parti;
Foram-se os anos, foram-se os meses,
    Foram-se os dias, acho-me aqui.
5 Mas ai! o arbusto se fez tão alto,
    Teu nome erguendo, que mais não vi!
E nessas letras que aos céus subiam
    Meus belos sonhos de amor perdi.

O ARREPENDIMENTO

Tens razão: já, soberana,
Viste-me curvo a teus pés!
Alma que do mal se ufana,
Tarde conheço quem és!
5   Mas a imagem que eu buscava,
Por quem meu ser suspirava,
Nem pressentiste sequer,
Quando uma fada invocando
Me vergava soluçando,
10 Prestava culto à mulher.

Tens razão, por grata estrela
Tomei teu brilho falaz,
Sinistra luz da procela,
Círio das horas fatais!
15 Segui-te através de enganos,
Cheio de sonhos insanos,
Cheio de amor e de afã!
Sombra de arcanjo caído! →

Busto inda quente, incendido
20 Pelos beijos de Satã!

Na fronte cor de açucena
Tinhas brilho sedutor,
Mas eras qual essa flor,
Cujo perfume envenena!
25 Tinhas nos olhos brilhantes
Os reflexos cambiantes
De uma aurora de verão,
Mas como a charneca escura,
Só podridão, lama impura,
30 Guardavas no coração!

Na negra esteira dos vícios
Que os decaídos formaram,
Teus funestos artifícios
Iludido me arrojaram!
35 Amei-te, amar foi perder-me!
Foi beijar da terra o verme,
Crendo-o Deus da vastidão...
Em vez do sol que buscava,
Louco afoguei-me na lava
40 De medonho, atroz vulcão!

Da vida estraguei por ti
Das quadras a mais risonha;
Mas hoje sinto a peçonha
Que nos teus lábios bebi!
45 Em meio de minha idade
Tenho n'alma a soledade,
Na fronte o gelo eternal;
Sinto a morte nas artérias,
E ao medir minhas misérias
50 Me orgulho de ser mortal!

ACÚSMATA

(*Fragmento*)

Poeta

Como se arrasta lentamente o tempo!
Como tarda o repouso! Como pesa
Sobre a lívida fronte do poeta
Esta brônzea cadeia de agonias
5 Que chamamos a vida! Este motejo
Lancinante da sorte que resume,
Contraditória, atroz, inexorável,
Em dias contingentes de existência,
A eternidade de um sofrer sem nome!

10 Meia-noite! Hora fúnebre e tremenda!
Férreo vibrar de ríspido martelo
Que os demônios acorda, e as larvas ergue
Nos dormitórios úmidos da morte.
Lugar comum dos bardos da descrença! →

15 Momento de terror, risos, facécias,
    Remorsos e pesar! Instante augusto
    Em que Ela desce muita vez das nuvens
    E vem sentar-se de meu leito à borda!...

    Quero chorar. Mas não, não, que meus olhos
20 Têm pudor, não choram! E contudo
    Sinto-os num mar de lágrimas perdidos!
    Sinto que o pranto sobe-me do seio!
    Sinto que o pranto desce-me do cérebro!
    Sinto que o pranto escalda-me as retinas!
25 Sinto que fui feliz, e nessa quadra
    Nem tristezas cantei, nem amarguras,
    Mas Deus, a vida, a mocidade e a glória!

    Detesto a escola fúnebre, e mentida,
    De gordos desditosos que padecem
30 Os reveses da sorte em lauta mesa.
    Detesto os cantos céticos, descrentes,
    De rosados ateus, sábios efêmeros,
    Ímpios provocadores da desgraça.
    Detesto-os, porque sofro, e sofro muito,
35 Porque suporto um peso de misérias,
    Tão grande que roxeia-me as espáduas!

    Da natureza às múltiplas facetas
    Tenho um plano pedido, onde, traçada
    Veja nova existência; ao belo, à arte,
40 Mesma súplica hei feito; ao movimento,
    Aos labores mais duros, aos trabalhos
    Mais ásperos da vida, hei mendigado
    Uma nuvem de paz, um véu de olvido!
    E tudo é mudo! O que me resta agora?
45 O sossego da morte, a cinza, o nada!...

Morrer... cair... mudar... deixar o asilo
De uma prisão de carne e de misérias
Por um mundo ignoto! Aos ventos soltos
Desprender os andrajos derradeiros
50 De uma sórdida veste, e desnudado
Tiritar nos desertos do invisível!
Arrancar da esperança o último broto!
Deixar a própria dor que obstinada
Há temido a razão milhões de vezes!...

55 E no entanto eu tenho a noite n'alma!
E o descampado horrendo, estéril, vasto,
Há sucedido ao gênio que acendia
As fibras de meu crânio!... – Se contudo
Uma réstia de luz brilhasse ao menos!
60 Se uma voz me falasse! Se uma gota
Das lágrimas que vertes por meu fado,
Anjo de piedade e de candura,
Me tombasse no seio, então quem sabe!...

Mentira! tudo é quedo, imóvel, frio!
65 O vento passa, os espinheiros gemem
Torcendo os galhos secos, dir-se-ia
Que ameaçam as nuvens! Bem, morramos!
Tem belezas o pó, sonhos a tumba,
E a morte que os estultos amedronta
70 Brota a meus olhos pensativa e meiga,
Coroada de flores mais formosas
Que as tristes rosas dos jardins dos
                              [homens!

Vozes no espaço

Somos a idéia, o sentimento, a essência
Da criação inteira; a íntima nota
75 De quanto brilha, corre, canta e chora;
Somos o fluido eterno, que circula,
Envolve o globo, os seres, e penetra-os
De um infinito amor; somos a cítara
Onde o sopro de Deus roça inflamado
80 E sacode no espaço a paz aos homens
Num turbilhão de notas amorosas.

Poeta

Quem o sentido revelar pudera
Desse rumor confuso, imenso e vago,
Que se eleva da terra, semelhante
85 Ao ressoar dos gênios adormidos?
É o prazer que fala ou a tristeza?
Reflete, sente o globo, ou condenado
A cruento penar, delira e geme,
E se desfaz em pragas horrorosas?
90 Ah! mistério tremendo! Ah! fundo arcano!

As árvores

Por que te afliges, mísero poeta?
Não nos conheces mais? – Olha,
            [contempla, →

Verso 86. Em B. L. Garnier: "E o prazer que fala ou a tristeza?", corrigido pela edição H. Garnier.

E nestes troncos ásperos, nodosos,
Verás feições amigas. Nesta queixa
95 Que de nossas folhagens se desprende,
Escutarás de novo o meigo timbre
De teus sócios de infância. Nesta sombra
Que alongamos do chão, verás o leito,
Onde, tantos momentos, repousaste.

100 Ah! eras belo nesse tempo! A aurora
Tinha-te posto toda a luz nos olhos!
Quando passavas, teu caminho ledo
De frescura e de folhas alfombrávamos!...
E tu partiste, ingrato, e tu partiste!
105 E trocaste o sossego do deserto
Pelo fulgor das salas dos palácios!
Pelos fingidos risos da mentira!
Pela voragem negra onde soluças!...

As flores

Somos dos astros amorosas noivas,
110 Cada noite uma estrela nos envolve
Na teia luminosa, e nos transporta
A seu fúlgido leito. À madrugada
Fugimos de seus braços, e medrosas
Caímos sobre os campos. Nossos seios
115 Trazem ainda o aroma dos cabelos
Dos celestes esposos; nossas faces
Estão rubras ainda de seus beijos.

Andróginas do éter, a desgraça
Nos dividiu nos primitivos tempos: →

120　　Uma parte fulgura entre as estrelas,
　　　　Outra desceu à terra, e suspirosa
　　　　Cada noite meneia a débil fronte,
　　　　Mirando o firmamento. Um doce pranto,
　　　　Um pranto repassado de saudades,
125　　Vem nos banhar o aveludado colo.
　　　　Que divina volúpia nessas lágrimas!

　　　　Poeta, a trepadeira solitária
　　　　Que se enrosca lasciva ao duro tronco
　　　　Do cedro secular; a flor guardada,
130　　Entre os galhos do ipê, nas grossas folhas
　　　　De alpestre parasita; a mole acácia;
　　　　O manacá cheiroso que se ostenta
　　　　À beira d'água, pensativo e triste;
　　　　Os festões do ingazeiro e as açucenas,
135　　Todas te amavam, te adoravam todas!

　　　　Nunca fomos ciosas! Muitas vezes,
　　　　Brutal, nos trucidaste sem piedade
　　　　Para adornar as frontes suarentas
　　　　De grosseiras amantes! Muitas vezes,
140　　Distraído vagando, nos pisaste,
　　　　Como torpe animal! Porém que importa?
　　　　Se outras vezes choravas debruçado
　　　　Beijando-nos o seio! Se outras vezes
　　　　Tinhas tanta poesia a repetir-nos?

145　　Ai! um dia esperamos-te debalde!
　　　　Tinhas partido, ingrato! Abandonaste
　　　　Nossa beleza cândida e modesta
　　　　Por essas sombras doentias, pálidas, →

Que entre os lustres do baile se evaporam!
150 Por essas múmias sensuais que pejam
As alcovas de sórdidas pocilgas!
Pela morte encoberta e mascarada!
Pela lepra insanável de tua alma!

Se tivesses ficado, oh! cada noite
155 Uma de nós se erguera embalsamada
Para as lendas contar de nosso reino!
Não o quiseste, doudo, agora é tarde;
E, se ainda voltasses, a amargura
Nos faria murchar, cair sem vida,
160 A fim que o viandante nos tomasse
Para tecer a c'roa derradeira,
A c'roa derradeira que te resta!

O rio

Sobre dourada areia desenrolo,
Soberano do val, meu régio manto;
165 Os passarinhos namorados cantam
Nas figueiras bravias; chora o vento
Nos densos taquarais... – Mas ah! poeta,
Não mais te vejo, nem te escuto ao menos
Da loura Grécia as náiades chamando!
170 Nem a meus flancos murmurando idílios!
Nem sobre as águas a guiar teu barco!

Que fizeste, infeliz! Gênio bendito,
Eu te devera encaminhar no mundo!
Quando à tépida luz de amenas tardes
175 Cantavas, sobre as rochas inclinado, →

Quantas promessas te não fiz! Que planos
Desvendei a teus olhos cintilantes!
Eu que te vi nascer e que te amava
Como a rola ao deserto, à flor a abelha,
180 E os pintassilgos aos vergéis floridos!

E desprezaste a virgem que eu fadei-te,
Pura, mais pura que as estrelas todas!
Cortaste o fio do dourado drama
Que no silêncio místico das noites,
185 Pensando em ti, tracei, esmando o
                        [espaço
De um brilhante porvir! Lírios e rosas,
Tudo pisaste no delírio insólito
De uma febre insensata! Desditoso!
O que te resta agora? O que te resta?

A estrela Vésper

190 Tudo repousa, as folhas da centáurea
Tremem de frio à beira do caminho,
Dobram-se os juncos nas lagoas negras,
E os vaga-lumes do deserto pasmam
À mansa luz que entorno sobre os campos.
195 Por que não vens inspirações pedir-me,
Sonhador de outras eras? Porventura
Meu suave clarão não é tão belo
Como ao começo de teus verdes anos?

Numa choça de palha

    Escutai os arpejos da viola,
200 São mais sentidos que o soprar do vento
    Beijando a medo os arrozais viçosos;
    Prestai ouvido à voz do sertanejo,
    Que ela fala de amor, e a patativa
    Nunca nos matagais gemeu tão triste!
205 Filhas da serrania e das campinas,
    Adornai-vos de rubras maravilhas,
    Vinde, que a noite avança e o céu desmaia!

Espíritos na atmosfera

    Sacudi o sudário, errantes sombras,
    Róseos espectros, lêmures da infância,
210 Fantasmas louros de ilusões perdidas!
    Dançai, cantai nos planos luminosos
    Que o íris cerca de brilhantes cores!
    Chamai as fadas, e as ondinas leves,
    Despertai nos palácios encantados
215 As princesas que dormem por cem anos!
    Vinde fazer a orgia da saudade!

Poeta

    Oh! se não fosse um sonho! Se das trevas
    Do sombrio passado inda pudesse
    As almas evocar de tantos seres!
220 Se esta prisão de argila e de misérias
    Não vedasse-me o vôo! Se do livro →

Onde flameja a lúgubre sentença
Eu pudesse rasgar uma só folha,
Uma só, grande Deus! Talvez lograsse
225   Todos os males apagar que hei feito!

No espaço

Cumpre teu fado nesse mundo ingrato.
Eu também caminhei, hoje descanso
Dos eleitos de Deus no vasto império!
Não se afastam de ti meus olhos ternos.
230   Manchou-me o pó da terra, a luz das
                                         [luzes
Deu-me nova existência ao pé dos anjos.
Como te amei outrora, amo-te agora,
Furta ao lodo tu'alma, olha as alturas,
E do empíreo no azul verás meu rosto!

Poeta

235   Donde parte esta voz? De que recinto
Misterioso, oculto, me dirige
Tão suaves concentos? Porventura
Além do firmamento, além dos astros
Uma plaga de paz e amor existe?
240   Onde está ela?... A mente se me abrasa!
Por toda a parte só matéria vejo,
Luzes, vapores, ar, globos, esferas,
Mundos e mundos, sempre cheio o
                                       [espaço!

Onde repousa o sólio do invisível?
245 Onde se abriga o sopro imponderável
Que anima os corpos dos mortais na
[terra?...
Se as rédeas solto à fantasia ardente,
Ela abandona o pó, transpõe as nuvens,
Vence as estrelas, deixa o sol e o éter,
250 Arroja-se atrevida no infinito,
E nada encontra além do eterno abismo!
Nada! e no lodo engolfa-se de novo!

Perdão, perdão, meu Deus! Busco-te
[embalde
Na natureza inteira! O dia, a noite,
255 O tempo, as estações, mudos sucedem-se,
E se falo de ti mudos se escoam!
Mas eu sinto-te o sopro dentro d'alma!
Da consciência ao fundo eu te contemplo!
E movo-me por ti, por ti respiro,
260 Ouço-te a voz que o cérebro me anima,
E em ti me alegro, e choro, e canto e
[penso!

Da natureza inteira que aviventas
Todos os elos a teu ser se prendem,
Tudo parte de ti, e a ti se volta;
265 Presente em toda parte, e em parte alguma,
Íntima fibra, espírito infinito,
Move, potente, a criação inteira!
Dás a vida e a morte, o olvido e a glória.
Se não posso adorar-te face a face,
270 Ah! basta-me sentir-te sempre, e sempre.

Eu creio em ti, eu sofro, e o sofrimento
Como ligeira nuvem se esvaece
Quando repito teu sagrado nome!
Eu creio em ti, e vejo além dos mundos
275 Minha essência imortal brilhante e livre,
Longe dos erros, perto da verdade,
Branca dessa brancura imaculada
Que os gênios inspirados, nesta vida,
Em vão tentaram descobrir nos mármores.

A SEDE

1810

I

Cada vez mais possante e mais robusta
Bramia audaz a insurreição nascente
No coração do México. As colinas
Tornavam-se tremendas fortalezas,
5   Transbordavam as selvas de guerreiros
E as grutas de armamentos. A alvorada
De dia em dia seu clarão furtava
A milhares de seres, e o silêncio
Das noites estivais não mais cobria
10 A face desolada dos desertos,
Onde vencido e vencedor rugiam
Ensopando de sangue o chão revolto.
As moças aldeãs tinham perdido
Seu riso jovial, e recolhidas,
15 Em torno ao triste lar, cheias de luto, →

Deslembravam seus cantos prazenteiros
Para chorar a morte dolorosa
Dos pais ou dos irmãos. O céu brilhante,
O próprio céu da terra americana
20 Não mais sorria aos campos devastados.

II

Vinha descendo a noite, treda noite
De pavores e sustos. Na planície
Que entre Anelo se estende e entre
                       [Monclova
Soam confusas vozes, brilham lumes,
25 Cruzam-se à chama rubra das fogueiras
Vultos inquietos. O rumor aumenta-se,
Novas figuras erguem-se do solo;
Tinem espadas; ameaças troam,
E um só clamor se estende pelo espaço
30 Os ecos acordando: "Temos sede!
Dai-nos água por Deus!" Então da sombra
Um homem se destaca; seus olhares
São calmos e tristonhos, o sorriso
Forçado de seus lábios anuncia
35 Mal disfarçada mágoa, tem nos braços
Uma tenra criança. "Ouvi, meus filhos",
Disse com voz serena, "aqui vos deixo
Este anjinho em penhor; se à madrugada
Não tiverdes matado a sede ardente
40 Fazei o que pensardes. Sobre a terra,
Único leito que ao guerreiro livre
O Senhor permitiu, sofre sem queixas
Minha esposa infeliz! E vós, guerreiros, →

Vós que lutais em prol da liberdade,
45 Que a pátria defendeis, vergais o colo,
Servos de vergonhoso desespero!"
Assim dizendo, sobre a fria areia
A criança depôs. "Não! não!" bradaram
Enternecidas vozes, "o inocente
50 Deve ao lado dormir da mãe que o adora!
Confiamos em vós, depressa a noite
A terra deixará." E pouco a pouco
Foi-se afastando a turba de seu chefe,
Que a passos lentos se perdeu na sombra
55 Agasalhando ao seio o pobre filho.

III

Junto de estéril céspede inclinada,
Sobre grosseiro manto, se desenha
Um vulto de mulher; ao lado dela
Dous guerreiros vigiam. Pensativo
60 Vem se sentar o chefe a poucos passos.
Após um meditar de instantes curtos,
"Valdívia", diz, "encontrarás cem homens
Dedicados e fortes, que nos sigam,
Entre essa pobre gente que delira?"
65 "Sim", responde Valdívia, o destemido,
Valente lutador, de brônzeos músculos,
Alma de herói em corpo de granito;
"Sim, e o primeiro sou!" A estas palavras
O outro guerreiro levantou-se rápido.
70 "E também eu, meu pai", disse abraçando
O resoluto chefe. "Bem, agora
Trata de os avisar, um só momento →

Não devemos perder. O Rei das Sombras
Que venha ter comigo." Os dous
                              [guerreiros,
75 Quais dous raios partiram. Triste o chefe
Voltou-se à triste esposa, e lhe depondo
Um frio beijo sobre a fronte fria,
Deitou-lhe ao lado o mísero filhinho.
"Minha pobre Evelina, que fadário
80 Lutulento é o nosso!" Disse, e a sócia
De seu fundo sofrer, vendo-lhe os olhos
Num véu de acerbas lágrimas envoltos,
Lançou-lhe ao colo os braços amorosos,
Chorou com ele o pranto do infortúnio.

IV

85 Também no seio deste mundo virgem
Há desertos terríveis, flagelados
Por um sol implacável. Vastos mares
De areia movediça se desdobram
Até perder-se além nos horizontes
90 Nem uma gota d'água nesses ermos!
A noite lhes negou seu fresco orvalho,
E as chuvas do verão fugir parecem
A seu hórrido aspecto. Desditoso
Do viandante que o roteiro perde
95 Nessas paragens lúgubres, malditas!
Contudo às vezes junto à ingrata mouta
De ressequido cacto se levantam
De uma cisterna os lábios: são lembranças
Que deixaram, quem sabe, errantes hordas,
100 Ou mãos piedosas de piedosos seres →

Que nessas plagas muita vez sentiram
O martírio de Agar nas soledades.
Mas nem restava este recurso ao menos
Ao desditoso chefe! as tropas bárbaras,
105 Mais bárbaras que os bárbaros d'outrora,
Tudo entulhado haviam! Dias quatro
Da liberdade os bravos combatentes
O suplício da sede suportavam!

V

"Eis-me aqui, general!" a poucos passos
110 Uma voz murmurou rouquenha e surda,
E um vulto adiantou-se. "O Rei das
                              [Sombras?"
"Sim." Era um homem de estatura hercúlea,
A dúbia frouxa luz que das fogueiras
Mal clareava a cena, sobre o dorso
115 Batia-lhe fulgaz, como nos músculos
De uma estátua de cobre a claridade
Das solitárias lâmpadas de Brama.
O Rei das Sombras... atrevido nome,
E contudo feliz. Da selva os filhos,
120 Homens de rubra tez, negros cabelos,
Ágeis no jogo da ligeira seta,
Amam da língua as pompas; o deserto
É seu vocabulário, e que belezas
Não encerra o deserto! O Rei das Sombras
125 Tinha nascido à sombra das folhagens
Das matas primitivas, como as aves
Livre, e como a amplidão; mais tarde o
                              [acaso
Fê-lo deixar seus paços de verdura →

Para seguir o aventuroso ofício
130 De guiar no deserto os viajores.
Tinha talvez de idade doze lustros.
Ninguém mais destro, mais sagaz, mais fino
Em descobrir os rastos do inimigo,
Vencer perigos, prevenir os fatos,
135 E até, diziam, predizer aos homens
Os arcanos vendados do futuro.

VI

Ao Rei das Sombras dirigiu-se o chefe.
"Disseste que a seis horas de caminho
Uma fonte acharíamos?" "Eu disse,
140 General, mas um bando de inimigos
Velam aí, traidores como as serpes!
Em deserta fazenda, circundada
De erguidos muros, seu quartel formaram;
A cada instante em torno as sentinelas
145 Gritam rondando." "Não importa, a morte
Será menos cruel aos golpes deles
Do que nas ânsias desta sede insólita
Que as entranhas nos rói! Prepara as armas,
Consulta a noite e os ventos, e
                [conduze-nos.
150 Já dos cavalos as passadas ouço."

VII

Partira o chefe e o grupo de guerreiros.
Por entre as nuvens as estrelas mórbidas
Vertiam sobre a terra sonolenta →

Seus últimos clarões. Os horizontes
155 De uma cor violácea se tingiam,
E amplos areais, tredos, imóveis,
Esperar pareciam tristemente
O dúbio riso de uma aurora enferma.
Tudo dormia; o lume das fogueiras
160 Sob um sudário de ligeira cinza
Parecia também, meio abafado,
Dormir sobre os tições... Oh! Deus! que
[alívio
Não deste aos seres nesta irmã da morte,
Rima da noite, que se chama o sono!
165 Evelina acordou sobressaltada:
"Escuta", disse ao filho que ficara
Por mandado do chefe; "escuta, filho",
Disse ao moço guerreiro, "tive um sonho,
Cheio de horror e cheio de presságios!
170 Punha-se o sol, um turbilhão de fumo
Cobria o descampado, em seu cavalo
Galopava teu pai a toda brida
Em direção a nós; e no entanto,
Bem longe de alegrar-me, dentro d'alma
175 Uma pungente dor me lacerava!
Depois vi-me a mim mesma, em meus
[cabelos
O sangue gotejava, um véu de morte
Empanava-me os olhos desvairados,
E corri a encontrá-lo; quando perto
180 Os braços lhe estendia, agudo grito
Escapou de meu peito, e sobre a terra
Caí fria e sem forças... o inditoso
Não tinha mais nos ombros a cabeça!"
O mancebo pensava; nesse quadro →

185 Confuso, incoerente, pressentira
Sinistros laivos de uma atroz verdade.

VIII

Em breve no oriente o rei dos astros
Foi-se mostrando aos poucos. Os
                [guerreiros
Ergueram-se bradando: "O sol desponta,
190 Vamos buscar o chefe; é vinda a hora
Da promessa cumprir." Mas quando junto
Chegaram do lugar onde a família
Do chefe descansava, e em vez do chefe
Só encontraram Evelina aflita,
195 O moço pensativo e a criancinha
Chorando fracamente, em altas vozes:
"Traição!" traição! bradaram, pague o filho
Pela infâmia do pai!" – "Sim", disse um
                              [índio
De turvo olhar e feia catadura;
200 "Vede, o infame traidor levou consigo
Cem traidores guerreiros; vede, amigos,
Quantos de menos entre nós se contam!
Traição! vingança!" vozeou a turba,
E como a vaga infrene que se atira
205 De uma ilha isolada às ermas praias
Avançou para as vítimas rugindo.
"Ninguém se chegue, escutem-me
                    [primeiro!"
Disse o moço apontando os brônzeos
                              [canos
Das armas que trazia à onda viva →

210 Raivosa dos rebeldes. O silêncio
Estendeu-se um momento onde soara
Há pouco a tempestade. "Eu também juro
Sobre minh'alma, sobre minha vida,
Que sereis satisfeitos. Bravos, ânimo!
215 Deixai que em meio céu o sol fulgure,
Se meu pai não voltar..." Esta proposta
Não contentou a turba; no entanto
Ela calmou-se um pouco, e dispersada
Sobre a areia dos ermos esperava
220 Que fulgurasse o sol, o sol do meio-dia.
Esse instante chegou, não veio o chefe!

IX

Mas entre nuvens de poeira ao longe
Assoma um cavaleiro; denso nimbo
Que os aquilões fustigam pelo espaço
225 Não corre mais ligeiro. Tem o corpo,
Do valente animal pendido às crinas,
Mas o curvado e musculoso dorso
Brilha aos raios do sol como os relevos
De um escudo de ferro. "O Rei das
                                 [Sombras!"
230 Todos bradaram prolongando a vista.
Em breve ele alcançara o acampamento.
"Filhos da liberdade! eia marchemos!"
Ofegante exclamou, "que nosso chefe
Luta como um herói por vossa causa!
235 Ah! de nossos irmãos apenas restam
Quarenta bravos, tudo o mais é morto
Aos golpes impiedosos dos tiranos →

Que laceram a pátria. Eia guerreiros!
Sem vosso auxílio o general sucumbe!
240 "Vamos! vamos em marcha!" grita o moço.
"Em marcha!" diz a turba. Num momento
A multidão moveu-se como as vagas
Por alto-mar nas horas de borrasca,
E as carretas pesadas se abalaram
245 Sobre as quentes areias, e o deserto
Viu sem saudade os hóspedes partirem.

X

Tinha-se posto o sol, mas o ocidente,
Tinto de rubra cor, sobre as planícies
Derramava um clarão sinistro e feio.
250 As altas rochas, os grosseiros cardos,
Erguiam-se fantásticos, imóveis,
Ora como sepulcros solitários,
Monumentos estranhos de uma raça
Que nunca os homens viram; ora um
[grupo
255 De informes criaturas imitando,
Ora disperso turbilhão de espectros
No vasto chapadão cismando quedos
À luz sangrenta de um vulcão sem fundo.
Os guerreiros marchavam. Pouco a pouco
260 Menos estéril se mostrava o solo,
E as rochas mais escassas. Firme terra,
Em vez de areia movediça, os passos
Dos corcéis repetia; os arvoredos
Pareciam surgir como prodígios
265 Aos olhares da tropa sequiosa. →

De repente um rumor confuso e vago
Fez-se ao longe escutar. O Rei das Sombras
Deteve-se e falou: "Estamos perto,
Esperai-me tranqüilos neste sítio,
270 Vou ver o chefe, num relance d'olhos
De novo me acharei a vosso lado."
Inda bem não findara estas palavras
Quando um ruído estranho, discordante,
Mistura de gemidos e blasfêmias,
275 Galopar de corcéis, tinir de espadas,
Soou na solidão. "Silêncio!" clama
Prestando ouvido o índio valeroso;
"Silêncio!" E mais veloz do que a pantera
Ao chão saltou, e as ramas afastando
280 Cauto se adiantou. Nesse momento,
À pequena distância as folhas rangem
Sob rude tropel, retumba o solo
E um cavalo se arroja esbaforido
Junto à tropa ansiosa, sobre os lombos
285 Sustentava um guerreiro, e esse guerreiro
Era o mísero chefe. O desditoso
Tinha do tronco a fronte separada!
Dos cem valentes que levou consigo
Nenhum, nenhum restara! Muitos deles,
290 À cauda dos cavalos amarrados,
Deixavam no deserto atrás do chefe
Um rastilho de sangue sobre o solo!

XI

As tropas do inimigo estavam perto!
Estavam perto as tropas do inimigo! →

295 Bando feroz as vítimas seguira!
     E riam-se e zombavam!...
     ....
     Bravos da independência mexicana,
     Não há palavras na mundana língua
     Que pinte a raiva desses homens livres
300 Vendo do chefe o mutilado corpo!
     As massas monstruosas que rebentam
     Das cimeiras dos Andes; as torrentes
     Que do seio do abismo se despenham;
     O furacão que arrasa as soledades;
305 O raio, a tempestade, a própria morte,
     Tão cruentos não são, não são tão negros,
     Nem tanto estrago no deserto hão feito
     Como a explosão da fúria sanguinária
     Daqueles bravos ébrios de vingança!
310 Duzentos homens sobre o chão caíram
     Sob a espada dos livres! "À fazenda!"
     O filho do finado, o novo chefe,
     Gritou enfebrecido. "Sim!" bradaram,
     "À fazenda! à fazenda! É morto o chefe,
315 Conduza-nos o filho em lugar dele!"

XII

     Sombrias nuvens pelo espaço rolam,
     Ora vendando a face das estrelas,
     Ora deixando-as cintilar mais vivas,
     Mais fulgentes ainda, sobre a espessa,
320 Basta melena dos bulcões medonhos.
     Inquieta a noite vai, raivosos ventos
     Passam roubando às árvores as folhas, →

E em tredos silvos vão perder-se ao longe
No imenso da soidão. De instante a
[instante
325 Um lampejo sulfúreo os ares corta
Aclarando o deserto que repousa
Da branca areia no sudário imenso.
O vulto tenebroso extenso e lúgubre
Da lúgubre fazenda se levanta,
330 Ostentando as muralhas gigantescas
Aos olhares dos bravos combatentes.
Bradam de instante a instante as sentinelas,
Os inimigos velam ressentidos
Da refrega da tarde, talvez temem
335 A surpresa dos livres. "Bravos somos,
Bravos e muitos", diz o moço chefe;
"Muitos e sequiosos; avancemos;
Vedes esse portão? É necessário
Em pedaços fazê-lo; vamos, vamos,
340 O momento é propício..." "Não", reflete,
A distância medindo, o Rei das Sombras;
"Fique a metade aqui dos assaltantes,
Busque a outra escalar os altos muros;
Quando dentro estiverem da fazenda
345 Seja dado um sinal, então por terra
Lançai vós outros o portão maldito
Aos golpes dos machados. Bravos somos,"
Há dito o chefe, "bravos nos mostremos,
Libertemos a pátria!" "Combatentes,"
350 Disse uma voz enérgica, mas doce,
Acerba, mas sonora, "a poucos passos
Erram vinte guerreiros: são soldados
De livre capitão, eles não tardam
Em reunir-se a nós, inda um momento →

355 Retardemos o ataque". Era uma estranha,
Contudo bela imagem de guerreiro,
Quem assim se expressava; tinha aos
                           [ombros
Uma curta espingarda, espada ao lado,
Mas de mulher as vestes lhe cobriam
360 O corpo airoso, e nos fogosos olhos,
Onde os prazeres habitar deveram,
A vingança brilhava: era Evelina!

XIII

"México e liberdade!" dentre as sombras
Uma voz murmurou pausada e firme.
365 "México e liberdade!" repetiram
Erguendo-se os guerreiros. "Vinde, vinde",
Disse Evelina apresentando ao filho
O novo companheiro. "Vinde, vinde",
Repete o moço chefe adiantando-se,
370 "Há muitos dias que aqui estais?" "Há
                           [quinze",
O capitão responde. "Haveis sofrido?"...
"Perda de bravos, privações sem nome!"
"Pois bem, é hoje o dia da vingança."
E assim dizendo o plano comunica
375 Do ataque da fazenda ao chefe amigo.
"Ocorre-me uma idéia", este pondera,
"Tenho uma peça, munições e balas,
Mas falta-me a carreta, se possível
Fosse trazê-la e descobrir um meio →

Verso 379. Em B. L. Garnier: "traze-la a descobrir", corrigido pela edição H. Garnier.

380 Desta falta sanar... "É grande a peça?"
     Uma voz perguntou. "Não muito grande,"
     O chefe lhe responde. "Quantos homens
     São mister para erguê-la?" "Cinco". "Vamos",
     Prossegue a mesma voz grave e segura,
385 "Eu farei a carreta." Era Valdívia,
     Que o morto chefe dispensado houvera
     Quando havia partido; era Valdívia,
     O hércules da tropa, quem falava.

XIV

     Pouco tempo depois estava a peça
390 No meio dos guerreiros. "Mãos à obra",
     Disse o chefe mancebo, "o Rei das
                                    [Sombras
     À frente de cem fortes combatentes
     Busque os muros vingar e introduzir-se
     No pátio da fazenda; e nós, amigos,
395 Nós trataremos do portão; é tempo,
     A peça examinemos sem demora."
     Assim dizendo, à formidável porta
     Em vão tentaram do canhão mortífero
     As fauces apontar; em vão, a terra
400 Em torno das muralhas levantada
     Protegia o recinto, era forçoso
     Erguer do solo o bélico instrumento,
     Pô-lo do ponto desejado ao nível.
     Houve um momento de silêncio. "Agora
405 O que havemos fazer?" diz o mancebo,
     "Que partido tomar?" "sempre o da luta,"
     Responde-lhe o colosso; "o Rei das
                                    [Sombras →

Que siga seu destino com seus bravos,
Chamai dez homens, soerguei a peça,
410 Eu serei a carreta!" "Tu, Valdívia!"
"Eu sim, eu mesmo", e sobre o chão
[cravando
Os joelhos e as mãos, falou de novo:
"Tragam a peça e amarrem-ma nas costas!"
Em breve dez guerreiros reforçados
415 Nos rijos lombos do robusto atleta
O canhão colocaram, duras cordas
Em torno da cintura lhe passaram
A fim de bem suster o enorme peso
O herói nem se moveu. "Agora, amigos,
420 Carregai este monstro até a boca,
Apontai ao portão, fogo!" Os guerreiros
Que deviam seguir o Rei das Sombras
Tomaram seu caminho, e o moço chefe,
Ora fazendo-se inclinar a peça
425 Nos ombros de Valdívia, ora elevando-a,
Fez carregá-la, examinou a mecha,
Apontou ao portão, e resoluto
Acendendo o morrão: "É tempo!" disse,
"Ânimo, bravo!" E a mecha incendiou-se,
430 Rugiu o bronze, vomitou seu raio,
E levantando a fronte o homem carreta
Sorriu-se e murmurou: "Mais outra bala,
Carregai-a de novo até a boca!
Ah! maldito portão! portão maldito!"
435 Já entre os muros do sombrio forte
Começava o rumor da soldadesca,
Sons de clarins e rufos de tambores,
Anúncios de defesa e de combate.
Segunda vez no dorso de Valdívia →

440 O canhão trovejou e a bala rápida
    Abalou o portão até seus gonzos.
    O bravo levantou de novo a fronte
    Suarenta, inflamada. "Um tiro ainda!"
    Disse com surda voz, "e tudo é feito!
445 Carregai-a sem medo até a boca!"
    O chefe obedeceu, a ígnea mecha
    Mais uma vez brilhou, partiu o raio,
    O trovão retumbou, a grande porta
    Em pedaços caiu, e um grito agudo,
450 Atroz, pungente, fez-se ouvir no espaço!
    O herói da noite se torcia em ânsias
    Debaixo do canhão! O último abalo
    Tinha-lhe a espinha vertebral partido!
    Dez minutos depois era um cadáver.

XV

455 "México e liberdade! Eia, avancemos!"
    Bradaram numa voz os assaltantes,
    E, como as vagas de caudal torrente
    De erguida serra na garganta estreita
    Com pavorosos urros se engolfando,
460 Em confuso tropel se arremessaram
    À livre entrada que o canhão fizera.
    Um granizo de balas sibilantes
    Partiu dos sitiados, derribando
    Muitos dos invasores. "Vamos! vamos!"
465 Bradava o chefe; e os ávidos guerreiros
    Rompendo a densa nuvem de fumaça
    No pátio da fazenda penetraram.
    ....

XVI

    Então à dúbia luz dos astros raros,
    Que entre as nuvens condensas cintilavam,
470 Houve uma cena horrível. Semelhantes
    A dous bulcões medonhos que se
                          [enroscam,
    Torcem-se unidos atroando o espaço,
    Ao som de seus bramidos estrondosos,
    Os guerreiros do forte e os assaltantes
475 Numa só massa escura se fundiram,
    Caos de seres humanos consumido
    Pelo fogo da raiva e da vingança!
    Ondas de desespero e de loucura!
    Mistura de paixões e de martírios
480 Patente à luz das tímidas estrelas
    Na sombria nuez de seus horrores!

XVII

    Enquanto isso passava-se no pátio
    Tendo os muros transposto o Rei das
                          [Sombras
    Invadia o edifício onde açodado
485 O comandante ao lado de alguns homens,
    Bravo como um leão, se defendia.
    Debalde! A mão de Deus era visível,
    E o anjo tutelar dos entes livres
    Batia as asas longas, inflamadas,
490 Em torno de seus filhos prediletos.

XVIII

"México e liberdade!" os combatentes
Que lutavam no pátio repetiram
Sob a expansão de um júbilo indizível.
"México e liberdade!" das janelas
495 Do sombrio edifício lhes responde,
De seus bravos no meio, o Rei das
                              [Sombras.
"México e liberdade!" e à luz de um facho
Desenhou-se na porta do edifício
O vulto de Evelina. "Vencedores!"
500 Disse atirando às pedras da calçada
Uma sangrenta e lívida cabeça,
"Eis ali meu quinhão!" "O comandante!"
Atônitos bradaram contemplando
A fronte fria do inimigo chefe.
....

505 "Está passada a sede da vingança,
Mas a sede do corpo nos devora,
Às cisternas, guerreiros, às cisternas!"

ENOJO

Vem despontando a aurora, a noite morre,
Desperta a mata virgem seus cantores,
Medroso o vento no arraial das flores
Mil beijos furta e suspirando corre.

5 Estende a névoa o manto e o val percorre,
Cruzam-se as borboletas de mil cores,
E as mansas rolas choram seus amores
Nas verdes balsas onde o orvalho escorre.

E pouco a pouco se esvaece a bruma,
10 Tudo se alegra à luz do céu risonho
E ao flóreo bafo que o sertão perfuma.

Porém minh'alma triste e sem um sonho
Murmura olhando o prado, o rio, a espuma:
Como isto é pobre, insípido, enfadonho!

Uma variante deste poema encontra-se em "Soneto", de *Vozes d'América*.

LIRA

Quando me volves teus formosos olhos,
Meigos, banhados de celeste encanto,
Rasgo uma folha da carteira, e a lápis
    Escrevo um canto.

5   Quando nos lábios do rubim mais puro
Mostras-me um riso sedutor, faceto,
Encomendo minh'alma às nove musas,
    Faço um soneto.

Quando ao passeio, no mover das roupas,
10 Deixas de leve ver teu pé divino,
Sinto as artérias palpitarem túmidas,
    Componho um hino.

Quando no mármor das espáduas belas,
As negras tranças a tremer sacodes,
15 Ébrio de amor, sorvendo seus perfumes,
    Rimo dez odes.

Quando à noitinha me falando a medo
Elevas-me do céu à luz suprema,
Esqueço-me do mundo e de mim mesmo,
20   Gero um poema.

O MESMO

Desde a quadra mais antiga
De que rezam pergaminhos,
Cantam a mesma cantiga
Na floresta os passarinhos.

5   Têm o mesmo aroma as flores,
Mesma verdura as campinas,
A brisa os mesmos rumores,
Mesma leveza as neblinas.

Tem o sol as mesmas luzes,
10   Tem o mar as mesmas vagas,
O deserto as mesmas urzes,
A mesma dureza as fragas.

Os mesmos tolos o mundo,
A mulher o mesmo riso,
15   O sepulcro o mesmo fundo,
Os homens o mesmo siso.

E neste insípido giro,
Neste vôo sempre a esmo,
Vale a pena, em seu retiro,
20   Cantar o poeta, mesmo?

A UM MONUMENTO

Triste, negra vassalagem
Do mais baixo servilismo,
Negreja no espaço a imagem
Consagrada ao despotismo.

5   E em torno dela agrupados,
Vergonha de nossa idade!
Estão os vultos sentados
Dos filhos da liberdade!

O povo curva-se e passa,
10 Porque não vê a ironia
Que encerra essa brônzea massa
Indigna da luz do dia.

Porque nunca leu a história
Das turvas eras passadas,
15 Folhas brilhantes da glória,
Mas de sangue borrifadas.

Porque não conhece o drama
Do mártir que ali morrera,
Por zelar a sacra chama
20 Que a liberdade acendera.

Pobre turba! Néscia e fátua,
Na sua soberania,
Beija os pés à fria estátua
Que há de esmagá-la algum dia!

A PENA

(*Fragmento de um poema íntimo*)

....

Poucos instantes de vida
Me restam, oh! bem o sei!
Fiquei vencido na lida,
Seja assim, cumpra-se a lei!
5 Fui forte, com firmes passos
Transpus desertos espaços,
Afrontei mil temporais,
Sorri no dorso das vagas
Da tormenta às surdas pragas,
10 Da morte aos brados fatais!
Bebi de todas as taças,
Provei todas as desgraças,
Todas as dores sofri;
Mortal, vergou-me o martírio,
15 Nem a luz tenho de um círio,
Sinto na fronte o delírio,
Não passo além, durmo aqui. →

....

     E no entanto que sonhos,
     Que planos ledos, risonhos,
20 Minha mente não formou
     À luz deste céu brilhante,
     Sobre este solo gigante
     Que o Senhor abençoou!
     Quantas vezes reclinado,
25 Mansamente balouçado
     Sobre o regaço materno,
     Não senti por minhas faces
     Roçarem gênios falaces
     Que me apontavam mendaces
30 Um porvir de gozo eterno!

....

     Meu Deus! Por que me lançaste,
     A mim, levita da dor,
     Na terra onde derramaste
     Tanta vida e tanto amor?
35 Por que à mágoa sem nome
     Que minhas fibras consome
     Tanta luz antepuseste?
     Quando tudo se alegrava,
     Por que chorar me fizeste?
40 Por que me deste um destino?
     Por que me deixas sem tino
     No meio da criação,
     Imagem de um mal acerbo,
     No teu poema soberbo
45 Sangrento escuro borrão?

....

Quantas flores hei plantado,
Quanto arbusto hei adorado
O tempo tem derribado,
Tem o lodo consumido!
50 Hoje sobre o meu calvário,
Triste, mudo, solitário,
Rasgo as dobras do sudário,
Mordo a cruz enfebrecido!...
Humilhar-me ao sofrimento?
55 Nunca! Às rajadas do vento
O cedro jamais se dobra!
Tenho o orgulho da desgraça,
Quanto mais à dor se abraça
Mais força minh'alma cobra!

....

60 Ó minha pena querida,
Não quero ensopar-te, não,
Na funda, negra ferida
Que tenho no coração!...
Não quero, não posso! Ainda
65 Eu a vejo airosa e linda
Vir se sentar junto a mim!
E não é mais que uma idéia!
Folha de rota epopéia!
Fátua luz que bruxuleia
70 Sobre um deserto sem fim!
E não é mais que uma nota,
Triste, lânguida, remota,
Nas solidões do passado!
Um monte de brancos ossos!
75 Marco atirado entre os fossos
De medonho descampado! →

Ó minha pena mimosa,
Minha pena graciosa,
Companheira carinhosa
80 Dos festins da mocidade!
Meu orgulho de criança!
Mais tarde loura esperança!
Maga estrela de bonança
No meio da tempestade!
85 Vou deixar-te! Está quebrada
Essa trindade adorada
Que tantos sonhos gerou!
Ela partiu, nós ficamos!
Ingratos, não mais riamos,
90 Oh! de lágrimas enchamos
O espaço que ela ocupou!

....

Mas não! Se te ordena a sina,
Se o destino assim te manda,
De pé sobre a própria ruína
95 Canta ó alma miseranda!
Pede ao inferno uma lira,
Toma os guizos da loucura,
Dança, ri, folga e delira
Mesmo sobre a sepultura!
100 Solta rudes harmonias,
Brinda a morte e as agonias,
Canta as cóleras bravias
Dos precitos eternais;
Sobre túmulos e berços
105 Escreve ainda, e teus versos
Sejam banhados, imersos,
Nos prantos de Satanás.

....

LEVIANDADES DE CÍNTIA

(Panfílio, Anfilófio, Marculfo)

*(Noite. Um rio com uma ponte. Panfílio
à margem esquerda)*

Panfílio

Círios da noite, vívidas estrelas,
Apagai vossa luz! Veigas, campinas,
Onde tantos momentos palpitante
De poesia e de amor errei tecendo
5   Hinos à ingrata por quem tanto sofro,
Envolvei-vos num manto tenebroso!
Furtai o turbilhão de vossas dríades
De meu trágico fim à triste cena!
E tu, cruel tirana de minh'alma,
10 Tu que apagaste meus rosados sonhos,
Que afogaste meus planos de esperança
No oceano sem fim de tua astúcia,
Adeus! adeus! No seio destas águas →

Quero ocultar meu drama de martírios,
15 Minha história de lágrimas e sombras!

(*Aparece Anfilófio à margem direita*)

Anfilófio

Eis aqui o lugar ermo e sinistro
Onde vou terminar minha existência.
Deus me perdoe, sobre este vil planeta
Vale mais um defunto que um mendigo.
20 Ignoro a política, estou pobre,
Heranças não espero, acho-me velho,
É preciso morrer. Examinemos
Esta líquida cama. Quando a aurora
Estender caprichosa os seus rabiscos
25 Na cúpula do céu, meu fim nefasto
Correrá, bem o sei, de boca em boca
Pela cidade toda. "Era um bom homem,
Os vizinhos dirão; morou dez anos
Junto de nós e nunca nos queixamos,
30 Nem tínhamos de quê; amava os pobres;
Nunca na vida alheia intrometeu-se,
Nem fez mal a seu próximo... somente
Era amigo do vinho e das mulheres,
E voltando do jogo às vezes bêbado
35 Punha toda esta rua em movimento."
Outros dirão: "Matou-se? Aos sessenta anos
Um homem de juízo não se empenha
Em conquistas venais. Teve sultana,
Boa mesa, bom vinho e maus amigos; →

40   Comprou sedas, brilhantes, carros, móveis,
     E cego por seu ídolo funesto
     Fez da burra um altar para adorá-lo.
     Foi melhor que morresse; Deus o tenha."

            Panfílio

     Negro destino! Abandonar o mundo,
45   A esperança, o porvir, talvez a glória,
     A fortuna, o prazer, na flor dos anos,
     E buscar os desertos de além-túmulo,
     Cheio de desespero! No entanto
     Não posso mais viver!... Pois bem,
                                    [morramos!
50   Amanhã os jornais desta cidade
     Num artigo de fundo, acomodado
     Entre tarjas de luto, em grandes letras
     Dirão: "Mais um talento há sucumbido
     Ao peso das desditas! Mais um astro
55   Perdeu-se entre os negrumes da tormenta!
     Panfílio já não vive! Já não vive
     O terno sabiá que amenizava
     Com seu canto sentido estas paragens!"
     Talvez ao ler a lúgubre notícia
60   A ingrata chore, e lá na eternidade
     Eu goze do prazer de ver meu nome
     Impresso em grossos tipos.

        Anfilófio (*descobrindo Panfílio*)

                         Não me engano,
     Eu vejo alguém que fala e gesticula, →

Do outro lado do rio. Estou perdido!
65 Espreitam-me talvez! Se porventura
A cruel que arruinou-me, e por quem
                              [morro,
Suspeitasse o projeto que acalento
Em silêncio há três dias! Ó mulheres!
Mulheres!...

Panfílio (*descobrindo Anfilófio*)

                    Grande Deus! diviso um vulto
70 Sobre a margem direita deste rio!
Quem será? Quem será? Tremo de susto!
Parece que me estuda! É necessário
Meu medo disfarçar.

Anfilófio

                              O tal amigo
Começa a incomodar-me! Eu sou valente,
75 Mas a noite, o lugar, meu triste estado...

Panfílio

Ele tosse, aproxima-se da ponte,
Volta, torna a tossir. Sejamos fortes,
Falemos. – Ó vizinho do outro lado,
O que faz o senhor aí sozinho?
80 Por que passeia, escarra e estende os braços
Quando eu contemplo as águas
                    [sussurrantes →

Deste rio saudoso e merencório?
Diga-me sem demora!

Anfilófio

       Por S. Pedro!
E o senhor o que faz? Vamos, responda-me.
85 Por que contempla as águas sussurrantes
Deste rio saudoso e merencório
Quando eu passeio, escarro e estendo os
           [braços?

Panfílio

A resposta é difícil, entretanto
Posso lhe asseverar que neste sítio
90 Tenho sérios negócios.

Anfilófio

       A estas horas?
Neste lugar deserto? Não há dúvida,
O homem tem os sapos por clientes,
Ou é algum ladrão, mas não me assusto,
Não sou mais rico. – Pois também, amigo,
95 Tenho sérios negócios.

Panfílio

      Seja franco,
Somos aqui sozinhos, porventura
Vem espreitar meus passos?

Anfilófio

       Menos essa!
Eu não sou espião, nem o conheço!
E dê graças a Deus se nos separam
100 As águas deste rio, malcriado,
Senão lhe gravaria nas bochechas
Os princípios da sã civilidade
E boa educação!

Panfílio

      Paz, meu amigo,
Paz; a desgraça me tornou grosseiro,
105 A dor me transviou!

Anfilófio

      A dor, entendo,
Entendo, vem aqui chorar seus males?
Eu também sofro; diga-me, precisa
De alívio e de consolo?

Panfílio

                      Não; eu venho,
Eu venho aqui morrer! Não há consolo
110   Que abrande minhas mágoas!

Anfilófio

                      O que escuto!
Eu também vim aqui buscar a morte
No fundo destas águas! Deus louvado,
Morramos juntos como bons parceiros,
Contentes, de mãos dadas, e fujamos
115   Deste mundo cruel, como dous ébrios
À meia-noite de uma escura tasca.
Mas conte-me primeiro seus pesares;
Foram azares da fortuna? A morte
De uma esposa querida? O vício? O crime?
120   Erros da mocidade?

Panfílio

                      Antes o fosse!
De que me serve repetir-lhe a história
Das mais negras desditas que aniquilam
O coração humano? As tristes lendas
De um amor infeliz?

Verso 110. Em B. L. Gornier: "Que abrandem minhas mágoas!", corrigido pela edição de Niécio Tati e Carreira Guerra.

Anfilófio

                          Bem o previa.
125   Sua amante deixou-o...

Panfílio

                        Sim, deixou-me?
A mim, alma de fogo, alma inspirada,
Cheia de sonhos e ilusões formosas,
Por um parvo, um sandeu endinheirado,
Um chatim miserável, cuja bolsa
130   Valia mais aos olhos da traidora
Do que todas as odes e sonetos
Dos poetas da terra!

Anfilófio

                          Pois comigo
Sucedeu o contrário. A minha deusa
Sugou-me à gorda burra o leite todo,
135   Deixou-me sem vintém. Dizia amar-me,
E no entanto eu soube que passava,
Durante minha ausência, horas e horas
Entre os braços de um biltre empomadado,
Possessor de uma dúzia de bengalas,
140   Umas de pau com caras de cachorro
Ou patas de peru, outras de chifre
Com cabeças de Chins, outras mais feias
Que o próprio frontispício do malandro →

Que meus bens devorava em comandita,
145 À sombra da velhaca! – Eia, morramos!
Quem pulará primeiro dentro d'água?
Sem dúvida, o senhor?

Panfílio

                      Ó caro amigo,
A boa educação manda que eu ceda
Esta honra ao mais velho.

Anfilófio

                      Nada, nada,
150 Nada de cerimônias, eu não gosto
De fofas etiquetas.

Panfílio

                      Pelos anjos!
Eu cumpro o meu dever.

Anfilófio

                      Não, deste modo
Se gastamos o tempo a rasgar sedas
E fazer cortesias um ao outro
155 Nenhum se atirará. Bem, concordemos →

No que passo a propor: em voz bem alta
Pronunciemos vezes três o nome
De nossas infiéis, à vez terceira
Arrojemo-nos juntos.

Panfílio

                                    Seja, vamos.

Ambos

Cíntia!!!

Anfilófio

160   Por Deus, repita, sim, repita!
       Cíntia disse, não é?

Panfílio

                                  Sim, eu o disse,
Disse o senhor também!

Anfilófio

                                  Eu também disse.
E a sua namorada assim se chama?

Panfílio

Certamente.

Anfilófio

          E sua cor, sua estatura,
165 Seu aspecto, seu ar, sua morada?

Panfílio

Alta, morena, de aneladas tranças,
Pés e mãos pequeninos, olhos negros,
Moradora na rua das Estrelas
Número quinze.

Anfilófio

        É ela! É ela! Não há dúvida!

Panfílio

170 Ela, quem?

Anfilófio

      Pois não vê? a minha amante.

Panfílio

Era o senhor o célebre papalvo?
Era o senhor? Ah! deixe que me ria!
Oh! que aventura! Vale a pena agora
Voltar de novo à vida!

Anfilófio

                            Já lhe disse,
175 Já lhe fiz ver há pouco que não gosto
De certas brincadeiras, e mormente
Na hora de morrer! Quem pensaria
Que era o senhor o biltre, o peralvilho
Cúmplice da malvada! Eu lhe perdôo!

(*Aparece Marculfo no fundo*)

Marculfo

180 Vou me arrojar às ondas deste rio!
Quero morrer, meu plano está formado,
Já não há nem apelo nem agravo!
Eu um homem de honra e probidade,
Que há três anos padeço, trabalhando,
185 Longe da pátria, longe dos amigos,
Acho ao voltar, depois de tantas penas,
Minha mulher perdida e difamada,
Meu nome escrito em vergonhosos
                            [versos
Nas esquinas das ruas! Se eu pudesse →

190　　Dos dous marotos me vingar ao menos,
　　　　Do tal capitalista e do tal vate!
　　　　Mas os patifes hão fugido, e eu morro
　　　　Levando este pesar na consciência!
　　　　Porém ouço falar, vejo dous vultos;
195　　Escutemos...

(*Neste ínterim Panfílio tem passado para
a outra margem onde está Anfilófio*)

Panfílio

　　　　　　　　　Vivamos, companheiro,
A ingrata Cíntia, a estrela impiedosa
Da rua das Estrelas, perseguida
Pelo remorso, chorará seus crimes,
Nos abrirá de novo os braços meigos,
200　　E nós...

Marculfo

　　　　　　　　De Cíntia eu escutei o nome,
Ouvi falar na rua das Estrelas,
Trata-se dela, pelos santos! calma!
Calma, meu coração!

Anfilófio

　　　　　　　　　Viva em sossego,
Não amo a companhia em tais matérias. →

205　　Estou pobre, arruinado, eu o mais rico
　　　　Capitalista desta terra. Agora,
　　　　Dado o caso que viva, o desespero
　　　　Não deixará meus passos.

　　　　　　　　　　Panfílio

　　　　　　　　　　　　　　　　Eu não posso
　　　　Me olvidar da infiel! Por toda a parte
210　　Sinto o aroma sutil de seus cabelos,
　　　　O hálito celeste de seus lábios,
　　　　O timbre mavioso de seus cantos!
　　　　Volto de novo à rua das Estrelas,
　　　　Caio a seus pés...

　　　　　　　　　　Marculfo (*gritando*)

　　　　　　　　　　　　Ah! monstros! Ah! perversos!
215　　Eu inda vivo, esperem que lhes mostro
　　　　Quanto penetra a ponta de uma faca!

　　　　　　　　　　Anfilófio (*espavorido*)

　　　　Fujamos, meu amigo! É o marido!
　　　　É o marido que chegou, fujamos!...
　　　　Ei-lo! Que brilho seu punhal espalha!...
220　　Como é grande, meu Deus! como é terrível!
　　　　Corramos, que já sinto pelo ventre
　　　　O imperioso anúncio do perigo!...
　　　　Fica para outro dia o nosso plano!

Panfílio

Sim, fujamos sem demora!

(*Saem correndo*)

Marculfo

225 Não quero mais morrer! Já descobri-os!
Hei de viver para vingar-me! Eu parto!
Eu parto, e em breve há de saber o mundo
O que fez um marido indignado!

ORAÇÃO FÚNEBRE

(Rig-Veda, VIII, 14)

Segue o caminho antigo onde passaram
Outrora nossos pais. Vai ver os deuses
   Indra, Iama e Varuna.

Livre dos vícios, livre dos pecados,
5 Sobe à eterna morada, revestido
   De formas luminosas.

Volte o olhar ao sol, o sopro aos ares,
A palavra à amplidão, e os membros
                     [todos
   Às plantas se misturem.

10 Mas a essência imortal, aquece-a, ó Agnis,
   E leva-a docemente à clara estância
   Onde os justos habitam,

Para que aí receba um novo corpo,
E banhada em teu hálito celeste
15   Outra vida comece...

Desce à terra materna, tão fecunda,
Tão meiga para os bons que a fronte
                           [encostam
Em seu úmido seio.

Ela te acolherá terna e amorosa
20   Como em seus braços uma mãe querida
Acolhe o filho amado.

AO DEUS CRIADOR

(Rig-Veda, VIII, 7)

O Deus da Luz apareceu, e apenas
Ele mostrou-se foi senhor do mundo,
   E encheu o céu e a terra.
Glória ao Deus que há partido o ovo de
                              [ouro!
5 Que Deus receberá nosso holocausto?

Dele dimana a vida, a força, o ânimo.
À lei que ele traçou todos os seres
   Submissos se curvam.
Glória ao Deus que há partido o ovo de
                              [ouro!
10 Que Deus receberá nosso holocausto?

Foi ele que formou estas montanhas,
E este mar que rebrame sem descanso,
   Os sábios o disseram. →

Glória ao Deus que há partido o ovo de
[ouro!
15 Que Deus receberá nosso holocausto?

É por ele que o céu, a terra, os astros,
Tremem de amor e tremem de desejos
   Quando o sol aparece.
Glória ao Deus que há partido o ovo de
[ouro!
20 Que Deus receberá nosso holocausto?

Quando as túmidas ondas que conservam
A essência universal se revolveram,
   Ele agitou-se nelas.
Glória ao Deus que há partido o ovo de
[ouro!
25 Que Deus receberá nosso holocausto?

Ah! proteja-nos ele, o Deus piedoso,
O espírito das cousas invisíveis,
   O Senhor do universo!
Glória ao Deus que há partido o ovo de
[ouro!
30 Que Deus receberá nosso holocausto?

HINO À AURORA

(Rig-Veda, I, 8)

Ela mostrou-se enfim!
Ela mostrou-se enfim, a mais formosa,
A mais bela das luzes!

Por esse azul cetim
5   Caminhando tão linda e tão garbosa,
Aonde nos conduzes?

Aonde, branca Aurora?
Filha também do Sol, a Noite escura
Tua estrada marcou.

10   Com as lágrimas que chora,
A vasta senda da eternal planura
Ao passar orvalhou.

Unidas pelo berço,
Ambas iguais, eternas, sucessivas
15   Na marcha e na existência,

Percorreis o universo,
Aurora e Noite, sempre redivivas,
Opostas na aparência.

  Rósea filha do Dia,
20 Brilhante a nossos olhos apareces,
  Cheia de glória e amor;

  E espalhas a harmonia,
A vida, o gozo, ao mundo que esclareces
Com teu sacro esplendor.

25 Segues a mesma senda
Das auroras passadas, e precedes
As que estão no futuro.

  Rasgas da Sombra a venda,
E os negros planos previdente impedes
30 Do crime hórrido, escuro.

  Há muito que passaram
Os que viram no céu luzir outrora
Teu fúlgido clarão.

  Seus olhos se apagaram,
35 E nós por nossa vez também agora
Vemos-te n'amplidão.

DOCUMENTAÇÃO
E ICONOGRAFIA

Retrato do autor com assinatura. Acervo da Fundação Biblioteca Nacional.

1) Vista da cidade de São Paulo, 1862/63.
Imagem da Várzea do Carmo. Militão Augusto de Azevedo, Acervo Museu Paulista/USP.

2) *Vista do Largo de São Francisco,* 1862/63.
À esquerda, o antigo convento, sede da Academia de Direito. À direita, as Igrejas de São Francisco e da Ordem Terceira dos Franciscanos. Ao centro, uma fileira de acadêmicos em trajes elegantes, provavelmente durante as atividades escolares. Militão Augusto de Azevedo. Álbum / 18x24cm. Acervo Museu Paulista/USP.

3) *Vista da Rua Direita*, 1862/63.
Um dos principais pontos comerciais da cidade, onde se estabeleceram lojas de artigos variados. Nesta rua, bem próxima ao Largo da Sé, situava-se a Livraria Garraux, de propriedade do francês Nicole Garraux, que se tornou amigo dos acadêmicos e do fotógrafo Militão. Ao fundo, à esquerda, a torre da Igreja de Santo Antônio e adiante o sobrado dos Barões de Tatuí. Militão Augusto de Azevedo. Álbum / 16x23cm. Acervo Museu Paulista/USP.

4) *Teatro São José*, 1863.
Fachada do teatro em fase adiantada de construção. A casa foi inaugurada em 1864. Os estudantes formavam o público principal da casa, que recebeu várias companhias célebres, como a de Furtado Coelho e Eugênia Câmara. Militão Augusto de Azevedo. Álbum / 15,6x23cm. Acervo Museu Paulista/USP.

5) *Rua São Bento* 1862/63.
Próxima à Faculdade de Direito, esta rua abrigava residências elegantes, como o casarão à direita, que pertenceu ao Brigadeiro Luis Antonio, diante do qual três rapazes elegantes posam para o fotógrafo. Militão Augusto de Azevedo. Álbum / 15,6x23,2cm. Acervo Museu Paulista/USP.

6) *Vista do Brás* 1862/63
Ao fundo situa-se a cidade, vista a partir da Freguesia do Brás, onde predominavam pequenas chácaras. Alguns professores e alunos da Faculdade de Direito preferiam residir em locais retirados, afastando-se das ruas estreitas do centro. Fagundes Varela morou poucos meses no Brás, em uma casa alugada à qual o amigo Ferreira de Meneses se refere no prefácio a *Cantos e fantasias*. Militão Augusto de Azevedo. Álbum / 15,5x22cm. Acervo Museu Paulista/USP.

7) *Vista de Santos* 1864/65
Cidade portuária na qual desembarcavam os alunos vindos de diversas regiões para estudar na Faculdade de Direito. Dali os estudantes tomavam uma canoa até Cubatão, de onde subiam a serra no lombo de animais. A inauguração da estrada de ferro facilitou muito o acesso a São Paulo. Em *Cantos e fantasias* Varela incluiu a tradução do poema "Reflexões da meia-noite," que lhe foi oferecido pelo Sr. M. Aubertin, superintendente das obras da "ferrovia inglesa", como era então chamada. Militão Augusto de Azevedo. Álbum / 17x21cm. Acervo Museu Paulista/USP.

Fagundes Varela, em 1863. Acervo do Museu Paulista/USP.

IMPRESSÃO E ACABAMENTO:
YANGRAF Fone/Fax: 6198.1788